JUSTIÇA SUPREMA

PHILLIP MARGOLIN

JUSTIÇA SUPREMA

Tradução
Denise Tavares Gonçalves

PRUMO
leia

Título original: *Supreme Justice*
Copyright © 2010 - by Phillip M. Margolin

Todos os direitos reservados. Nenhuma parte desta obra pode ser reproduzida ou transmitida por qualquer forma ou meio, eletrônico ou mecânico, inclusive fotocópia, gravação ou sistema de armazenagem e recuperação de informação, sem a permissão escrita do editor.

Direção editorial
Jiro Takahashi

Editora
Luciana Paixão

Editor assistente
Bruno Tenan

Preparação de texto
Rebecca Villas-Bôas Cavalcanti

Revisão
Luciana Garcia
Hebe Lucas

Arte
Marcos Gubiotti

Assistência de arte
Daniela Dauch

Imagem de capa: Paul Quayle/Getty Images

CIP-Brasil. Catalogação-na-fonte
Sindicato Nacional dos Editores de Livros, RJ

M28j   Margolin, Phillip
        Justiça suprema: um romance de suspense / Phillip Margolin; [tradução de Denise Tavares]. - São Paulo : Prumo, 2012.
        336p. : 21 cm

        Tradução de: Supreme justice
        ISBN 978-85-7927-169-4

        1. Ficção policial americana. I. Tavares, Denise. II. Título.

11-7895.
                                              CDD: 813
                                              CDU: 821.111(73)-3

Direitos de edição para o Brasil: Editora Prumo Ltda.
Rua Júlio Diniz, 56 – 5º andar – São Paulo/SP – CEP: 04547-090
Tel: (11) 3729-0244 – Fax: (11) 3045-4100
E-mail: contato@editoraprumo.com.br
Site: www.editoraprumo.com.br

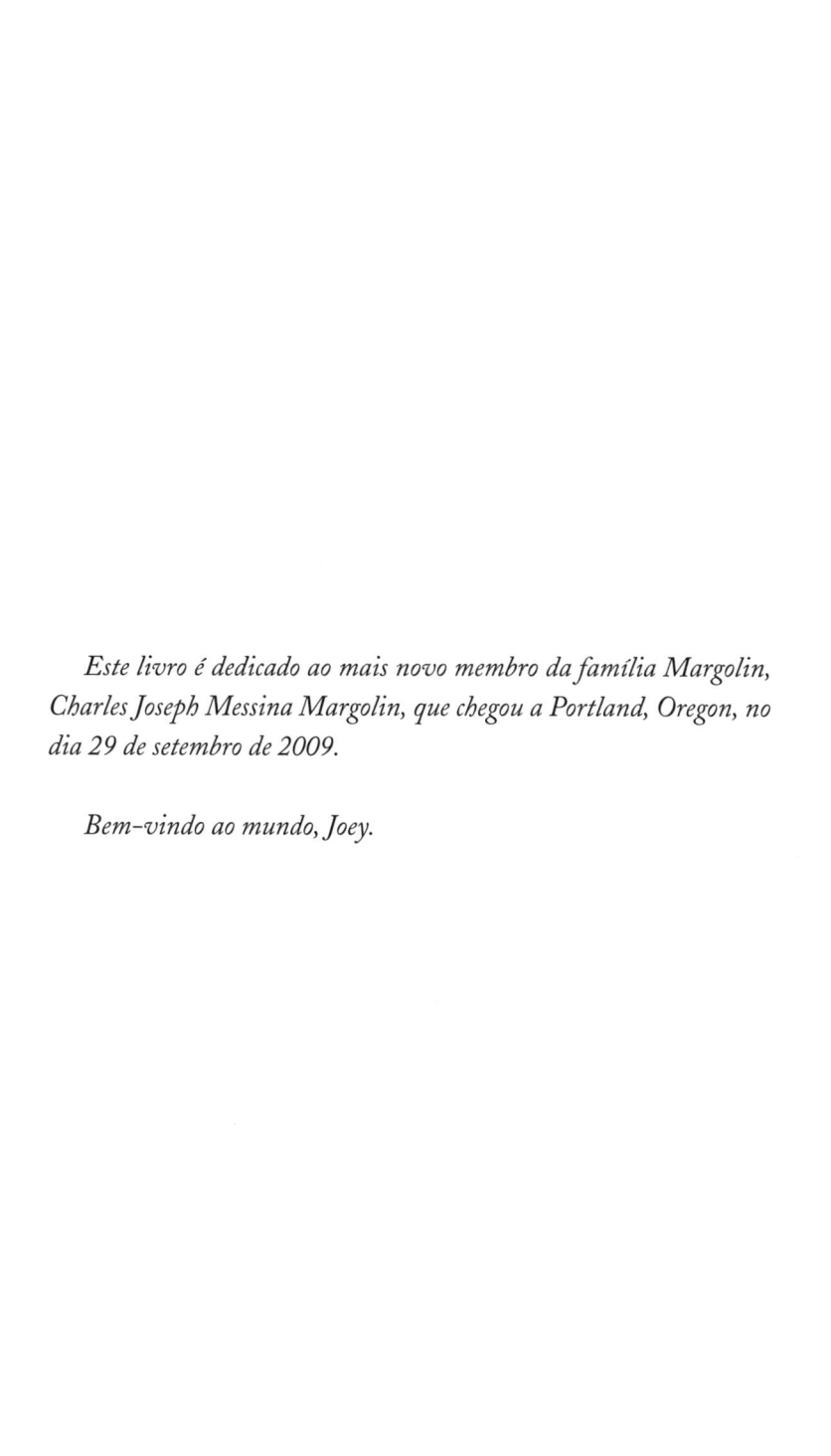

Este livro é dedicado ao mais novo membro da família Margolin, Charles Joseph Messina Margolin, que chegou a Portland, Oregon, no dia 29 de setembro de 2009.

Bem-vindo ao mundo, Joey.

PARTE I

Navio fantasma
Outubro de 2006

Capítulo 1

Os olhos de John Finley se arregalaram. Seu coração acelerou. Alguma coisa o arrancara de um sono profundo, mas ele não sabia se o som vinha do sonho ou se era real.

O capitão Finley sentou-se. O *China Sea* estava ancorado num cais isolado no rio Columbia, em Shelby, Oregon, mais ou menos na metade do caminho entre Portland e a costa. Nenhum equipamento estava ligado, então era possível ouvir cada ruído noturno. Enquanto esperava que seus olhos se ajustassem à escuridão, ele escorregou a mão por baixo do travesseiro e pegou o 38. Nunca ficava sem uma arma em uma viagem como essa, especialmente com a carga que estava levando e a tripulação, em que não confiava completamente. O navio batia levemente contra as estacas do píer. A respiração de Finley relaxou. Ele tinha acabado de se convencer de que estava sonhando quando um gemido penetrou pelo tubo acústico da cabine.

O *China Sea* era um antigo navio de suprimentos, construído originalmente para levar e trazer as tripulações dos poços de petróleo. Tinha sofrido uma ampla reforma para realizar seu encontro em alto-mar com o cargueiro de Karachi. Havia interfones por toda parte, mas Finley tinha mantido os antiquados tubos acústicos por puro capricho. Havia um na ponte acima de sua cabine e um na casa de máquinas.

A tripulação, composta por sete homens, agira de modo profissional durante a missão, mas todos tinham sido contratados por Belson, o homem que contratara Finley. Ele não conhecia Belson.

Nem tinha certeza de que Belson era o real nome dele. "Orrin Hadley", o nome que aparecia no passaporte e em outros documentos de Finley, certamente não era seu nome verdadeiro.

Finley atravessou o cômodo sem fazer barulho e pressionou o ouvido contra a porta. Um minuto depois, destrancou-a e a entreabriu. Lâmpadas presas em gaiolas de arame iluminavam a escada em frente ao seu aposento. Sombras borravam as paredes de metal entre cada gaiola. O chão era acarpetado e as portas das cabines da tripulação eram de madeira escura, como a de Finley. A viagem era longa, e ele fizera questão de que todas as cabines fossem confortáveis como as de um navio de cruzeiro.

Greg Nordland ocupava a cabine em frente à de Finley. Era pintor profissional e havia retocado as cicatrizes deixadas no casco depois de ancorar no mar com os paquistaneses. A porta de Nordland estava ligeiramente entreaberta. Finley deu uma batidinha leve. Como não teve resposta, ele a empurrou. Não havia luz na cabine, e demorou um momento para que ele registrasse a cena que viu lá dentro. O braço direito de Nordland estava pendurado para fora da cama, as juntas e as pontas dos dedos tocavam o chão. O sangue empoçado nos lençóis saía de uma ferida profunda na garganta dele.

A morte não era uma estranha para Finley, mas o quadro inesperado o chocou. Ele cambaleou para fora do cômodo e se sobressaltou com uma explosão que ecoou pelas paredes do estreito corredor. Em seguida, desabou no chão, abatido por uma bala vinda da outra ponta da escada. Steve Talbot caminhava em sua direção, ajustando a mira para o tiro final. A concentração do radiotelegrafista em seu ponto de impacto salvou a vida de Finley. Talbot estava tão preocupado em acertar o próximo tiro que não notou que Finley estava armado. Finley disparou seis vezes. O barulho repentino e as balas que atravessaram Talbot fizeram com que o tiro dele fosse parar longe, e ele já estava morto quanto atingiu o carpete.

A bala de Talbot havia raspado na lateral do capitão. A dor era intensa, mas não havia outro ferimento. Finley apertou os dentes e se esforçou para ficar de pé. Suas costelas queimavam, e ele foi cambaleando pelo corredor. Havia outra cabine entre ele e o homem morto. Ele sabia o que encontraria lá se empurrasse a porta. Se as explosões ensurdecedoras do último minuto não tinham atraído Ned Stuyvesant para fora de sua cabine, Talbot provavelmente havia cortado a garganta dele. Apesar de saber que estava certo, Finley não se deu por satisfeito.

Eram quatro da manhã, e Talbot deveria estar no convés em seu turno de vigia. Fazia sentido. O radiotelegrafista havia esperado até que todos estivessem dormindo para assassinar a tripulação. O hábito de trancar a porta provavelmente havia salvado a vida de Finley. Talbot tinha sido forçado a usar uma faca, porque o capitão teria ouvido disparos vindos de qualquer uma das cabines. Finley supôs que algo havia dado errado com o plano de Talbot quando este foi atrás do tripulante que estava na sala de máquinas. Quando Talbot fora forçado a usar a arma, o antigo tubo acústico canalizara o som do disparo para dentro da cabine do capitão.

Finley apertou os olhos e respirou fundo, tentando resistir a um espasmo de dor. Em seguida, endireitou-se o máximo que pôde para conseguir chegar ao final do corredor e verificar se Talbot estava realmente morto. Certificando-se de que o radiotelegrafista não representava mais uma ameaça, encostou-se na parede e tentou pensar. Talbot tinha matado a tripulação e tentara matá-lo, mas de modo algum ele conseguiria tirar a carga sozinho, o que significava que estava agindo com mais alguém.

A adrenalina percorria o corpo de Finley. Ele tinha de sair do navio *agora*. Cambaleando, voltou para sua cabine e recarregou a arma. Em seguida, pegou a mochila de lona com o dinheiro e seus passaportes e identidades falsos e encheu-a de roupas.

Finley sentia-se tonto, mas se forçou a engolir a dor e chegar ao convés. Um céu forrado de nuvens obscurecia a lua. Usando seu casaco azul-marinho de marinheiro e um gorro, ele não seria fácil de avistar. Estava frio lá fora. Finley virou a gola para cima a fim de proteger-se do vento que vinha do rio. Em seguida, deitou-se de barriga, escorregou para o convés e observou a costa. Estavam ancorados diante de um armazém ao lado do qual ele havia estacionado seu carro quando partiram em viagem. Para pegar o carro, ele teria de descer a prancha de desembarque e atravessar um amplo e aberto trecho de asfalto. Qualquer um que estivesse esperando por ele teria um alvo fácil, mas que escolha tinha? Se permanecesse a bordo, os homens de Talbot certamente o matariam.

Finley respirou fundo e, trôpego, saiu do navio. Cada passo era uma agonia, mas ele conseguiu chegar ao carro sem receber outro tiro nem desmaiar. A cabeça do capitão rodava. Ele pensou que fosse vomitar. Depois de suportar uma onda de náusea, deu a partida no carro. Finley só conseguia pensar em um lugar para ir quando pegou a estrada. Tinha tanto medo de desmaiar que pregou os olhos na estrada à sua frente. Foi por isso que não viu os faróis no retrovisor.

Capítulo 2

Tom Oswald saiu de sua viatura justo quando uma forte rajada de vento encrespou o rio. Abaixou a cabeça e arrastou seus 105 quilos através do vento na direção do armazém com seu parceiro, Jerry Swanson, logo atrás de si. Abaixo do armazém, a corrente empurrava o *China Sea* para perto e para longe do cais.

Os dois policiais de Shelby encontraram Dave Fletcher, o vigia noturno, dentro do armazém. Ele usava o uniforme de guarda de uma empresa de segurança e segurava uma caneca de café quente.

– O senhor é o tio de Mike Kessler, certo? – Oswald perguntou, para deixar mais à vontade a tensa testemunha.

– Bob é meu irmão.

– Eu e Mike jogamos bola juntos na escola de Shelby.

– Eu conheço você – Fletcher disse, mas não parecia nem um pouquinho mais à vontade. Ele tinha um tique perto do olho direito, e os vasos capilares estourados em seu nariz diziam à Oswald que Fletcher provavelmente dava depoimentos frequentes em reuniões do AA.

– Então, por que está aqui, Dave? – Swanson perguntou. Faltavam 35 minutos para o fim do turno quando chegou o chamado que os enviou ao armazém.

– Alguma coisa terrível aconteceu no navio – Fletcher respondeu, com a voz tremendo.

– Como assim "terrível"?– Oswald incitou. Ele estava acabado, e, na última hora e meia, só conseguia pensar em dormir um pouco.

— Terminei minha ronda um pouco antes das quatro da manhã. Confiro o perímetro a cada hora. — Fletcher parou para se refazer. Algo o deixara apavorado.

— Eu estava me aprontando para ir embora quando ouvi alguma coisa. Como prestei o serviço militar, sei que o que ouvi pareciam tiros. Estava ventando e o casco do navio é grosso, por isso não deu para ter certeza.

Oswald balançou a cabeça, pedindo que ele prosseguisse.

— Depois, um sujeito saiu correndo do navio, atravessou o terreno e deu a volta até os fundos do armazém. Ele estava curvado e com as mãos na lateral do corpo, cambaleando como se estivesse ferido. Havia um carro estacionado aqui havia algumas semanas. O chefe disse que não havia problema. Alguém do navio tinha permissão para usar o espaço enquanto alugassem o píer. E o sujeito foi para lá. Quando cheguei aos fundos, o carro já estava se afastando.

Fletcher parou. Agarrava a caneca com tanta força que Oswald receava que ela fosse se estilhaçar.

— Logo depois que o homem do navio saiu com o carro, passou um carro esportivo, mas talvez ele só estivesse indo pegar a estrada.

— Você sabe a marca de algum dos veículos? — Swanson perguntou.

— Eu vi a marca do que estava estacionado nos fundos. Era um Honda azul. A placa eu não sei. O esportivo era preto. Acho que era um Ford. Estava indo bem depressa, e eu não vi a placa.

— A central disse que você mencionou um corpo — Oswald disse.

Fletcher perdeu a cor.

— Eu vi um corpo na escada e um dentro de uma cabine. O que estava na escada tinha levado tiros no rosto. Não fiquei lá tempo suficiente para dar uma boa olhada no cara da cabine, mas tinha

muito sangue. – A voz de Fletcher era pouco mais que um sussurro. – Para mim já era o bastante. Foi aí que saí e liguei para vocês.
– Quantas vítimas há no navio? – Swanson perguntou.
– Eu só vi duas, mas ouvi muitos tiros.
– Você acha que tem alguém vivo a bordo? – Oswald perguntou.
– Não ouvi nada quando estava lá dentro.
– Muito bem, Dave. Obrigado. Agora fique aqui. Jerry e eu vamos dar uma olhada por aí. Você agiu muito bem.

Oswald foi até a viatura e tirou o kit de perícia forense do porta-malas. Subiu a prancha e foi falar com Swanson, que esperava no convés, dando pequenos pulos e soprando as mãos para tentar se aquecer.

– O que acha, Tom? Será que pegamos um OJ? – Swanson perguntou, empolgado. Não havia muitos criminosos em Shelby, Oregon. Julgando pelo tom de Swanson, o jovem policial achava que encontraria os Yankees enfrentando o Red Sox dentro do *China Sea*.

– Logo vamos saber – Oswald respondeu, andando pelo convés.

Os policiais caminharam pelo navio silencioso com as armas em punho e pararam ao encontrar o corpo crivado de balas na escada. Uma rápida busca nas cabines revelou mais dois corpos.

– Vamos nos separar – Oswald disse. – Eu vou pelo próximo convés e você pega o de baixo. Assim que terminarmos, vamos chamar a polícia estadual e o laboratório criminal.

Oswald tinha percorrido metade de seu convés quando Swanson gritou da escada.

– Desça aqui, Tom. Encontrei mais dois corpos e uma coisa bem estranha.

Enquanto descia para o convés inferior, Oswald se perguntava o que poderia ser mais estranho do que o que eles já tinham visto. Swanson estava esperando ao pé da escada.

— Tem um corpo na casa de máquinas e outro aqui – ele disse, conduzindo Oswald até um pequeno corredor atrás do banheiro da tripulação. – Ele estava deitado de barriga para baixo. Eu o virei para ver se tinha pulso e encontrei isto.

Swanson apontou para uma costura quase invisível em uma parte do carpete industrial que cobria o estreito corredor.

— Deu uma olhada? – Oswald perguntou.

— Dei, mas coloquei no lugar quando vi o que havia embaixo. Quis esperar por você. Você está com o kit.

Oswald agachou-se, meteu os dedos por baixo da costura e levantou um pedaço quadrado de carpete de cerca de um metro. Debaixo dele havia um alçapão de metal.

— Ilumine aqui enquanto eu procuro digitais – Oswald disse.

A lanterna de Swanson clareou a superfície de metal. Oswald levantou três digitais latentes e as colocou em envelopes de celofane, que guardou no bolso da jaqueta.

— Muito bem, levante – ele disse.

Swanson pegou o cabo de metal afixado ao alçapão e usou seus protuberantes músculos para abri-lo. Oswald apontou sua luz para o breu no interior do compartimento. O espaço parecia um tanque de água, e ele avaliou que poderia ter dois deques de profundidade. Alguém o havia esvaziado. O raio da luz de Oswald encontrou várias pilhas de pacotes embrulhados com juta. Ele os encarou por um momento e, em seguida, começou a descer os degraus de uma escada de ferro presa à parede. Quando sua cabeça ficou no nível da pilha mais próxima, ele pegou uma faca e cortou uma das pilhas de juta. Examinou a substância dentro dos sacos e disse um palavrão.

— Não dá para ter certeza até testarmos – Oswald disse –, mas acho que isto é haxixe.

Oswald subiu as escadas, saiu do tanque e balançou a cabeça.

– Que zona. Temos haxixe o bastante para deixar a cidade de Shelby feliz até o próximo século, e a nossa própria versão de *O massacre da serra elétrica*.

Oswald fechou o alçapão e os dois policiais se dirigiram para a borda do navio, discutindo qual seria o plano de ação. Quando pisaram no convés, três carros passaram correndo pelo armazém e frearam ruidosamente perto do píer. As portas se abriram antes que os motores desligassem, e homens portando armas automáticas saíram dos veículos. Vários deles se posicionaram no cais. Os outros seguiram um homem loiro vestindo um anoraque e subiram a prancha. Oswald foi para o alto da prancha a fim de impedi-los. O homem loiro mostrou uma identificação e continuou andando.

– Arn Belson, Homeland Segurança – ele disse. – Quem é você?

– Thomas Oswald, da polícia de Shelby, e você está invadindo uma cena de crime.

Belson deu um sorriso condescendente.

– Na verdade, policial Oswald, você é que está invadindo. – Oswald detectou um leve sotaque escandinavo. – Você caiu no meio de uma investigação federal que já vem ocorrendo há algum tempo. Devo pedir que você e seu parceiro abandonem o *China Sea*.

Oswald ficou boquiaberto, incrédulo.

– Está brincando!

– Garanto a você que não estou. Esta operação tem implicações de segurança nacional, então temo não poder explicar muito mais, mas sua cooperação será apreciada pelos níveis superiores. Receio que seja tudo o que eu possa dizer.

Oswald se esforçou para manter o temperamento sob controle.

– Não sei por qual tipo de caipira você me toma, mas está enganado se acha que pode entrar aqui assim e assumir a investigação de um assassinato em massa só me mostrando uma identificação de plástico que pode ser feita em qualquer papelaria.

Belson apontou para os homens postados atrás dele. As armas apontavam ameaçadoramente para os dois policiais.

– Não queira questionar minha autoridade, policial Oswald. Essa atitude temerária pode levá-lo à prisão. Agora, por favor, abandone este navio e esta área imediatamente, ou meus homens serão obrigados a detê-lo.

Oswald estava prestes a dizer alguma coisa quando Swanson colocou a mão em seu antebraço.

– Estamos em menor número, Tom. Vamos dar o fora daqui, e depois pensamos no que fazer.

Oswald olhou para Belson, mas não era preciso ser adivinho para ver que ele venceria caso resistissem. Começava a descer a prancha quando Belson apontou para o kit de perícia forense.

– Por favor, entregue-me o seu kit – o agente disse.

Oswald obedeceu, simulando relutância.

– Uma pergunta – ele disse –: como soube deste crime, e como seus homens chegaram aqui tão depressa?

– São duas perguntas, e não posso responder a nenhuma delas. Eu gostaria, mas isso comprometeria a segurança nacional. As coisas estão diferentes desde o ataque de 11 de setembro, como estou certo de que já percebeu.

A única coisa que Oswald podia perceber era que ele e Swanson estavam sendo ludibriados, mas manteve esse pensamento para si. Em seguida, dirigiu-se para o carro com as digitais do *China Sea* escondidas no bolso.

Quando estavam fora de vista, Oswald parou no acostamento e ligou para Roger Miles, o chefe de polícia de Shelby. Pelo tom de voz, percebeu que o chefe devia estar dormindo.

– Desculpe-me por acordá-lo, Roger, mas uma coisa muito estranha acaba de acontecer.

– Do que está falando?

— Atendemos um chamado de emergência naquele píer perto do armazém. Sabe qual é?

— Só me diga o que aconteceu, Tom — disse Miles, com a voz ainda grossa de sono.

— OK. Bom, tem um navio ancorado no píer, e encontramos cinco homens mortos e um porão cheio de haxixe.

— Vocês o quê? — Miles disse, agora bem acordado.

— Tem cinco homens mortos a bordo. Alguns baleados, outros esfaqueados... e um monte de drogas.

— Jesus. Chame a polícia estadual. Não estamos equipados para lidar com algo tão grande.

Oswald já esperava essa reação de Miles. O chefe era, em primeiro lugar, um político, e em segundo, um policial.

— Não acho que a polícia do estado de Oregon seria bem-vinda nessa cena de crime, chefe.

— Como assim?

— Uns quinze minutos depois de entrarmos no navio, apareceram três carros cheios de homens armados da Homeland Segurança que nos mandaram entregar nosso kit de perícia forense e sair andando.

— Eles o quê? Eles podem fazer isso? Essa jurisdição é nossa.

— O líder, um sujeito chamado Belson, disse que nos prenderia se não saíssemos. Eu não quis arriscar. Eles estavam mais armados do que nós, e tinham muito mais homens. O que quer que a gente faça?

— Que bagunça... — Miles murmurou.

Oswald podia imaginar o chefe passando a mão no cabelo. Esperou em silêncio até que Miles armasse um plano.

— Muito bem — Miles finalmente disse. — O turno de vocês está quase terminando, não é?

— É.

– Vão para casa. Esqueçam o navio. Deixem que os federais tratem disso. Teríamos de procurar ajuda, de qualquer maneira. Cinco mortes e uma carga de drogas. Seria demais para nós.

– Devo escrever um relatório?

– Sim, escreva, e não se esqueça de mencionar como foram ameaçados. Precisamos nos garantir caso alguma coisa saia errado e alguém tente colocar a culpa em nós.

– O que faço com o relatório quando estiver pronto?

– Arquive essa droga. Com sorte, nunca mais ouviremos falar nessa história.

Capítulo 3

Tom Oswald parou a viatura de polícia ao lado do armazém. A lua cheia em um céu sem nuvens iluminava o píer. Era pouco mais de meia-noite, na mesma noite em que o chamado de emergência o levara ao *China Sea*.

– Sumiu – Jerry Swanson disse quando ele e seu parceiro olharam pelo vidro do carro para o espaço vazio onde o navio havia ancorado.

Oswald não disse nada. Estava irritado e não sabia por quê. O assassinato em massa e o contrabando de drogas tinham oficialmente deixado de ser sua preocupação assim que o chefe Miles lhe dissera para entregar o caso à Homeland Segurança. Ainda assim, o modo agressivo como os federais haviam entrado no caso o deixara possesso.

– Temos companhia – Swanson disse. Oswald acordou de seus devaneios e olhou para o espelho lateral. Um vigia vinha na direção deles empunhando uma lanterna. Só quando se aproximou da traseira do carro Oswald conseguiu vê-lo claramente e notar que não era Dave Fletcher.

– Posso ajudá-los? – perguntou o vigia, iluminando o interior do veículo.

– Sim. Ajudaria muito se tirasse essa luz dos meus olhos – reclamou Oswald. Em seguida, se recompôs. Era tarde, ele estava cansado e furioso, mas não havia razão para descontar no guarda.

– Desculpe-me, foi um dia difícil. Onde está Dave?

– Quem? – o vigia noturno perguntou.

— Dave Fletcher, o cara que fica sempre aqui.
— Não tenho ideia. Acabaram de me transferir de um *shopping* em Astoria... — O guarda balançou a cabeça. — Espero que não seja permanente. Este lugar é isolado demais para mim, entende?
— Claro. Olha, estamos só dando um tempo. Vamos sair do seu pedaço em quinze minutos.
— Então tudo bem — disse o guarda, e afastou-se.
— Os miseráveis sumiram com o navio inteiro! — Oswald exclamou assim que o vigia noturno estava a uma distância segura.
— Uma vez, na TV, vi o David Copperfield fazer a Estátua da Liberdade desaparecer — Swanson disse. — É igualzinho a isto aqui, só que Copperfield trouxe a estátua de volta.

Tom Oswald vivia sozinho em uma casa de um dormitório que se mostrara pequena demais para ele e a esposa e ainda parecia pequena demais depois que Linda saiu de sua vida. A casa era sombria e melancólica e guardava poucas lembranças boas. Oswald ficara deprimido ao ser dispensado do exército, e o casamento apressado com uma mulher alcoólatra e bipolar não havia sido atitude das mais espertas. A casa permanecia assombrada por palavras ásperas e silêncios raivosos, e Oswald ficava fora dela o máximo que podia.
Em vez de ir para casa quando seu turno terminou, Oswald foi até o campo de *trailers* onde Dave Fletcher vivia. Parou o carro diante do *trailer* de Fletcher e bateu na porta.
— Se está procurando Dave, ele foi embora.
Oswald voltou-se para a voz. Uma mulher corpulenta usando roupão estava parada na porta do *trailer* vizinho. Tinha bobes no cabelo e um cigarro aceso pendia dos dedos de sua mão esquerda. Oswald atravessou o pátio entre as casas móveis.
— Meu nome é Tom Oswald. Sou da polícia de Shelby, senhora...

– Dora Frankel.
– Para onde ele foi, Sra. Frankel?
A mulher deu uma tragada no cigarro e levantou os ombros.
– Não tenho ideia.
– Lembra-se de quando o viu pela última vez?
Frankel ficou olhando para o ar.
– Eu o vi saindo ontem, e o carro não está estacionado do lado do *trailer*. Aconteceu alguma coisa com ele?
– Que eu saiba, não. Eu só precisava conversar com ele sobre um caso.
– Ele não fez nada errado, fez?
– Ele é testemunha. Não está encrencado.
– Que alívio. Dave sempre foi um bom vizinho.
Oswald deu seu cartão à mulher.
– Se Dave aparecer, peça a ele que me telefone.
– Com certeza – Frankel disse. – Tenho de ir. Meu programa está começando.
Quando voltou para o carro, Oswald pensou em falar com os empregadores de Fletcher, mas achava que não saberiam o que tinha acontecido com Dave. Sua intuição lhe dizia que o vigia noturno havia desaparecido com o navio, os homens mortos e o haxixe. Ele esperava estar errado com relação a mais uma vítima ser adicionada à contagem de corpos, mas nada acerca do caso *China Sea* cheirava bem.
Oswald dirigia no piloto automático enquanto pensava sobre o que o incidente lhe ensinara. Agora ele sabia que os habitantes de Shelby, Oregon, eram peixe pequeno em um oceano gigante onde era possível fazer com que pessoas, porões cheios de drogas e navios inteiros desaparecessem sem nenhum esforço. Não gostava de servir de palhaço dos peixes grandes, mas não havia muito o que ele pudesse fazer, especialmente depois que o chefe Miles lhe mandara esquecer tudo o que tinha visto.

Oswald estava a meio caminho de casa quando praticou um pequeno ato de desacato. Fez o retorno e dirigiu de volta à delegacia. Ele tinha as digitais que havia escondido dos babacas da Homeland Segurança. Não era muita coisa, mas poderia escanear aquelas digitais para dentro do Afis, o sistema automatizado de identificação de digitais, e ver se conseguia alguma coisa. Não tinha ideia do que faria se identificasse a pessoa que havia deixado as digitais latentes. Sua satisfação viria simplesmente de fazer alguma coisa contra as ordens que recebera.

PARTE II
O tribunal de última instância
2012

Capítulo 4

Ao ajeitar a gravata no espelho, Brad Miller notou que alguns fios prateados se insinuavam em meio ao seu negro cabelo ondulado. Não era surpresa, dado o que havia acontecido no ano anterior. Mas o ano passado era o ano passado; agora era agora, e Brad sorria enquanto ajustava o nó.

Brad tinha várias razões para estar feliz – sendo a maior delas Ginny Striker, sua noiva, que estava ao lado dele maquiando-se. Ginny era alguns anos mais velha que Brad: uma elegante loira alta com grandes olhos azuis, natural do centro-oeste, que ele acreditara ser a própria garota propaganda do estado do Kansas quando se conheceram, há um ano e meio, em seu primeiro ano como associados de um escritório de advocacia de Portland, Oregon. Ginny e Brad haviam se mudado para Washington, DC, sete meses atrás, quando Roy Kineer, juiz da Suprema Corte dos Estados Unidos, ajudou-a a conseguir uma posição de associada na Rankin Lusk Carstairs e White, um dos escritórios mais renomados da capital. Seu salário de seis dígitos era a razão pela qual eles podiam pagar seu apartamento em Capitol Hill. Brad certamente não conseguiria pagar o aluguel com o salário que recebia como assessor da juíza da Suprema Corte Felicia Moss, um emprego que Kineer havia garantido para Brad como recompensa por ajudar a revelar o maior escândalo na história política americana.

A função de assessor era outra razão para sorrir. Podia não pagar muito, e o dia de trabalho de Brad podia ter de dez a doze horas, mas um assessor da Suprema Corte era o emprego dos sonhos de qualquer advogado – aquele que abriria a porta para qualquer posição no universo jurídico. O fato de ele ser assessor de uma pessoa tão brilhante e tão boa quanto a juíza Moss era um prêmio extra.

E havia uma última razão para sorrir. A vida de Brad andava abençoadamente monótona desde que ele chegara em Washington.

Monótona significava muito, muito boa, pois os emocionantes incidentes que movimentaram seu ano anterior incluíram ser atacado por assassinos à mão armada, desenterrar um pote cheio de dedos mindinhos que tinham sido enterrados por um assassino em série e, por último, mas não necessariamente menos importante, derrubar o presidente dos Estados Unidos.

– Adivinhe o que eu fiz – Brad disse ao terminar de arrumar a gravata.

– O quê? – perguntou Ginny, dando os toques finais na maquiagem.

– Fiz reservas no Bistrô Bis para hoje à noite, às oito.

– O que vamos comemorar?

– Seis meses sem ninguém tentando me matar e nenhum repórter tentando me entrevistar.

– Já faz isso tudo?

– Faz. Acho que finalmente voltei a ser um anônimo.

– Ah, Brad... – Ginny disse, dengosa. – Você nunca vai ser um anônimo para mim.

Brad riu.

– Acho que consigo aguentar pelo menos uma pessoa me considerando um deus.

– Calma lá.

Brad beijou Ginny no rosto.

– Vamos indo. Você pode não ter nada melhor para fazer de manhã do que se olhar no espelho, mas eu sou um homem ocupado.

Os visitantes da Suprema Corte dos Estados Unidos atravessam uma praça elevada revestida com mármore cinza e branco, sobem 53 degraus largos que levam às colunas coríntias caneladas que sustentam o pórtico oeste e entram na corte por duas magníficas portas de bronze decoradas com oito painéis retratando *A Evolução da Justiça*. Quando Brad Miller e os outros funcionários chegavam para trabalhar, atravessavam outra praça de mármore nos fundos do prédio e entravam pela passagem dos empregados, na Second Street. Depois de digitar seu código, Brad passou por uma pequena mesa onde havia um segurança. O guarda não pediu identificação, porque os seguranças da Corte memorizavam o rosto de todos os funcionários.

Desde o primeiro dia, Brad tivera a sensação de que tudo acerca da Suprema Corte era *muito* sério. Para todo lugar que olhasse, via mármore puro, madeira nobre e nenhum sinal de frivolidade arquitetônica. Até mesmo o ar dentro do edifício era solene. E os assessores jurídicos. Havia 36 deles – em sua maioria, o tipo de aluno que pularia de um penhasco se tirasse um A menos. Não que algum deles já tivesse sofrido uma tragédia dessa magnitude.

Muitos dos assessores olhavam para Brad como olhariam para um animal exótico em um circo mambembe. Ele não pertencia à Phi Beta Kappa nem tinha frequentado uma faculdade de prestígio, muito menos sido assessor de um juiz federal de apelação. Por outro lado, nenhum dos outros assessores havia derrubado o presidente dos Estados Unidos. Brad tinha consciência de sua condição perante esses gênios do direito, e, embora tivesse sido editor da revista jurídica na faculdade, ainda se sentia nervoso ao dar seus pareceres à juíza Moss, receando não ter visto algo que um dos egressos de Harvard teria percebido de cara. Moss, porém, parecia contente com o trabalho dele, o que o deixava mais confiante. Na semana passada, ela até o cumprimentara por um resumo que ele havia escrito. A juíza era econômica nos elogios, e aquilo o deixara pairando no ar por um bom tempo.

Brad passava os dias esboçando pareceres e dissensos, escrevendo resumos que auxiliavam a juíza Moss a preparar os casos que a corte estava prestes a julgar, criando sinopses que comentavam os pareceres de outros juízes, recomendando acolher ou rejeitar petições para rever decisões de tribunais inferiores e aconselhando a juíza sobre aplicações emergenciais, que eram sempre pedidas de última hora para a suspensão de uma execução.

O trabalho no tribunal nunca diminuía, e era exaustivo conciliar todas essas tarefas sete dias por semana. Para Brad, era ótimo que o prédio tivesse academia, cafeteria, barbearia e outras amenidades que permitiam que ele se arrumasse, comesse e se exercitasse – atividades que os humanos normais faziam em lugares que não seu local de trabalho. Mas Brad não se queixava. Podia trabalhar feito um cão, mas era revigorante saber que tinha dado sua contribuição para decisões que determinariam o rumo da história americana.

A juíza Moss tinha quatro assessores, e Brad dividia o escritório vizinho ao gabinete dela com Harriet Lezak. Harriet era uma pessoa perpetuamente cansada. Tinha um cabelo preto ondulado que parecia nunca ter conhecido uma escova e uma figura alta e rija, resultado de correr longas distâncias e ficar sem comer. Brad sempre resistia ao desejo de pregar Harriet no chão e forçar-lhe alguns *milk shakes* goela abaixo. Ele ficava imaginando se ela saía do tribunal a não ser para dar uma de suas longas corridas. Os assessores não tinham horário fixo, mas Brad se sentia obrigado a chegar cedo. Não importava a que horas chegasse, Harriet estava sempre em sua mesa, e raramente saía antes dele. Brad achava que ela era uma nova espécie de vampiro, que vivia da pesquisa jurídica em vez de sangue humano.

A sala de Brad e Harriet era um dos vários escritórios de assessores situados no primeiro andar. Era pequena e atravancada, mal tendo espaço para duas mesas. O que a salvava era uma janela que ia do chão até o teto, que deixava a luz entrar, e o pátio com flores e fontes que ficava do outro lado do corredor e podia ser visto quando a porta estava aberta.

– Bom dia, Harriet – disse Brad. Os olhos da moça estavam grudados no monitor, e ela balançou a mão para ele em vez de responder. – A chefe já chegou?

– Ela está esperando este resumo – Harriet respondeu, distraída, enquanto manobrava o cursor pela tela e clicava o mouse. A impressora zunia, e Harriet ficou parada ao lado dela, batendo a ponta dos dedos na coxa, impaciente. Quando a máquina parou de fazer barulho, Harriet recolheu os impressos e correu para a porta ao lado.

Capítulo 5

Cada juiz associado tem direito a uma suíte com três salas revestidas com painéis de carvalho, que consistiam em um gabinete particular para o juiz e duas salas para os funcionários. Carrie Harris, uma afro-americana de quarenta anos que era secretária da juíza Moss desde que a magistrada fora nomeada para o Segundo Circuito de Apelação, guardava a porta do gabinete da juíza.

– Ela está pronta para mim? – Harriet perguntou.

– Está esperando esse resumo – disse Harris, acenando para o maço de papéis nas mãos da assessora.

Harriet bateu os dedos no batente da porta. A juíza Moss estava sentada atrás de uma grande mesa de mogno lendo um fichário. Levantou a cabeça e fez sinal para que Harriet entrasse.

O gabinete da juíza tinha uma lareira e um banheiro particular. O *United States Reports*, que contém os pareceres da corte, tomava boa parte do espaço na parede. No resto delas havia uma pintura a óleo do ex-juiz Thurgood Marshall, fotos dos bons tempos da juíza com o reverendo Martin Luther King Jr., cópias emolduradas de memoriais dos casos mais notórios que ela defendera perante a Suprema Corte e uma moldura estofada cor-de-rosa com uma citação que dava uma boa ideia do senso de humor da juíza. A citação era o parecer do juiz Bradley num caso de 1872, *Bradwell contra Illinois,* no qual a Suprema Corte dos Estados Unidos negou a Myra Bradwell o direito de praticar o direito pelo fato de ser mulher.

A lei civil, assim como a natureza em si própria, sempre reconheceu uma ampla diferença nas respectivas esferas e destinos de homens e mulheres. A timidez e a delicadeza naturais ao sexo feminino evidentemente o tornam inadequado para muitas das ocupações da vida civil. O âmbito doméstico é adequado ao domínio e às funções próprias à condição feminina.

O destino supremo e a missão da mulher são preencher os nobres e agradáveis cargos de esposa e mãe.

Felicia Moss era uma negra forte, de cabelos grisalhos, que parecia mais uma sábia avó do que uma das juízas mais poderosas dos Estados Unidos. Sua verdadeira idade era mantida em segredo, e a resposta àqueles que perguntavam era: "Não é da sua conta", frase que causou muitos risos em sua audiência de confirmação.

Qualquer um que não conhecesse a história da juíza Moss ficaria surpreso em saber que ela fora membro de uma gangue de rua em Nova York até perceber que sua perspectiva de vida melhoraria se saísse do gueto.

Moss não tinha ideia de quem era seu pai. Sua mãe adolescente a parira sozinha em casa, e sua avó passou a criá-la depois que a mãe morreu de overdose. Primeira pessoa da família a se formar na faculdade, ela custeara os estudos na CCNY com empregos humildes que lhe deixavam pouco tempo para estudar. Mesmo assim, suas notas lhe valeram uma bolsa na Escola de Direito da Universidade de Columbia, onde ela se formaria como quinta melhor aluna da turma. Infelizmente, a prática jurídica no meio dos anos 1960 não reservava muito espaço para mulheres, muito menos para uma negra. A revolta por ser obrigada a trabalhar na área administrativa enquanto os homens de sua turma colecionavam gordos cheques em Wall Street a levou para o Sul, onde ela usou suas habilidades jurídicas para ajudar o reverendo King. Moss fora muito bonita quando jovem, e havia boatos – nunca confirmados – de que ela e King foram amantes.

O assassinato de King levou Felicia Moss à depressão profunda. Ela se afastou dos direitos civis e foi para Wall Street, onde se tornou a afro-americana símbolo de uma empresa tradicional que tentava limpar sua imagem perante a opinião pública. Permaneceu lá por quatro anos, durante os quais foi se envolvendo com o movimento pelos direitos femininos. Duas vitórias *pro bono* para a Aclu, União Americana pelas Liberdades Civis, na Suprema Corte, firmaram sua reputação nos círculos jurídicos e acadêmicos. Depois de deixar Wall Street, Moss lecionou na faculdade em que estudara até o presidente Carter nomeá-la para a Corte Distrital Federal. O presidente Clinton a elevou para o Segundo Circuito de Cortes de Apelação, e o presidente Nolan deu os toques finais em sua odisseia judicial ao nominá-la para o Tribunal Superior.

– Aqui está meu resumo do caso *Woodruff contra Oregon*, juíza – disse Harriet depois de sentar-se diante da chefe. A juíza passou os olhos na análise de Harriet sobre o caso enquanto sua funcionária aguardava, impaciente.

– Então, não acha que devemos deferir o recurso? – Moss perguntou ao terminar.

– Não – Harriet respondeu, confiante. – Veja a alegação de dupla incriminação. Ela não se sustenta. Tudo bem, Sarah Woodruff foi julgada duas vezes por matar John Finley, mas o primeiro julgamento foi anulado.

– Depois de selecionarem o júri e de ela sofrer a ignomínia de chegar até a metade do julgamento porque o governo escondeu da defesa fatos cruciais.

– O que tinha todo o direito de fazer – Harriet respondeu. – Woodruff alega que seu caso é especial, mas ela é apenas mais uma pessoa. Proteger todos os cidadãos está acima dos direitos de um só cidadão.

– Você não acha que a aplicação do privilégio de segredos do estado deveria ser analisada mais detalhadamente quando o réu pode ser condenado à pena de morte? – inquiriu Moss.

– Não acho. O tipo de acusação não tem relevância no raciocínio que sustenta o privilégio.

Moss discutiu o caso *Woodruff* mais um pouco com Harriet e terminou a conversa quando viu que o horário da reunião com os outros juízes se aproximava.

– Muito bem. Lerei o resumo com atenção. Parece que você fez um bom trabalho. Agora, chispe. Tenho de me aprontar para a conferência. E peça a Carrie que me traga café. Vou precisar de muita cafeína para aguentar a manhã.

Harriet fechou a porta atrás de si e a juíza Moss fez uma careta. Lezak era brilhante, mas mecânica. Seu resumo sobre o caso *Woodruff*, assim como o resto de seu trabalho, era excepcional, mas ela sempre concluía que a lei era a lei. Não faria mal injetar alguma humanidade na lei de vez em quando. Depois de trabalhar com Lezak por seis meses, a juíza concluíra que lhe faltava alma.

Moss pensou em Brad Miller e sorriu. Havia uma vantagem em ter quatro assessores. Cada um deles trazia uma contribuição diferente. Brad era tão bom em direito quanto os *Ivy Leaguers*, mesmo que ele mesmo ainda não estivesse convencido disso, e abordava os casos de um modo diferente dos outros meninos vindos das faculdades mais prestigiadas. A situação das pessoas envolvidas nos casos o preocupava. Por vezes, a emoção atrapalhava sua lógica, mas a juíza podia resolver isso. Era bom trabalhar com um garoto brilhante que possuía uma saudável dose de empatia.

Moss olhou para o relógio e suspirou. Não tinha mais tempo para devaneios. As questões do caso *Woodruff* eram complexas, e ela ainda não tinha ideia de como as abordaria. Esperava fazer o que era moral e juridicamente correto, mas, em alguns casos, a lei e a moralidade ditavam resultados diferentes. Como a árbitra final da lei neste grande país, ela tinha o dever de seguir seus estatutos e precedentes mesmo quando seu coração a puxava para a direção oposta.

Capítulo 6

A única coisa que mantém muitos condenados à pena de morte vivos é um recurso que, se concedido, ordena à última corte ouvir o recurso do peticionário que envie os registros do caso à Suprema Corte para revisão. Duas vezes por semana, pilhas de novos pedidos circulam pelos gabinetes dos juízes, onde seus assessores escrevem resumos recomendando que as petições sejam aceitas ou rejeitadas. O presidente da corte circula uma "lista de discussão" com casos que foram julgados merecedores, e cada juiz associado pode adicionar outros precedentes à lista.

A decisão de aprovar ou negar os milhares de petições que inundam a corte todos os meses é feita em uma sala de reuniões revestida com painéis de carvalho, contígua ao gabinete do presidente da corte. Somente os juízes comparecem à reunião; nenhum outro empregado, incluindo os assessores, tem permissão para ouvir as deliberações. A sala de reuniões é iluminada por um candelabro e pela luz de várias janelas. Estas são ladeadas por estantes cheias de relatórios das decisões. Há um retrato carrancudo de John Marshall pendurado acima da lareira de mármore preto. De sua posição superior, o quarto presidente da corte dos Estados Unidos observa seus sucessores tomarem os assentos a eles designados em volta de uma comprida mesa de mogno na qual se encontram lápis apontados e blocos para anotações.

A juíza associada Felicia Moss entrou na sala coxeando levemente, apoiada em sua bengala de ébano com cabo de prata – um presente de seus funcionários para celebrar seu retorno de uma cirurgia de quadril que ela fizera três anos antes. A juíza Moss sentou-se em uma das cadeiras de couro preto com encosto alto que rodeavam a mesa de reuniões, percebendo que todos, exceto Ronald Chalmers, estavam presentes. Assim que ela se sentou, o presidente da corte, Oliver Bates, fez um sinal com a cabeça. Warren Martinez, o juiz mais novo, fechou a porta e o presidente começou a reunião.

– Ron não está aqui – interrompeu Moss.

– Perdão, Felicia – disse Bates. – Informei a todos antes de você entrar. Ron vai se atrasar e quer que comecemos sem ele.

Moss fez uma careta.

– Aconteceu alguma coisa? Ele não faltou nenhum dia desde que estou aqui.

– Ele não me disse o que era. Só pediu para prosseguirmos sem ele, então vamos começar. Temos muito a discutir.

Ao longo da hora seguinte, os juízes debateram o destino de vários recursos antes de chegarem ao caso *Woodruff contra Oregon*. Millard Price – um homem troncudo de ombros largos que já havia sido presidente da Ordem dos Advogados, Procurador-Geral dos Estados Unidos e sócio sênior da Rankin Lusk Carstairs e White – estava sentado diante de Moss. Price era tranquilo e costumava quebrar a tensão com uma brincadeira, mas Moss o achara preocupado a manhã inteira. Assim que o presidente da corte mencionou o nome do caso, Price inclinou-se para a frente.

Warren Martinez havia rabiscado um pedido para falar sobre o caso na lista de discussão, e resumiu suas razões para acreditar que o recurso deveria ser deferido.

Bates, presidente da corte, e Kenneth Mazzorelli argumentaram contra a concessão do recurso. A juíza Moss titubeou e decidiu guardar suas opiniões para si. Millard foi um dos últimos a falar.

– Isto é perda de tempo – ele disse. – Não vejo nada que justifique um recurso no caso.

Moss ficou surpresa ao ouvir Price assumir uma posição dura em um caso de pena capital. O juiz era membro do bloco conservador em muitas questões, mas um moderado em questões sociais, e normalmente justo e aberto em casos de pena de morte.

– O argumento de dupla incriminação é frívolo – Price continuou. – O caso foi anulado sem prejuízo da primeira vez que Woodruff foi acusada do assassinato de Finley. O conjunto de circunstâncias envolvendo a segunda vez em que ela foi acusada é completamente diferente.

– Mas foi o governo o responsável pela acusação no primeiro caso – disse Martinez.

– E, definitivamente, há uma questão *Brady* – adicionou a juíza Mary Ann David. – O governo tem o dever absoluto de fornecer à defesa quaisquer provas atenuantes que estejam em seu poder, e não creio que os cuidados com a segurança nacional possam sobrepujar esse dever, principalmente quando a vida do réu está em jogo.

– Esse argumento é baseado em suposições e na teoria da conspiração, não em fatos – Price revidou. Ele parecia alterado, e Moss achou isso muito estranho. A argumentação de Millard costumava ser calma e racional. Esse acesso emocional era muito incomum.

Antes que alguém pudesse continuar a discussão, a porta se abriu e Ronald Chalmers entrou na sala de reuniões. Ele tinha olheiras profundas e seus ombros largos estavam arqueados.

– Fico contente que tenha vindo, Ron – brincou o presidente Bates.

– Jogando golfe? – Martinez perguntou, com um sorriso. Chalmers era um golfista inveterado.

– Eu não vou ficar – disse Chalmers. Moss viu que ele parecia exausto. – Acabo de chegar da Casa Branca. Pedi demissão da Corte.

Os juízes ficaram perplexos.

– Peço desculpas por informá-los de modo tão brusco, mas só vim a saber ontem de tarde: Vivian está com Alzheimer. Ainda está no começo, então ela... – Chalmers engasgou e fez uma pausa para recompor-se. – Nós vamos para a Europa enquanto ela ainda pode aproveitar a viagem. Faz tempo que venho adiando, mas agora não dá mais.

A juíza Moss foi para junto do amigo e colega e o abraçou. Os outros juízes reuniram-se em volta deles.

– Sinto muito – disse Felicia. – Se eu puder fazer alguma coisa...

– Não há o que fazer – foi a resposta cansada de Chalmers. – Só quero passar o máximo de tempo possível com Vivian, e não conseguirei fazer isso se continuar trabalhando na Corte.

– Quando vocês vão para a Europa? – Mary David perguntou.

– Já pedi ao nosso agente de viagens que providencie tudo. Será em breve.

– Vivian quer receber visitas? – perguntou a juíza David.

Chalmers sorriu.

– Acho que ela apreciaria muito.

– Eu telefono hoje à noite.

Os juízes conversaram com o colega por algum tempo. Depois, Chalmers foi embora.

– Meu Deus, deve ser difícil... – Bates disse.

– Não consigo imaginar o que ele está enfrentando – disse Martinez, o mais jovem.

Os outros membros da corte conversaram sobre o amigo até Millard Price interrompê-los.

– Não quero parecer insensível, mas temos de voltar ao trabalho. É preciso quatro votos para deferir o recurso. Com a saída de Ron, não acho que temos quatro votos para *Woodruff*, então talvez possamos dispensar o caso.

Vários juízes ficaram horrorizados com a falta de compaixão de Price. Alguns pareciam furiosos.

– O corpo ainda nem esfriou, Millard – disse Martinez. – Não acho que seja hora de tomar uma decisão apressada sobre um caso que alguns de nós acham muito importante.

– Bem, os votos não estão aqui – disse Price. – Podemos fazer uma enquete, mas não acho que o recurso será aceito.

– Não vou me apressar a votar, dadas as circunstâncias – disse a juíza Moss. – Não temos ideia de qual será o voto do sucessor, e ainda não tenho certeza do que decidirei. Eu digo que devemos exercer o direito constitucional 28, seção 1, de adiar nosso voto.

Alguns juízes expressaram concordância. O presidente da corte, juiz Bates, disse:

– Gostaria que levantassem a mão. Quantos são a favor de adiar a votação do caso *Woodruff*?

Sete dos oito juízes levantaram a mão, sendo Price o único dissidente.

– Muito bem, então – disse Bates. – Vamos fazer um intervalo de vinte minutos para desanuviar a cabeça.

Moss queria conversar com Price sobre o modo como ele agiu, mas ele se apressou a sair da sala.

– Mas o que significa isso? – Kenneth perguntou a Felicia, com os olhos em Price, que deixava o recinto. Mazzorelli, um fiel conservador, comumente se confrontava com Felicia sobre questões legais, mas era um colega amável.

– Não tenho ideia. Millard não costuma se envolver tanto nos casos.

Talvez ele não tenha dormido o suficiente na noite passada – Mazzorelli disse, balançando a cabeça. – Aposto que Ron não pregou o olho. Pobre homem.

Moss permitiu que Mazzorelli mudasse de assunto, deixando de lado Price e a petição para o recurso de Woodruff, mas ela não conseguia parar de pensar na reação exaltada do juiz.

Capítulo 7

Dennis Masterson quase ganhou um torcicolo tentando esticar-se para apoiar a caneca de café em uma das enormes janelas de seu espaçoso escritório de esquina. O local de trabalho de Masterson era o maior de todos os sócios da Rankin Lusk – o que era adequado, pois ele era o manda-chuva da empresa. As paredes de seu domínio, revestidas de carvalho, eram a prova de seu poder. Eram decoradas com fotos de Masterson posando com todas as pessoas de prestígio do sistema político americano nos últimos trinta anos.

A maioria de seus sócios no maior escritório de advocacia da capital trabalhava na obscuridade, conhecidos somente pelos membros de seu clube de campo e pelos legisladores e seus indicados políticos, mas Masterson era conhecido por qualquer americano que assistisse aos noticiários de TV ou os programas de entrevistas de políticos. Ex-zagueiro em Dartmouth e ex-editor da revista jurídica de Yale, ele viera trabalhar na Rankin Lusk depois de ter ido duas vezes ao Vietnã. Sete anos atrás, Masterson tirara uma licença para trabalhar como diretor da CIA. Três anos antes havia ocorrido um incidente muito embaraçoso no Afeganistão, e Masterson voltou à Rankin Lusk quando o presidente, necessitando de um bode expiatório, pediu que ele assumisse a culpa. Masterson se divertira com a ideia de resistir ao pedido, mas havia muito dinheiro a ser ganho no setor privado, e não faria mal a sua perspectiva de negócios ter o líder do mundo livre lhe devendo um favor.

Masterson tinha um metro e noventa e dois de altura e os traços aristocráticos de um homem bem nascido. Com seu cabelo grisalho e penetrantes olhos azuis, era a personificação da sabedoria e da sinceridade, o convidado perfeito em qualquer programa de entrevistas da televisão. Durante seu período na CIA, tinha sido a pessoa ideal para dar testemunho diante de qualquer comitê do congresso. As ligações de Masterson com a indústria da defesa e da inteligência o tornavam indispensável para sua firma.

Seu celular descartável e não rastreável tocou. Somente uma pessoa tinha o número desse telefone, e essa pessoa só ligava com notícias importantes.

– A reunião acabou agora – disse a voz do outro lado da linha –, e houve algo inesperado. O juiz Chalmers se demitiu. A esposa dele está com Alzheimer e...

– Já sei disso há duas horas – Masterson interrompeu. – O que aconteceu com a petição do caso *Woodruff*?

– Ainda está em aberto.

Masterson praguejou.

– Millard não conseguiu encerrar o caso?

– Ele tentou, mas Moss entrou no meio e convenceu os outros juízes a adiarem a votação.

– Qual foi a contagem?

– Os juízes David e Martinez queriam deferir. Moss não se posicionou, mas Price acha que ela está inclinada a deferir.

– Graças a Deus surgiu a esposa de Chalmer. Ele teria sido o quarto voto, se Moss votasse a favor.

Masterson calou-se. A pessoa que estava ligando esperou.

– Quero o gabinete de Moss grampeado – disse Masterson. – Temos de saber para que lado ela vai.

– Vou tratar disso.

Masterson desligou e voltou sua atenção para o mundo fora do escritório. Nas ruas lá embaixo as pessoas corriam para lá e para cá, sem ideia de quem realmente dominava o mundo. Lá de cima elas pareciam formigas, e Masterson as via com a mesma indiferença com que via um inseto. Dos bilhões de pessoas no mundo, somente algumas poucas importavam, e ele era uma dessas. Mas isso poderia mudar se o processo de Sarah Woodruff não morresse na reunião. Do jeito como estava agora, *Woodruff* era só mais um caso criminal de um estado longínquo conhecido por seus ecologistas, pelas lindas montanhas e pelos tênis de corrida. Masterson não podia arriscar a investigação a que estaria sujeito se a Suprema Corte aprovasse o recurso. *Woodruff* tinha de continuar enterrado, e Dennis Masterson estava disposto a qualquer coisa para mantê-lo a sete palmos de terra.

Capítulo 8

A cafeteria da Suprema Corte é aberta ao público, mas os assessores comem em uma seção cuja porta está sempre fechada, para que eles possam discutir os assuntos da corte livremente, sem se preocupar em ser ouvidos. Saber de antemão, por exemplo, o modo como um processo comercial será decidido pode ter toda sorte de consequências, e os assessores ficaram impressionados desde o primeiro dia com a importância do sigilo. Brad nunca discutia seus casos com ninguém exceto a juíza e seus companheiros assessores, e Ginny sabia que não deveria perguntar nada sobre eles.

Brad estava almoçando cedo e sozinho na área reservada aos assessores quando um homem alto, de boa aparência, com corte de cabelo militar, apoiou a bandeja do outro lado da mesa, em frente a ele.

– Posso lhe fazer companhia?

– Claro, sente-se – Brad respondeu. O homem parecia ter pouco menos de quarenta anos, idade um pouco avançada para um assessor, e Brad se perguntou se era um visitante que havia entrado na área dos assessores por engano.

– Você é Brad Miller? – o homem perguntou, acertando a posição da bandeja. Brad estava preparado para perguntas sobre o caso *Farrington*. – Sua noiva é Ginny Striker, não é?

– Conhece Ginny? – Brad perguntou, aliviado por não precisar tourear mais um abelhudo.

– Eu me e chamo Kyle Peterson e sou associado-sênior na Rankin Lusk.

Peterson viu a expressão de pânico no rosto de Brad e riu.

— Não se preocupe. Estou temporariamente trabalhando como assessor do juiz Price até ele contratar alguém para substituir Frank Sheppard.

Brad imediatamente ficou sério.

— Que coisa horrível – disse. Brad conhecera Frank em sua primeira semana na corte. Todos os assessores ficaram chocados quando ele foi atropelado por um carro que nem parou para socorrê-lo.

— Não cheguei a conhecê-lo, mas ouvi dizer que é um cara legal – disse Peterson.

— Ele é, sim. Então, como veio parar aqui?

— Trabalhei com o juiz Price quando entrei na Rankin Lusk, e mantivemos contato depois que ele veio para a Corte. Ele se sente à vontade comigo e confia no meu trabalho. O escritório achou que não haveria problema se eu ficasse um tempo aqui, então... – Peterson encolheu os ombros.

— Você trabalha com Ginny? – Brad perguntou.

— Trabalhamos juntos em um projeto. Quando o juiz Price me pediu para preencher essa vaga, comentei com ela e ela me disse que você era assessor. Eu sabia seu nome e o conhecia dos jornais e da televisão.

— É a minha sina.

Peterson riu.

— E então, gosta de ser assessor?

— Gosto muito. A juíza Moss é uma ótima chefe e o trabalho é muito interessante e importante. A carga é arrasadora às vezes, mas estou feliz por ter conseguido o cargo.

— É um ótimo lugar para trabalhar, e será fácil conseguir emprego quando sair daqui. Você pode tentar a Rankin Lusk, embora eu não saiba qual é a política da empresa com relação a empregar casais.

— Eu trabalhei num grande escritório no Oregon, e não tenho interesse em advogar novamente. Estou pensando no Ministério da Justiça, ou quem sabe em alguma coisa no Senado ou na Câmara.

– Isso não será problema. Aposto que a juíza Moss tem milhares de contatos. Por falar na sua chefe, tem alguma ideia do que ela fez na reunião que tenha irritado Millard?
– Não – Brad respondeu, cauteloso.
– Teve algo a ver com a petição *Woodruff*.
– Não analisei esse caso, e a juíza nunca discute o que acontece nas reuniões para analisar recursos.
– Bom, alguma coisa o irritou. Ele costuma ser bem tranquilo. Você por acaso não sabe como ela está pensando em votar na petição, sabe? Pode ter algo a ver com isso.
– Como eu disse, não trabalhei nesse caso, e a juíza não comentou nada comigo. Nem sei que tipo de processo é.
Peterson deu uma mordida em seu sanduíche e Brad fez o mesmo.
– Então, você trabalhou no Oregon – Peterson disse, quando terminou de mastigar. – Nunca estive lá, mas ouvi dizer que é legal.

Tudo na biblioteca, no último andar da Suprema Corte, era majestoso. As paredes eram revestidas de carvalho, os carpetes vermelhos, iluminados por magníficos candelabros, e as longas mesas na qual se escrevia e pesquisava eram de madeira polida. Não era incomum Brad Miller se pegar olhando para o teto decorado ou para as figuras representando a lei, a ciência e as artes talhadas nos sete enormes arcos dos dois lados da biblioteca.
A academia, ao contrário, localizada acima da biblioteca, não tinha nada de especial. Um lance de escadas estreitas levava a uma sala longa e desbotada cheia de máquinas de levantar peso, bicicletas ergométricas e outros equipamentos comuns de ginástica. Ao lado da academia ficava a adequadamente denominada Suprema Quadra, uma quadra de basquete que era o cenário de jogos acirrados disputados por advogados brilhantes que trocariam de bom grado seus pomposos diplomas por uma oportunidade de jogar na NBA.

Esta noite Brad se encontrava sozinho na quadra. Usando uma de suas jogadas patenteadas, ele driblou Kobe Bryant e tentou uma cesta de três pontos bem acima da mão esticada de Shaquille O'Neal. Infelizmente, a bola atingiu o aro, custando aos Nicks o campeonato da NBA. Brad xingou e, desalentado, correu até a parede para recuperar a bola.

– Você está em boa forma.

Brad virou a cabeça e viu que uma linda morena mais ou menos da altura dele, usando um short e um top esportivo, o observava da porta que ligava a quadra de basquete à academia. Quando chegou, ele a avistara debruçada sobre uma bicicleta ergométrica, com o rosto tenso, como se estivesse terminando uma disputada etapa do Tour de France.

– Participou dos jogos universitários? – ela perguntou.

– Só os do ensino médio – ele disse, sem conseguir mentir, embora estivesse tentado a fazer isso. – Nunca fui bom o bastante para jogar pela faculdade.

– Passe aqui para mim – a mulher disse. Brad atirou-lhe a bola. Ela deslizou pelo piso de madeira e lançou a bola do ponto onde Brad havia feito sua tentativa. A bola zuniu através da rede sem tocar o aro.

– Incrível – disse Brad, reagindo à inesperada graça dos movimentos da mulher. Ela riu. Depois, pegou a bola e foi até Brad. Quando se aproximou, ele percebeu que ela era mais do que bonita: era definitivamente sexy, com a barriga durinha à mostra e pernas macias e longas.

– Jogava pela faculdade? – Brad perguntou.

– Armadora, no MIT.

– É claro – Brad pensou, sentindo-se mais incompetente do que de costume.

Ele tinha sido um jogador de tênis decente na faculdade e normalmente se consolava com a ideia de ser melhor atleta do que seus colegas assessores, mesmo não sendo tão inteligente quanto eles, mas esta assessora não somente podia jogar melhor do que ele como era graduada pelo MIT.

A mulher estendeu a mão.

– Wilhelmina Horst. É um nome horrível. Todos me chamam de Willie. Você não deve lembrar, mas nos encontramos no *happy hour*. – Ela se referia aos encontros que aconteciam no pátio, promovidos cada vez por um gabinete, onde os assessores podiam se conhecer, beber cerveja e comer.

– Ah, sim – Brad disse, procurando esconder o constrangimento por estar perto de uma mulher tão bonita e seminua, graças à culpa explicitada pela atração e à sua condição de noivo prestes a se casar. – Não a reconheci sem o uniforme.

Willie sorriu.

– Eu devia estar usando óculos e terninho. Uso lente de contato quando não estou tentando parecer advogada.

– Brad Miller.

– É, eu sei. O cara do presidente. Você é famoso.

Brad corou.

– Quem dera não fosse. Ser celebridade não é tão bom quanto dizem, acredite. Na verdade, é um grande pé no saco.

– Ah, por favor! Derrubar um presidente deve ser excitante.

– Na verdade, não. Passei a maior parte do tempo em estado de horror. E você, é assessora de quem? – Brad perguntou, desesperado para mudar de assunto. Willie não era a primeira assessora que tentava obter informações sobre o escândalo Farrington.

– Millard Price. E você trabalha com a juíza Moss, certo?

Brad fez que sim com a cabeça.

– Meu chefe está possesso com ela.

– Ah, é?

– Alguma coisa que ela fez na reunião com relação ao recurso *Woodruff* o deixou irritado.

O alarme mental de Brad disparou. Horst era a segunda pessoa do gabinete de Price a falar com ele sobre o caso *Woodruff*.

– O que ela fez?

– Eu não sei. Ele não parou de reclamar sobre a juíza Moss quando voltou ao gabinete, e parecia preocupado. Sua chefe não mencionou o caso *Woodruff* quando chegou da reunião?

– Para mim, não. Não trabalhei nele. Nem sei do que se trata.

Willie olhou diretamente nos olhos de Brad, deixando-o mais nervoso do que já estava. Depois, atirou-lhe a bola.

– Quer jogar um contra um?

A voz de Willie parecia mais rouca do que antes. Brad sentiu alguma coisa mexer abaixo na cintura e tentou controlar o pânico. Olhou para o relógio atrás de Willie. Já eram quase oito horas.

– Eu tenho que ir. Minha noiva está me esperando para jantar.

– Fica para outro dia – Willie disse, com a voz cheia de promessas. Aparentemente, não se perturbara pela revelação de que Brad tinha alguém.

– Não se eu quiser preservar minha dignidade – Brad respondeu, com um riso nervoso. – Você provavelmente vai me dar uma surra.

Willie sorriu.

– Seria divertido tentar. Ouvi dizer que o gabinete da juíza Moss é decorado com memorabilia interessante sobre a época dos direitos civis.

– É, sim.

– Alguma chance de me levar para uma excursão uma noite dessas, depois do trabalho, quando ela tiver ido embora?

– Pode ser. Claro.

– Que bom.

– Eu tenho que ir mesmo. A Ginny deve estar morrendo de fome.

– Tudo bem. Foi um prazer falar com você de novo.

Brad saiu da academia suando mais do que quando estava malhando. As perguntas sobre o caso *Woodruff* haviam levantado uma bandeira vermelha. Havia alguma coisa ali, e ele decidiu que deveria contar à sua chefe sobre suas conversas com os assessores de Millard Price assim que tivesse uma oportunidade. Brad tomou uma chuveirada e foi até o escritório telefonar para Ginny.

– Está pronta para jantar?

– Eu adoraria jantar com você, mas o General Tso me convidou primeiro.

– Jogue fora essa comida para viagem. Posso passar aí em quinze minutos.

Ginny suspirou.

– Não posso. Um dos sócios deixou um arquivo na minha mesa às seis horas e pediu um resumo para amanhã cedo. Você sabe como são as coisas aqui.

– Infelizmente, sei – disse Brad, lembrando-se de quando trabalhou num escritório de advocacia em Portland.

– Te amo. Vejo você em casa.

– Você deve chegar cansada demais para fazermos sexo selvagem – Brad disse, meio brincando, e ainda excitado pelo encontro com Willie Horst.

– Ou de qualquer outro tipo.

Brad riu.

– Brincadeirinha. Também estou exausto. Você é dez.

Mandaram-se beijos e Brad desligou. Ele sorriu. Willie Horst podia ser sexy, mas não era uma Ginny Striker.

Ginny desligou o telefone e suspirou. Diante dela, um contrato de sessenta páginas tão chato que faria dormir o maior dos insones. À sua direita, um par de pauzinhos enfiados em uma embalagem engordurada do restaurante O Frango do General Tso. Ela daria tudo para estar de pijama, aninhada no sofá com o homem que amava assistindo a um filme antigo no Turner Classics. Infelizmente, ela devia milhares de dólares do crédito estudantil e também achava necessário, por alguma estranha razão, comer e ter um teto para morar. Ah, que bom seria ter nascido princesa ou herdeira de um império industrial. A vida realmente não era justa.

Ginny puxou um pedaço de frango e o engoliu com um trago de Coca. Depois, deu tapinhas nas bochechas para fazer a adrenalina subir. Terminou de ler o contrato pouco depois das nove e enviou o resumo para o sócio por e-mail às dez e quinze. A essa hora, a Rankin Lusk Carstairs e White era uma cidade fantasma habitada somente pelas equipes de limpeza, que se moviam silenciosamente pelos escritórios de carpete felpudo e pelos espaços espartanos e atarracados ocupados pelos tiranizados associados que, como Ginny, eram obrigados a realizar tarefas de última hora para seus mestres sádicos.

Ginny estava perto do elevador quando ouviu o *ding* que anunciava a chegada de um carro. Uma mulher saiu dele, seguida por Dennis Masterson. Ginny não ficou surpresa ao ver Masterson com uma mulher. Ele tinha uma merecida reputação de mulherengo. Mesmo sendo nova na firma, Ginny sabia de duas associadas que haviam caído pelos encantos dele. O que a surpreendeu foi a aparência comum da mulher. Ela vestia um austero terninho bege, tinha traços finos e esqueléticos e cabelo castanho-dourado. Seus olhos eram a parte mais bonita, e eles examinaram Ginny sem emoção, como um computador o faria se pudesse olhar.

Masterson cumprimentou Ginny com a cabeça quando passou por ela a caminho de seu espaçoso escritório. Ginny ficou se perguntando se a mulher era uma cliente, e depois por que ela se encontraria com Masterson no escritório dele a essa hora. Considerou a possibilidade de a reunião ser um encontro amoroso, mas a descartou. Se Masterson fosse fazer amor com essa mulher, eles estariam em um quarto de hotel. Ginny estava cansada demais para pensar no casal, que foi esquecido assim que as portas do elevador se abriram para a garagem.

Capítulo 9

A sonolenta Inverness, com cerca de 30 mil habitantes, fica no norte de Wisconsin e foi fundada por imigrantes escoceses que migraram para o oeste vindos de Nova York em meados de 1800. A população da cidade mais do que dobrava a cada outono, quando os alunos da Universidade de Inverness e da Escola de Direito Robert M. La Follette iniciavam o semestre de outono, e inchava novamente durante a temporada de caça e pesca. As caminhadas e os acampamentos eram diversões populares entre os estudantes de Inverness, e o material de orientação da faculdade continha mapas sinalizando as trilhas que começavam em vários pontos nos arredores do *campus* e a localização dos muitos lagos que podiam ser encontrados nas verdejantes florestas que rodeavam a cidade e a universidade.

Daphne Haggard era ruiva de olhos verdes e tinha sardas, mas não era o estereótipo do temperamento fogoso. Ela era um dos cinco agentes do departamento de polícia de Chicago formados na *Ivy League* quando chegou à Cidade dos Ventos, depois que seu marido foi aceito em um programa de doutorado da Universidade de Chicago. Havia se mudado para Inverness quando seu marido foi contratado para lecionar história na universidade. Sua carreira na polícia estava em ascensão, e a decisão de mudar tinha sido difícil, mas não tanto quanto os esforços de seu marido para encontrar um bom emprego em uma boa faculdade. Brett havia passado maus bocados trabalhando como professor adjunto sem esperança de efetivação, e complementava a renda lecionando em cursos na faculdade comunitária. Daphne amava o marido e estava disposta a fazer sacrifícios para vê-lo feliz.

O cartão de visita de Daphne a identificava como inspetora-chefe de homicídios do Departamento de Polícia de Inverness, mas ela normalmente trabalhava em crimes que não tinham nada a ver com gente morta, porque não havia muitos assassinatos na cidade, e comumente não era preciso investigar muito para resolvê-los, quando ocorriam. Inverness nunca tinha sido palco de um bizarro assassinato em série, e ninguém se lembrava de encontrar uma vítima de homicídio trancada em algum quarto secreto de uma tenebrosa mansão. Uma ou duas vezes por ano, alguém que havia bebido muito batia na esposa com muita força ou com muita frequência, ou uma briga de bar terminava em tragédia, e Daphne efetuava as prisões. Normalmente, havia uma confissão regada a lágrimas e um número razoável de testemunhas, e as habilidades que ela desenvolvera na polícia de Chicago raramente se faziam necessárias.

No entanto, no começo de uma tarde de sábado, o Departamento de Polícia de Inverness recebeu o telefonema de uma aterrorizada aluna da escola mista relativo a uma parte de um corpo na qual ela havia tropeçado na floresta que circundava o *campus*. Daphne, um policial e um perito forense foram encontrar Tammy Cole no começo da trilha. A aluna usava um short de corrida e um top esportivo. Tinha o rosto pálido e mantinha os braços em volta do corpo, apesar do calor fora de época.

Daphne mostrou à assustada garota suas credenciais.

– Senhorita Cole, sou a detetive Haggard. Estes são o policial Pollard e o policial McCall. Pode nos dizer o que aconteceu?

A garota engoliu seco.

– Eu costumo correr muito por aqui a essa hora do dia. Faço percursos diferentes. Tem um riacho a uns sete quilômetros adiante nesta trilha que escolhi para correr hoje. Fiquei com sede. A vegetação rasteira é espessa em alguns pontos, e eu tropecei em uma raiz. Quando eu...

Cole parou e respirou fundo.

– Não tenha pressa – Daphne disse.

– ...eu estiquei minhas mãos para amortecer a queda – Cole disse, depois de se acalmar –, senti algo macio que não era igual ao solo. Estava cheio de insetos e tinha um cheiro rançoso.

– Onde?

– Vou mostrar.

– É humano – disse Douglas McCall, o perito forense, depois de uma breve análise.

A coxa apresentava a Daphne o único caso interessante que ela já pegara desde que viera para Inverness – a oportunidade de fazer um trabalho de detetive de verdade –, mas ela controlou sua empolgação, temendo que McCall a considerasse macabra.

– Homem ou mulher? – perguntou Daphne, que se agachara ao lado dele.

– Difícil dizer. Muitos homens e mulheres pesam por volta de 75 quilos, e suas coxas se parecem depois de decompostas porque os pelos somem e a pele fica verde, como esta aqui.

– Não há uma maneira de reconhecer quem é? E o DNA?

– Podemos enviar a coxa para o NamUs, o Sistema Nacional de Pessoas Desaparecidas e Não Identificadas. É dirigido pelo Ministério da Justiça, e eles têm uma base de dados que usam para identificar pessoas desaparecidas.

– Como funciona?

– Enviamos uma amostra do tecido para a Universidade do Norte do Texas, onde eles fazem o teste de DNA. O pessoal de lá pode extrair o DNA de tecidos moles, como o músculo profundo da coxa, e fazer o teste nuclear.

— Torná-la radioativa?

McCall riu.

— Achei que você fosse uma policial formada na *Ivy League*.

— Ih, me poupe disso! Cursei literatura inglesa.

— Ah, aposto que era craque nas rimas.

— Vá se danar, Doug — Daphne respondeu, sorrindo.

— Eu não sabia que você era tão sensível. Bom, esse termo se refere ao núcleo da célula. É de onde eles coletam o DNA. É possível fazer esse tipo de teste com sangue, cabelo. Depois que eles extraem o DNA, colocam a amostra na base de dados e tentam encontrar outra que seja semelhante. Mas demora um pouco.

— Um pouco quanto?

— Se esse fosse um caso de alta prioridade, poderíamos pedir que apressassem, mas acho que, sendo realista, estamos falando de três meses, no mínimo.

— Merda.

— É claro que a maneira mais fácil é encontrar o resto do corpo. Se me derem uma mão, podemos tirar as digitais; com um osso pélvico, posso dizer o sexo.

Daphne estudou a sinistra prova. *Quem é você?* Ela se perguntou. Em seguida, levantou-se e olhou em volta. Normalmente, ela acharia relaxantes o murmúrio do rio e o verde profundo das árvores. Hoje a floresta se tornara um lugar sinistro que poderia estar escondendo as partes de uma vítima desconhecida.

Daphne ligou para a central de seu celular. Ainda bem que estavam em uma época tranquila do ano, porque ela precisaria de muita ajuda para vasculhar a mata à procura do resto da Sra. ou do Sr. X. Teriam de mobilizar os escoteiros e alguns cães farejadores de cadáveres da polícia estadual. Seria um pesadelo logístico.

Daphne orientou o chefe e lhe disse do que necessitava. Só se lembrou da previsão do tempo depois que desligou. Estava prevista uma tempestade – a primeira do ano. Se não encontrassem o resto do corpo depressa, as partes poderiam estar cobertas de neve na noite seguinte.

Capítulo 10

A corte estava em sessão, e Brad só conseguiu falar com a juíza Moss no final do dia. Quando ele entrou no gabinete, a juíza estava rascunhando seu parecer em um bloco. Havia um computador em uma bancada num canto da sala que juntava teias de aranha porque Moss, alegando não ter mais idade para aprender novos truques, insistia em trabalhar com lápis e papel, como havia feito durante a maior parte de sua carreira jurídica.

– Em que posso ajudá-lo, Sr. Miller?

Brad sentou-se em uma cadeira de couro preto com encosto alto diante da chefe.

– Aconteceu uma coisa estranha, e achei que deveria colocá-la a par.

Moss largou o lápis e deu a Brad atenção total.

– Ontem à noite eu estava malhando na academia e Wilhelmina Horst, assessora do juiz Price, puxou conversa. Durante a conversa, ela mencionou que Price estava irritado com alguma coisa que a senhora fez na reunião relativa ao recurso do caso *Woodruff*. Depois ela me perguntou o que a senhora pretendia decidir sobre o caso.

– O que você disse?

– Eu disse a ela que não sabia de nada sobre o caso, o que é verdade. Eu não daria muita atenção a essa conversa se, durante o almoço, Kyle Peterson, outro assessor de Price, não tivesse feito a mesma coisa. Eu disse a ele o mesmo que disse a Horst, e ele mudou de assunto, mas fiquei com a nítida impressão de que eles estavam tentando extrair alguma informação sobre o seu voto nessa petição.

A juíza Moss franziu a testa e ficou em silêncio. Depois de algum tempo, olhou por cima da mesa.

– O juiz Price e eu tivemos um desentendimento durante a reunião, e os assessores devem tê-lo visto desabafar. Obrigada por me contar sobre as conversas, mas não estou preocupada.

Brad levantou-se para ir embora. Estava quase chegando à porta quando a juíza Moss falou novamente.

– Não fale sobre isso com ninguém, Brad. Millard não deveria ter falado sobre algo que ocorreu na reunião, e não quero que ninguém saiba o que acontece lá.

– Não se preocupe. Já esqueci o que aconteceu.

Quando Brad entrou em seu escritório, ele estava vazio. Harriet nunca saía cedo, então ele presumiu que ela devia estar correndo. Ele continuou a trabalhar em um resumo, delineando suas opiniões sobre questões jurídicas em um caso para o qual fora designado. Depois de trabalhar sem parar por 45 minutos, fez uma pausa e imprimiu uma parte do resumo. Em seguida, entrou na Internet e digitou o nome de Millard Price no Google. Apareceram muitas entradas, e ele clicou na biografia da Wikipédia. A primeira coisa que chamou sua atenção foi a amizade de longa data com Dennis Masterson, sócio da Rankin Lusk, que Brad conhecera em uma festa na empresa durante a primeira semana de Ginny como associada. Com Masterson como zagueiro e Price no meio-de-campo, os Dois Amigos, como foram apelidados pela imprensa, haviam vencido o campeonato da *Ivy League* e se formado com todas as honras.

A amizade deles continuou em Yale, onde estudaram direito, e na Rankin Lusk, onde Price acabou entrando quando saiu da faculdade, e Masterson, depois de servir no Vietnã. Price havia tirado licença de sua empresa para trabalhar como procurador-geral dos Estados Unidos, e havia voltado para ela quando o presidente Nolan o nomeou para a Suprema Corte.

— O que está fazendo?

Brad virou-se depressa, sobressaltado pelo silencioso retorno de Harriet ao escritório. Ela usava um agasalho justinho e seu rosto estava molhado de suor.

— Não fique me espionando assim — Brad reclamou.

— Desculpe. É a biografia de Millard Price?

— É.

— E por que está lendo sobre ele?

— Ando lendo as biografias de todos os juízes — Brad mentiu.

— Não tem curiosidade de saber como eles chegaram aonde estão?

— Estudar os juízes fez parte de minha preparação quando eu me *candidatei* ao cargo de assessora.

— Você se inscreveu em mais de um gabinete? — Brad perguntou, fingindo não notar a ênfase sutil. Ao contrário dos outros assessores, com a possível exceção de Kyle Peterson, Brad havia ganhado seu emprego na Corte.

— Não, só o do juiz Price.

Brad ficou confuso.

— Se você se inscreveu para trabalhar com o juiz Price, o que está fazendo aqui?

— Ele contratou assessores demais. Houve algum erro. Então, ele perguntou à juíza Moss se ela poderia ficar comigo para ele poder manter Willie. Cada juiz tem direito a quatro assessores, e a juíza Moss só tinha três depois de contratar você. Ela me aceitou para fazer um favor ao juiz Price porque ele não queria me dispensar depois de ter prometido o emprego.

— Teria sido difícil.

— Difícil foi ter sido jogada para escanteio por aquela piranha — Harriet disse com amargura.

— Willie?

– Existe alguma dúvida quanto à razão pela qual ela foi contratada? Price já se divorciou três vezes, e sempre tem uma assessora com peitos maiores do que o QI.
– Horst estudou no MIT.
– Ela te disse isso?
– Ela jogava no time de basquete.
– No primeiro ano. Depois foi transferida para a UMass. Foi lá que ela se formou. Harriet deteve-se. – Eu não deveria estar falando assim. Desculpe-me. Estou cansada, e acabou saindo. Vou tomar uma ducha.
– Vai voltar?
– Vou. Ainda tenho umas coisas para fazer.

Harriet saiu e Brad ficou pensando no que acabara de saber sobre Willie. Ela nunca havia dito que se formara no MIT. Só dissera ter feito parte do time de basquete do MIT, o que era verdade. Para começar, ela precisava ser muito inteligente para entrar no MIT e depois ser contratada como assessora da Suprema Corte, o que era a maior prova de que não era uma burrinha, como Harriet insinuou.

Brad tirou da cabeça todos os pensamentos sobre Willie Horst e voltou ao seu resumo. Estava trabalhando havia quinze minutos quando alguém bateu no batente da porta. Brad virou a cabeça e se deparou com Willie Horst parada na entrada da sala. O cabelo dela estava solto e ela usava uma saia preta justa e uma blusa de seda branca aberta no pescoço deixando à mostra a bronzeada e tentadora curva de seus seios. Brad corou, constrangido pela excitação sexual provocada por Willie. Ele também não conseguiu deixar de considerar a hipótese de que sua visitante sabia que ele e Harriet falaram sobre ela.

– Eu vim para lembrar seu convite para me mostrar a memorabilia do gabinete da juíza Moss – disse Willie.

Brad não se lembrava de ter feito o convite, mas não tinha certeza de que não o fizera.

– Ah, tá bom. Vou fechar o arquivo.

A juíza Moss havia deixado as luzes de seu gabinete acesas para a equipe de limpeza. Brad deu um passo para trás e Willie entrou. Ele se sentia desconfortável por ficar sozinho com Horst, e queria que a visita ao gabinete fosse feita da maneira mais breve possível. Começou mencionando a citação do juiz Bradley.

– Então, você tem namorada – ela disse, lendo a citação.

– Estamos noivos.

– Hum. Legal – Willie disse quando terminou. Em seguida, olhou para uma fotografia de Felicia Moss quando jovem com Martin Luther King tirada no dia do assassinato de King.

– Eu soube que eles foram amantes – Willie disse.

– É um boato sem fundamento.

– Já perguntou a ela?

– É claro que não.

Willie riu e foi até a mesa da juíza.

– Você não é reprimido com relação a sexo, é?

– Não – Brad respondeu mais do que depressa. A verdade era que ele nunca havia levado o sexo de um modo leve. Era homem de uma mulher só, e as mulheres com quem dormira, com raras exceções, eram mulheres com quem ele tivera um relacionamento sério. O relacionamento exaustivo e doloroso com uma dessas mulheres, Bridgett Malloy, fora a razão pela qual Brad tinha atravessado o país e mudado de Nova York para o Oregon depois de cursar a faculdade de direito. Quando chegou a Portland, Brad não tinha certeza sobre se conseguiria superar Bridgett, mas Ginny o curara dos sintomas desse trágico romance.

Willie corria os dedos pelo lado da mesa como se estivesse acariciando um amante, enquanto olhava para os papéis empilhados sobre ela.

– Acho que você não deveria ficar olhando os papéis da juíza – Brad disse. Ele foi até a mesa e se postou diante de Willie para proteger a privacidade de Moss, mesmo não querendo chegar mais perto dela do que o necessário.

– Desculpe. Estas são as capas dos processos que a juíza defendeu na corte? – ela perguntou, indo para o outro lado da sala.

Brad deixou que Willie olhasse um pouco mais o gabinete. Em seguida, disse que tinha de jantar com Ginny. Horst entendeu a deixa e foi embora. Brad percebeu que ela não demonstrara o menor interesse pela memorabilia da juíza, e pensou que o pedido para ver a sala escondia outra intenção qualquer.

Capítulo 11

O motorista de Dennis Masterson abaixou o vidro fumê da limusine e identificou o passageiro ao guarda do portão leste da Casa Branca. O guarda verificou se Masterson era esperado e depois checou a identificação do advogado antes de liberar o veículo para entrar. Enquanto a limusine percorria a entrada em forma de ferradura, Masterson rememorou o breve caso que tivera com a presidente Gaylord quando a então senadora por Ohio começava o segundo mandato. Depois de Masterson ter orientado o Comitê de Inteligência do Senado em uma sessão a portas fechadas sobre uma operação clandestina na África subsaariana, Gaylord o convidou para tomar um drinque, ostensivamente com a intenção de extrair dele algo de que precisaria saber para ser mais eficaz em sua nova posição. Masterson suspeitava que Gaylord tivesse mais coisas em mente do que melhorar seu desempenho, e ficou encantado quando suas suspeitas se confirmaram. A senadora havia sido miss Ohio e dava duro para manter a forma e a beleza. Masterson deu um sorriso ao lembrar as poucas noites que passaram juntos. Gaylord era, sem dúvida, a única pessoa a ocupar o cargo de presidente que ficaria bem na página central da *Playboy*.

O caso terminou logo depois de começar, e Masterson não tinha ilusões sobre os motivos de Gaylord para iniciá-lo. Cada movimento que ela fazia era calculado para dar-lhe uma vantagem. A presidente tivera uma infância muito pobre e havia financiado sua formação em administração de empresas e direito com bolsas que ganhava em concursos de beleza. Fizera fortuna pessoal e contatos importantes enquanto trabalhou como conselheira para uma grande empresa, e sua rápida ascensão na política foi bem documentada. A presidente era um tubarão com um QI perigosamente elevado, e Masterson sabia que precisaria ser cauteloso para obter o que queria sem ser comido.

O Jardim das Rosas surgiu e o motorista encostou o carro diante de uma porta que ficava entre o Gabinete Oval e a Sala de Jantar do Estado. Um agente do serviço secreto conduziu Masterson escada acima, até os aposentos privados, e o deixou em um pequeno escritório. Depois de fazer Masterson esperar por quinze minutos, Maureen Gaylord chegou. A imponente morena vestia roupas simples, que os verdadeiros entendidos reconheceriam ser criação de um grande estilista.

— Dennis — ela disse, abrindo um largo sorriso que iluminou suas lindas feições. Masterson saboreou o momento. Ele sabia que o sorriso desapareceria assim que Gaylord ficasse sabendo do motivo dessa visita tão tarde da noite.

— A presidência não a envelheceu nem um pouco, Maureen — disse Masterson depois que trocaram beijos no rosto e se sentaram.

— Você sempre foi muito galanteador, mas continue assim. Preciso ouvir alguma coisa boa depois de lidar com aquele cretino da Coreia do Norte o dia inteiro.

— Então vai agradecer minha visita. Estou aqui para aliviar o fardo de sua função.

— Ah! — disse Gaylord. A presidente sabia que o ex-diretor da CIA nunca dava nada de graça.

— Vivian Chalmers é uma mulher maravilhosa. Deve estar sendo difícil para Ron.

— Ele está arrasado. Fui uma das primeiras pessoas a quem ele contou — disse a presidente.

Masterson balançou a cabeça, compreensivo.

– Vai ser difícil substituir Ron.

– Concordo.

– Mas creio que encontrei a pessoa certa para você indicar. – Masterson estava completamente relaxado. Um sorriso calmo iluminava suas bonitas feições. – Você sabe que muita gente incrível trabalhou para mim na CIA. Bem, a pessoa mais brilhante do grupo é agora uma respeitada acadêmica com uma profunda compreensão do mundo à nossa volta.

– E quem seria ela, Dennis?

– Audrey Stewart.

– Está brincando!

– Seria bom para você ter outra mulher no tribunal.

– Mais de direita que Audrey, impossível. Haveria um tumulto no Senado, e os liberais ficariam possessos.

Masterson parou de sorrir e olhou fixamente para Gaylord.

– Garanto que posso conseguir os votos, Maureen.

– E como, exatamente, vai fazer isso?

– Do mesmo modo que J. Edgar Hoover manteve uma série de presidentes na linha. O diretor da CIA tem acesso a assuntos confidenciais. Guardei provas de alguns segredos bem sórdidos para um dia de chuva.

Pela primeira vez, Maureen Gaylord pareceu menos segura de si.

– Por que Stewart? Ela é muito inteligente, mas existem outros candidatos capacitados que eu poderia indicar.

– Tenho grande estima pela Audrey – Masterson respondeu, evasivamente.

– Bom, eu não tenho, mas a colocarei em meu grupo de possíveis indicações e verei o que meus conselheiros acham.

– Eu preferiria algo mais substancial – disse Masterson, endurecendo o tom.

— É o melhor que posso fazer, Dennis. Você não é a única pessoa que defende um candidato. Só posso prometer que vou analisar sua sugestão seriamente.

Masterson colocou a mão no bolso e tirou um estojo de DVD, jogando-o na mesa que os separava. Debaixo do DVD havia uma aparentemente inocente fotografia de Gaylord e um homem que parecia ser do Oriente Médio sentados no *lobby* de um hotel. Masterson percebeu que o rosto da presidente ficou lívido enquanto ele se levantava.

— Obrigado por me receber sem marcar hora. Agradeceria se considerasse Audrey como possível nomeada para a Corte. Por que não me telefona quando tiver decidido?

A presidente dos Estados Unidos ainda olhava fixamente para a fotografia quando Masterson fechou a porta do escritório atrás de si. Embora parecesse absolutamente confiante, o encontro o deixara extenuado. Como advogado, tinha ciência de estar violando os estatutos criminais federais ao chantagear a presidente, mas as consequências de ter o recurso de *Woodruff* deferido eram potencialmente piores. Além disso, ele tinha certeza de que Gaylord não queria que a conversa gravada no DVD fosse ouvida por ninguém que já não soubesse dela.

Masterson mandou o motorista levá-lo para casa. Abriu o bar na parte traseira da limusine e serviu-se de um *single malt* dez anos. Deu um gole e fechou os olhos. Quando ficou mais calmo, analisou seu problema.

O espião de Masterson na Corte lhe dissera que, se Moss fosse votar a favor de trazer o caso *Woodruff* para a Corte, faltaria somente um voto para os quatro necessários para acolher a petição. Se Stewart fosse nomeada, o voto de Moss não importaria, mas Masterson não gostava de deixar as coisas à sua própria sorte. Moss ainda era o curinga. Ela era a mente mais brilhante da Corte e tinha facilidade para convencer os outros juízes a votarem com ela. Gaylord tinha razão quando disse que os liberais ficariam furiosos se Audrey fosse indicada. Masterson tinha certeza de que poderia alavancar os votos de que precisava para conseguir a nomeação de Stewart, mas nada era seguro na política. Era sempre bom ter um plano de contingência, e ele decidiu colocar o seu em ação.

Capítulo 12

Daphne Haggard havia crescido na Nova Inglaterra. Depois, mudara-se para Chicago e Wisconsin. Já deveria estar acostumada ao frio, mas o odiava. Se a temperatura estivesse por volta dos 25 graus enquanto estava nesta terra de árvores majestosas com seu manto de neve brilhante, ela apreciaria a beleza serena da floresta. Mas, cada vez que tentava se perder na paisagem de cartão-postal, uma rajada de vento açoitava as árvores e cortava suas bochechas. Se tivesse alguma coisa na cabeça, estaria morando em San Diego ou em Miami.

O que ela estava fazendo ali? Supervisionando a busca por mais partes de um corpo? Qual era a probabilidade de as equipes de busca encontrarem algo? Daphne curvou os ombros, puxou o boné azul-marinho com firmeza para cobrir mais as orelhas e deu um bom gole no café quente da garrafa térmica que levava nas mãos enfiadas em luvas. Ela poderia estar em casa diante da lareira em vez de estar congelando em uma missão furada. Mas essa poderia ser a única oportunidade deles. A tempestade que havia impedido uma busca quando a coxa foi encontrada tinha durado vários dias, mas o tempo havia esquentado, e boa parte da neve tinha derretido. Estava esfriando novamente, mas não havia previsão de neve até o fim de semana, o que significava que tinham pouco tempo para cobrir a área e rezar por um milagre. Quando o tempo ruim chegasse de vez, a busca teria de ser suspensa por meses. E, naturalmente, quando eles a retomassem, já deveriam ter um resultado de semelhança do DNA tirado da amostra de tecido que fora enviada ao NamUs, e todo esse sofrimento no frio teria sido em vão.

Daphne estava trabalhando em uma depressão do terreno quando dois escoteiros saíram das árvores.

– Achamos uma perna! – um dos garotos gritou.

– Está do outro lado do riacho – o segundo complementou.

– Mostrem para mim – Daphne disse.

Os dois escoteiros correram para um lugar onde o riacho era mais estreito, e Daphne correu para alcançá-los. A água estava alta devido ao escoamento da neve derretida e corria rápido. Daphne quase perdeu o equilíbrio nas pedras escorregadias que cobriam o leito do riacho, mas conseguiu se apoiar e evitar a queda na água gelada. A margem do outro lado tinha um leve declive, e ela conseguiu subir a tempo de ver os escoteiros desaparecendo em um bosque de bétulas. Os galhos estavam nus, e ela manteve os olhos na parca vermelha que um dos escoteiros estava usando. Quando Daphne penetrou na floresta, os dois escoteiros haviam parado.

– Você vai adorar isto – disse Paty Bradford, a médica legista do município: uma mulher alta e corpulenta de cabelo loiro sujo, vivos olhos azuis e sempre animada, apesar da natureza medonha de seu trabalho. Ela e Daphne estavam ao lado de uma mesa de aço inoxidável na qual havia uma parte de uma perna decomposta.

– Está vendo esta cicatriz? – Bradford perguntou, apontando para uma faixa de tecido de cicatrização que começava abaixo da rótula e terminava a poucos centímetros do coto. – Alguém operou esta pessoa. Radiografamos a perna assim que vimos a cicatriz, e encontramos isto.

Bradford levantou um raio X para Daphne. Ela olhou com cuidado e percebeu uma linha reta mais escura.

– Isso é um aparelho ortopédico – Bradford disse. – Esta pessoa quebrou a perna e a placa de aço foi usada para estabilizar a fratura. Quando eu a extrair, devemos achar o nome do fabricante e um número de série. Se tivermos sorte, o fabricante poderá nos dizer para onde esta placa foi enviada, e, se tivermos ainda mais sorte, o hospital que a recebeu poderá identificar o paciente.

– Quanto tempo acha que isso tudo vai levar? – perguntou Daphne, empolgada pela descoberta, mas ansiosa para saber quanto tempo levaria para identificar a vítima.

– Isso eu não posso dizer. Vai depender de quando a operação foi realizada e se todos os registros ainda existem, mas a placa certamente dará algo para mantê-la ocupada.

Capítulo 13

A juíza Moss estava trabalhando em um parecer de um processo de fraude de seguros do qual Brad estava participando. Arnie Copeland, o assessor que havia pesquisado o caso, tinha entrado e saído do gabinete da juíza o dia todo. Brad havia terminado um resumo sobre uma disputa trabalhista no extremo sul do país, e, pouco depois das cinco horas, a juíza lhe dissera que queria ver o documento assim que ele terminasse, mas Brad sabia que não deveria interrompê-la. A juíza Moss não tinha visão periférica quando estava trabalhando e não gostava que a distraíssem.

Harriet foi correr às seis, deixando Brad sozinho. Ele ficou de olho na porta do gabinete da juíza, esperando pegá-la antes que ela saísse. Às seis e meia, Brad foi ao banheiro. Quando voltou, notou que a porta do gabinete estava aberta. Deu uma olhada para dentro e viu que ela não estava.

– Onde está a juíza Moss? – Brad perguntou a Carrie Harris, que estava desligando o computador.

– Acabou de sair.

– Ela foi para casa?

Harris fez que sim com a cabeça.

– Se você correr, consegue alcançá-la. Ela foi para a garagem.

A juíza Moss dissera a Brad que queria o resumo no momento em que ele terminasse, e ele detestava desapontá-la. Ele o pegou e foi voando para o corredor a fim de pegar o elevador que levava à garagem subterrânea onde a juíza estacionava o carro, com seus passos ecoando pelas paredes do prédio quase deserto.

As portas do elevador se abriram e Brad encontrou-se no fundo da rampa que saía da rua e levava à garagem. Havia um policial no alto da rampa para garantir que somente pessoas autorizadas entrassem na Corte. Barreiras fura-pneu impediam o acesso à rampa até que o policial apertasse um botão e elas se retraíssem para dentro do concreto e liberassem o caminho.

À direita de Brad, havia outra guarita com outro policial. Na frente dele estava o alto da rampa que levava ao primeiro estacionamento. A juíza Moss estava descendo a rampa a caminho de seu carro. Quando Brad ia chamá-la, uma figura vestida de preto apareceu de trás de uma pilastra de concreto no final da rampa. O intruso vestia uma máscara de esqui e luvas e levava uma arma com silenciador. O medo percorreu o corpo de Brad ao se lembrar da única vez em que se deparara com um homem armado. Seu cérebro lhe dizia para sair correndo, mas suas pernas se moviam sozinhas e ele se viu descendo a rampa.

– Ele está armado! – Brad gritou.

O assassino voltou-se para Brad. A juíza Moss não hesitou. Apoiou-se no carro que estava ao seu lado e bateu com a bengala no pulso do assassino. A arma bateu no piso de concreto e deslizou na direção de Moss. Brad se jogou sobre ela e o assaltante deu um passo para o lado, desferindo um forte soco nas costelas de Brad, que caiu de queixo no piso de concreto. Mesmo tonto, conseguiu rolar para o lado e manter o assassino e a juíza à vista.

Moss estava se curvando para pegar a arma. O assassino começou a correr na direção dela. Brad esqueceu a dor e agarrou o tornozelo dele. O assassino tropeçou e Moss pegou a arma. Enquanto Brad tentava se levantar, o assassino agachou-se atrás dele e colocou um braço em volta de seu pescoço.

Moss não conseguia ficar firme de pé sem sua bengala. Ela agarrou a arma com as duas mãos e tentou mirar. O assassino arrastou Brad rampa acima, usando-o como escudo, e a juíza atirou para o ar a fim de atrair a atenção do policial na guarita.

– Socorro! – Brad gritou, agarrando o braço que envolvia sua garganta. A gravata apertou, cortando-lhe o ar. O policial saiu de sua cabine. O assassino largou Brad e correu na direção dele. O policial tentou pegar sua arma, mas um chute arrasador lhe acertou a perna. Um golpe de faca em sua garganta o fez despencar no chão. Moss atirou. O tiro foi a esmo e ricocheteou na guarita. Brad cobriu a cabeça e se agachou. Moss atirou novamente e o assassino entrou no prédio, desaparecendo. Esse tiro atingiu a parede do lado oposto ao alvo.

– Pare! – gritou Brad. – Vai acertar em nós.

Moss abaixou a arma e se apoiou no Mercedes dourado do juiz David. Brad, cambaleante, aproximou-se de sua chefe.

– A senhora está bem? – ele perguntou.

– Melhor do que você – disse Moss. – Vai precisar levar ponto.

Brad viu para onde ela olhava e colocou a mão no queixo. Ela veio cheia de sangue.

Moss respirou fundo e balançou a cabeça.

– Nunca tinha dado um tiro.

A julgar pela falta de pontaria, Brad esperava que ela nunca mais o fizesse.

– Brad, passe minha bengala, por favor. Depois vá ver o guarda. Acho que a perna dele está quebrada. E chame a polícia.

Brad entregou a bengala para a juíza e começou a subir a rampa na direção do policial, que segurava a caneca e se contorcia de dor. Estava na metade do caminho quando viu as páginas de seu resumo espalhadas no chão. Recolheu-as enquanto ia ajudar o policial.

Um segurança acompanhou Brad e a juíza Moss de volta até o gabinete. O enfermeiro que limpou o queixo de Brad avaliou que ele não precisaria de pontos e fez um curativo. Em seguida, um membro da força policial da Suprema Corte veio colher os depoimentos.

Brad estava muito abalado. Ele e Dana Cutler, uma detetive particular de Washington, haviam participado de um tiroteio no Oregon quando investigavam o envolvimento do presidente Farrington no assassinato de várias jovens, e Brad nunca mais queria se envolver em outro. Ele gaguejou ao relatar o que lembrava do acontecido na garagem, e sua mão tremia ao assinar o depoimento. Antes de sair, o policial lhes assegurou que o prédio estava sendo vasculhado, que havia um guarda posicionado na porta do gabinete da juíza Moss, que estava sendo providenciada segurança reforçada para a juíza e que o FBI havia sido avisado.

Exceto por pedir um copo de água, a juíza Moss não parecia alterada pelo incidente na garagem. Ao contrário de Brad, a voz dela permaneceu firme enquanto relatava o que tinha visto.

– Como consegue ficar tão calma? – perguntou Brad assim que ficaram sozinhos.

– Quando eu era adolescente, andava com um pessoal da pesada. Não tínhamos o poder de fogo que é fácil conseguir hoje em dia, mas travei algumas brigas com faca, e tínhamos também correntes e revólveres improvisados. – Ela balançou a cabeça. – Mas faz muito tempo, é claro. Não me envolvo em uma briga desde o ginásio, e esta me deixou desnorteada.

– A senhora reagiu muito rápido. Se não tivesse tirado a arma do assassino, estaríamos os dois mortos.

– Amém. Acho que meus velhos instintos não estão tão adormecidos assim.

– Sorte nossa.

– Foi mais do que sorte. Mais alguns segundos e eu estaria no obituário. Mas não é o ataque que me perturba. É o motivo pelo qual eu fui atacada.

Capítulo 14

Keith Evans chegou em casa pouco antes das seis e aqueceu seu jantar no micro-ondas. Era frango e alguma coisa acompanhado de outra coisa qualquer, mas, dez minutos depois de jogar a embalagem no lixo, já não lembrava mais o que tinha comido.

Depois do jantar, Keith ligou a televisão e zapeou entre os canais por uns dez minutos antes de desligá-la. Um mistério que Keith desejaria que o FBI pudesse solucionar era como, com dois milhões de canais a cabo, nunca havia nada que lhe interessasse na TV. Largou o controle remoto na mesinha de canto e ficou olhando para a estante que ficava contra a parede da frente de sua pequena sala de estar em seu pequeno apartamento. Keith poderia comprar uma coisa maior, mas ficava tão pouco em casa que achava que o investimento não valia a pena. Olhou alguns títulos que havia comprado em um sebo de livros de mistério, mas nada o animou.

Keith detestava admitir, mas estava entediado. Começara sua vida profissional como policial havia vinte anos, em Nebraska, onde uma ação intuitiva o ajudara a encontrar um assassino em série que vinha confundindo o FBI há anos. O agente destacado para o caso ficara tão impressionado que recrutara Keith para o *Bureau*. Keith nunca repetiria aquela série incomum de deduções em nenhum outro caso desde que entrara para o FBI. Seus sucessos eram o resultado de obstinada investigação policial. Aos quarenta anos, ele desistira do sonho de tornar-se o Sherlock Holmes do FBI, mas seu envolvimento no caso do Estripador do Distrito Federal, que derrubara o presidente Christopher Farrington, voltara a animá-lo. Agora o caso estava encerrado e ele sentia falta da empolgação de estar no centro do universo policial.

Keith estava tentando decidir o que fazer quando o telefone tocou. O visor identificava Maggie Sparks, sua parceira. Devia ser importante para ela ligar tão pouco tempo depois de ele ter saído do escritório.

Brad estava no meio de uma conversa com a juíza quando Keith Evans e Maggie Sparks entraram no gabinete de Moss. Os dois agentes do FBI representavam um estudo de contrastes. Evans tinha quase um metro e noventa de altura, cabelo loiro e ralo com fios brancos e cansados olhos azuis. Carregava um peso extra na barriga, e seus antigos ombros largos estavam caídos. Sparks era magra e atlética, com cabelo preto e brilhante, bochechas salientes e tez morena. Ela tinha aparência jovem e vigorosa, e as tarefas soturnas que pesavam na alma de seu parceiro não pareciam tê-la tocado ainda.

– O que está fazendo aqui? – Brad perguntou a Keith.

– Maggie e eu fomos incumbidos de investigar a tentativa de assassinato da juíza Moss – disse Keith. O agente apontou para o queixo de Brad. – O que houve com você?

– O Sr. Miller foi ferido ao cumprir o seu dever – disse Moss.

Brad virou-se para sua chefe.

– Teve sorte, juíza. O FBI colocou dois de seus melhores agentes neste caso. Keith foi o chefe da força-tarefa no caso do Estripador do Distrito Federal, e foi a linha de investigação dele que ajudou a derrubar o presidente Farrington.

– Eu já vi o agente Evans na televisão – disse a juíza Moss. – Prazer em conhecê-lo.

– Esta é Maggie Sparks, minha parceira. Podemos sentar? – Keith perguntou, indicando duas poltronas posicionadas diante do sofá no qual Brad e a juíza Moss estavam sentados.

— Por favor.

— Eu sei que a senhora já deu seu depoimento à polícia – Keith disse à juíza –, mas poderia nos contar o que aconteceu?

A juíza Moss fez um relato detalhado do que havia ocorrido desde que o assassino apareceu saindo de trás da pilastra até ter desaparecido dentro do edifício da Suprema Corte.

— Já conseguiram encontrar esse homem? – Brad perguntou, depois que a juíza terminou.

— O prédio está sendo revistado, mas é bem grande. Temos esperança de encontrá-lo, mas ele pode ter saído antes de a busca ser organizada.

— Eu ficaria surpresa se o homem que tentou me matar ainda estivesse aqui – disse a juíza Moss. – Ele parecia muito profissional.

— Por que diz isso? – Maggie perguntou.

— Tive a impressão de que ele sabia o que estava fazendo, e presumo que isso incluía uma rota de fuga. Quando vocês forem à garagem verão que ele não poderia ter planejado escapar de carro. Há barricadas no alto da rampa de saída que seriam acionadas com o alarme. Então, ele deve ter planejado outra maneira de sair da Corte depois de acabar comigo.

— Por que tem tanta certeza de que o assassino era profissional? – perguntou Keith.

— O modo como ele se movia. Ele lidou facilmente com Brad e com o guarda, e o seu revólver estava equipado com um silenciador. Ele certamente tem algum tipo de treinamento.

— Consegue pensar em algum motivo para essa tentativa de assassinato? – perguntou Keith.

— Não, não consigo. Esse homem pode ter um problema mental ou ser algum fanático de direita.

— Está analisando algum caso que possa irritar uma pessoa a esse ponto?

— Não, não vamos julgar nenhum caso polêmico, como aborto ou os direitos dos homossexuais.

— E quanto a casos que afetem um indivíduo ou uma empresa? — perguntou a agente Sparks.

— Quase todos os casos afetam. Todos eles são muito importantes para os litigantes, mas, honestamente, não consigo pensar em um processo que deixasse alguém tão perturbado a ponto de tentar me matar. E por que fariam isso? Existem mais oito juízes. Já houve ocasiões em que um juiz teve de se ausentar por motivo de doença, e o tribunal continuou analisando os recursos.

— E seus inimigos pessoais? Lembra-se de algum empregado que tenha sido despedido ou alguém em sua vida pessoal que tivesse algum ressentimento?

Moss balançou a cabeça.

— Vou pensar nisso, mas, neste momento... Não, não consigo pensar em ninguém que me queira morta.

Capítulo 15

Felicia Moss morara sozinha a maior parte de sua vida. Tivera um breve casamento com um advogado civilista pouco antes dos quarenta anos, mas só durara dois anos, e o fracasso não foi culpa de seu marido. Depois do divórcio ela tivera um namorado ou outro, mas o trabalho era sua verdadeira cara-metade. Felicia não sentia falta de companhia. Havia muito tempo decidira que preferia viver sozinha, de modo que as únicas manias e fraquezas que teria de aguentar eram as suas.

Com a exceção de um período de tempo em Wall Street, a juíza nunca tivera uma renda comparável à de homens como Millard Price, mas investira seu dinheiro com sabedoria, e os retornos de seu portfólio permitiam que tivesse um agradável apartamento em um condomínio elegante no Triângulo Kalorama, perto da Avenida Connecticut. Três policiais a acompanharam da Corte até sua casa. Um ficou vigiando a porta enquanto os outros dois revistaram o apartamento para garantir que não houvesse ninguém esperando lá dentro. Quando a revista terminou, dois policiais saíram, deixando o terceiro montando guarda no corredor do apartamento.

Felicia percebeu que Brad havia ficado muito abalado com o ataque na garagem, mas ela sempre tivera habilidade para descartar as emoções violentas que abatiam outras pessoas prestes a encarar o perigo. Suas mãos não estavam tremendo nem lhe faltava a respiração quando os policiais a deixaram sozinha. No entanto, ela estava vencida pela exaustão, e se deixou cair em uma poltrona, fechando os olhos assim que a porta se fechou. Ela sempre possuíra uma energia enorme, mas já estava com mais de setenta anos, e a idade a alcançava mais depressa do que ela gostaria.

Depois de ficar algum tempo sentada, Felicia tomou consciência de outra sensação, a fome. Com toda aquela agitação, tinha se esquecido de comer. Seu prédio havia sido construído no começo dos anos 1940. Um antigo relógio adornava a moldura da lareira de mármore que era a peça central da ampla sala de estar. Felicia ficou chocada ao ver que já eram mais de nove horas. Colocou-se de pé e foi até a cozinha. Ela era uma cozinheira talentosa, mas só teve energia para montar um sanduíche com as sobras que encontrou na geladeira. Depois de pegar um copo de leite, sentou-se à mesa da cozinha. Quase não comeu o lanche, porque estava preocupada com os eventos da garagem. Ela era velha demais para temer a morte, mas, com mais de setenta anos, ainda era tão curiosa quanto na adolescência. Qual fora o motivo do ataque? O assassino poderia ser somente um fanático, mas ela achava que não. Não havia nada acontecendo em sua vida pessoal que pudesse ter provocado tanto ódio. Ela examinou uma série de possíveis razões para o ataque e sempre caía na mesma. As únicas coisas estranhas que haviam acontecido recentemente eram a reação exagerada de Millard Price durante a discussão do caso *Woodruff* e o fato de dois assessores de Price terem tentado extrair informações de Brad Miller sobre seu voto, mas Felicia não podia acreditar que alguém a mataria para evitar que o recurso de um caso fosse deferido.

Por outro lado, ela realmente não sabia muito sobre o caso *Woodruff*, a não ser que a peticionária aguardava sua execução no Oregon e que a matéria legal mais interessante tinha a ver com o privilégio de sigilo do estado, algo que ela conhecia muito pouco. Seria possível que Millard Price tivesse alguma ligação com o caso? Felicia balançou a cabeça. Mesmo que tivesse, era absurdo pensar que seu amigo e colega tentaria matá-la por causa disso. Mas, por mais absurda que fosse sua teoria, Felicia não conseguir tirar da cabeça a ideia de que havia descoberto alguma coisa. Mas o que fazer? Ela não tinha como conduzir uma investigação pessoalmente. Não era permitido a uma juíza da Suprema Corte sair dos registros que eram fornecidos à corte. Mesmo se fosse possível contratar um detetive particular, ela não teria tempo nem energia para tanto. Felicia sorriu quando um pensamento lhe veio à mente. Ela não poderia bancar a Sam Spade, mas conhecia alguém que conhecia um verdadeiro detetive particular.

Capítulo 16

Brad telefonou para Ginny pouco antes de ir embora para casa e contou-lhe resumidamente o que havia acontecido. Ginny costumava assistir ao noticiário da noite e Brad temia que ela ficasse preocupada quando soubesse do atentado contra Moss. A juíza receava que o agressor pudesse se vingar de Brad pelo fato de ele ter estragado seus planos, então providenciou que um policial o escoltasse até sua casa e vigiasse seu apartamento. Quando Brad abriu a porta, Ginny correu a abraçá-lo, o que equilibrou todas as coisas ruins que haviam acontecido, mas causou uma dor excruciante em suas costelas doloridas. Brad contraiu-se e Ginny recuou.

– O que foi?

– Minhas costelas estão um pouco doloridas.

Um policial seguiu Brad e entrou no apartamento.

– Este é o policial Gross, da polícia da Suprema Corte – explicou Brad. – Ele vai vigiar o apartamento esta noite. Policial Gross, esta é minha noiva, Ginny Striker.

– Prazer – disse Gross.

– Por que precisamos de um guarda?

Brad decidiu falsear a verdade.

– Acho que não precisamos, mas a juíza Moss insistiu. Creio que ela queria nos proteger dos repórteres. A Corte não gosta que os assessores falem com a imprensa.

O policial Gross inspecionou o apartamento e pegou emprestada uma cadeira da cozinha para sentar-se no corredor.

– Você está bem mesmo? – Ginny perguntou assim que a porta do apartamento se fechou. Ela notou o curativo no queixo de Brad e lembrou-se da reação dele ao abraço.

– Sério, o corte no meu queixo não precisou de pontos, e as minhas costelas não estão quebradas.

– Fiquei tão preocupada quando vi as notícias! Disseram que um assessor tinha se machucado, mas o repórter não disse o nome. E você não chegou em casa no horário.

– Lamento que tenha ficado preocupada. – Brad puxou Ginny para si e deu-lhe um abraço apertado. – A pessoa que atacou a juíza Moss deve ser maluca.

– Não posso suportar a ideia de que você esteja correndo perigo.

– Mas não estou. – Brad afastou Ginny. – Agora chega dessa conversa mole. Tem alguma coisa para comer? Estou morrendo de fome.

Enquanto Ginny esquentava um pouco de comida chinesa, Brad contou-lhe sobre o incidente na garagem.

– Seu idiota – Ginny deixou escapar quando Brad lhe contou que havia ido atrás do assassino. – No que estava pensando?

Brad baixou os olhos, incapaz de encarar Ginny.

– Eu não estava. Eu simplesmente fiz – ele respondeu, submisso.

– Meu Deus, eu detesto tudo isso! Achei que tivéssemos terminado com essa história de armas e assassinos.

– E terminamos, acredite. Eles vão encontrar esse cara e ver que ele faz parte de algum grupo de extrema-direita que odeia afro-americanos e liberais. O alvo não era eu.

Soou o alarme do micro-ondas, Brad levou a comida para a sala de estar e Ginny lhe trouxe chá. Era hora do jornal da noite e Brad ligou a televisão. Uma apresentadora loira encarava a câmera com expressão seríssima.

– A Suprema Corte dominou as manchetes hoje, com um assassino tentando matar uma juíza dentro do prédio histórico e a presidente Maureen Gaylord indicando uma mulher para substituir o juiz associado Ronald Chalmers.

Uma foto de Felicia Moss invadiu a tela da TV.

– Nunca na história de nosso país um assassino atacou um juiz dentro das paredes do Supremo Tribunal – disse a âncora. – Mas isso mudou esta noite, quando um homem tentou atirar na juíza Felicia Moss dentro da garagem do tribunal. A ação rápida de um de seus assessores impediu a tragédia. A identidade do funcionário não foi revelada, mas Brad Miller, que teve papel proeminente no recente escândalo envolvendo o ex-presidente Christopher Farrington, trabalha como assessor da juíza.

– Ótimo – disse Brad. – Prepare-se para ser perseguida por hordas de repórteres de novo. Merda! Eu queria tanto parar de ser notícia.

Ginny apertou a mão de Brad.

– Estou tão desapontada quanto você, mas já atravessamos uma tempestade, e atravessaremos outra. Ainda bem que a juíza Moss teve a presença de espírito de pedir para vigiarem o apartamento. Deixe que algum repórter bata aqui no meio da noite e...

Ginny parou de falar de repente.

– Eu a conheço.

– Quem?

Ginny apontou para a televisão.

– Essa mulher.

Na tela, a presidente Maureen Gaylord apresentava sua indicada para preencher a vaga na Corte criada pela demissão do juiz Chalmers. A mulher ao lado da presidente tinha pouco mais de um metro e cinquenta, era muito magra, com feições apertadas e cabelo castanho-claro. Seus lábios finos tinham sido delineados para parecerem mais grossos e seus olhos encaravam de frente. Brad achou que lhe carecia o mínimo de humor.

– Audrey Stewart formou-se na faculdade de direito de Yale – dizia a presidente Gaylord –, e, por vários anos, foi uma respeitada professora em Harvard e na Universidade de Nova York. Mas o mais importante nestes tempos difíceis é que a Srta. Stewart passou anos ocupando altos cargos na Agência Central de Inteligência. Sua experiência lhe dará uma percepção única das muitas questões que surgirão perante a Corte.

– Como conheceu Stewart? – perguntou Brad.

– Eu não a conheço de verdade. Lembra quando me ligou algumas noites atrás me convidando para jantar e eu não pude ir porque tinha de trabalhar até tarde?

– Sim.

– Quando eu estava saindo, Dennis Masterson saiu do elevador com Stewart. Eu achei um horário estranho para ele se reunir com uma cliente, mas Masterson devia estar ajudando Stewart com a nomeação. Ele foi chefe da CIA e aposto que ela trabalhou para ele.

– Faz sentido. Masterson é extremamente influente na cidade.

Audrey Stewart desceu do pódio e fez um meloso discurso de agradecimento.

– Ela parece um pouco assustada – disse Brad. – Queria saber como se encaixará na corte.

– Se trabalhou para a CIA, acho que vai reforçar os conservadores.

– Não dá para prever – disse Brad. – Hugo Black fazia parte da Ku Klux Klan e acabou apoiando as liberdades civis, e todos achavam que Harry Blackmun seria conservador e ele foi o relator de *Roe contra Wade*.

– Se Dennis Masterson a ajudou a conseguir a nomeação, Audrey Stewart não é uma liberal enrustida. Acredite em mim. Já vi o suficiente sobre a política de Masterson em minha breve permanência na firma para saber que ele só ajudaria uma direitista de carteirinha a entrar na Corte.

– Amanhã os *blogs* e os jornais vão trazer muitos artigos analisando as opiniões dela.

O telefone tocou e Ginny e Brad ficaram olhando para ele.

– Deixe a secretária atender – disse Brad.

– Olá, aqui é Wendy Fellows, do *Washington Post* – disse a pessoa.

Brad foi até a parede e desligou o telefone no momento em que o celular de Ginny começou a tocar. Eles se olharam e desligaram seus celulares.

– Está arrependida de estar comigo? – Brad perguntou a Ginny.

– Minha vida certamente seria mais calma se eu fosse noiva de qualquer outro homem. Penso em você como uma daquelas provas que Deus coloca no nosso caminho para nos testar.

Brad sorriu. Depois, pegou Ginny nos braços e a beijou.

– Não vamos atender nenhum telefonema hoje, e nada de TV. O que você quer fazer?

– Tem certeza de que suas costelas aguentam? – Ginny perguntou, meio brincando.

– Por que não testamos?

Capítulo 17

Brad estava tão exausto que acordou tarde, mas o policial que rendera Gross o levou de carro para o trabalho para que não chegasse muito atrasado. Normalmente, o segurança da entrada de funcionários cumprimentava Brad com um meneio quando ele entrava, mas esta manhã ele disse:

– Bom trabalho, Sr. Miller.

Brad corou, murmurou alguma resposta boba e se apressou a entrar. A última coisa que ele queria era que todos pensassem que era um herói quando ele mesmo não se considerava um. Ele havia lido entrevistas com homens que ganharam a Medalha de Honra e cidadãos que entraram em prédios em chamas ou pularam em rios turbulentos para salvar vidas. Muitos eram humildes e ficavam constrangidos por serem tachados de heróis. Brad podia ver por quê. Se tivesse tido tempo para pensar, acreditava que teria fugido do homem que atacou a juíza Moss o mais rápido possível. Mas, como muitos outros heróis da vida real, ele havia agido por instinto, e se sentia incomodado em receber os créditos por salvar a vida da juíza, pois estava no piloto automático quando fizera aquilo.

– Obrigada – Carrie Harris disse a Brad quando ele passou pelo gabinete da juíza a caminho de seu escritório.

– Eu não fiz nada demais, Carrie.

– Aham – ela respondeu, com a voz transbordante de ceticismo. – Bem, o que quer que você tenha feito, manteve a chefe viva. Então, vou lhe agradecer. Por falar em juíza, ela quer falar com você.

— Só um minuto. Vou deixar as coisas no escritório.

Assim que Brad pisou em seu escritório, Harriet deu um pulo e ficou de pé.

— Você está bem? — ela perguntou, examinando o queixo coberto.

— Estou bem, sim.

— É verdade que você lutou caratê com o sujeito que atacou a chefe?

— Lutar caratê? Eu nunca lutei caratê! De onde tirou isso?

— Todos os assessores estão comentando. Acho que eles souberam pelos seguranças, mas não posso jurar.

— É, teve caratê, mas não foi uma luta. Eu caí no chão antes de saber o que me atingiu.

— Então, como você o afugentou?

— Não fui eu. A juíza Moss é que tirou a arma da mão do sujeito com a bengala enquanto eu o distraía deixando que me tirasse o couro. Depois ela disparou a arma para evitar que ele me matasse. A heroína é ela.

— Acho que você está sendo modesto.

— Estou sendo honesto. Olhe, Harriet, a juíza está esperando por mim. Por favor, não diga a ninguém que eu sou o Bruce Lee da Suprema Corte porque isso é absolutamente falso.

— Segure meus telefonemas e feche a porta — a juíza Moss disse a Carrie Harris quando ela conduziu Brad até o gabinete.

— Como se sente? — Moss perguntou a Brad assim que ficaram a sós.

— Não muito mal. Só um pouco dolorido.

— Roy Kineer me ligou ontem à noite — disse Moss quando viu que ele não estava bancando o valente. — Ele soube do ataque pelo jornal da TV. Perguntou de você. Eu disse que você salvou minha vida.

— Espero que não tenha exagerado sobre o que eu fiz.

A juíza Moss jogou a cabeça para trás e riu.
— Você atacou um homem armado munido somente de um resumo, meu jovem. Como posso exagerar nisso?

Brad sorriu.
— Roy não ficou surpreso com o que você fez. Ele disse coisas muito boas sobre a sua pessoa. Algumas eu já sabia desde que ele recomendou que eu o contratasse. Você sabe que Roy não se impressiona muito facilmente.

Brad corou e olhou para baixo. Não sabia o que dizer, então não disse nada. O ex-presidente da corte havia atuado como o advogado independente que investigava as acusações contra o presidente Farrington, e eles se conheceram porque Brad e Dana Cutler foram testemunhas-chave no caso. Kineer era um ícone na comunidade jurídica e um dos heróis de Brad. Era difícil acreditar que o juiz Kineer pensava nele, quanto mais ficar impressionado.

Moss parou de sorrir.
— Eu estou com um problema, e você é a única pessoa que acho que pode me ajudar.

Brad endireitou-se na cadeira.
— Se eu puder fazer alguma coisa, é só pedir.
— Não se comprometa até ouvir o que eu quero que faça. É...
— Moss fez uma pausa. — Irregular. Não, é mais do que irregular. Se alguém descobrir o que estamos tramando, poderia haver consequências muito desagradáveis para nós dois. Se você me disser que não quer, respeitarei sua decisão e esquecerei que esta conversa aconteceu.

— A senhora está me deixando nervoso — Brad disse.
— Quando eu disse ao FBI que não conseguia me lembrar de nenhum caso que pudesse ter deflagrado o ataque de ontem à noite, não estava sendo completamente honesta. A reação de Millard Price na reunião em relação ao caso *Woodruff contra Oregon* foi muito incomum. E você me disse que dois assessores dele lhe

contaram que eu irritei Millard pelo modo como agi na reunião e tentaram extrair informações sobre como pretendo votar. – A juíza Moss fez uma pausa. – Brad, creio que haja uma possibilidade de que o ataque a mim e o caso *Woodruff* estejam ligados.

– Acha que o juiz Price está tentando matá-la? – Brad perguntou, incrédulo.

– Não. Mas as reações dele foram tão estranhas que... – Moss balançou a cabeça. – Tem alguma coisa nesse caso que o perturba, e não consigo entender o que possa ser.

– Por que não contou suas suspeitas a Keith Evans?

– O que acontece nas reuniões é sacrossanto. Eu abriria uma exceção se tivesse alguma prova de que o caso era o motivo pelo qual fui atacada, mas não tenho absolutamente nada. É por isso que preciso de sua ajuda. Preciso saber se há alguma prova concreta que sustente minhas suspeitas.

– Ainda não sei o que quer que eu faça – disse Brad.

– Nós, juízes, somos proibidos de extrapolar os registros de um processo quando estamos decidindo os aspectos legais que ele apresenta, mas não consigo deixar de pensar que Millard possa ter alguma ligação com o caso *Woodruff* que ele não revelou. Preciso de um investigador para descobrir se essa ligação existe e, se existe, qual é ela.

Brad fez uma careta.

– Quer que eu vá até o Oregon e banque o detetive?

– Não, é claro que não. Dariam falta de você imediatamente. Além disso, não posso ficar sem um assessor. Ontem à noite, quando conversei com Roy, ele me lembrou de que sua amiga Dana Cutler estava trabalhando como detetive particular quando o caso Farrington explodiu.

Mesmo sendo amigos, a menção do nome de Dana Cutler fez Brad tremer. Brad gostava de Dana, mas ele levava uma vida segura antes de se envolver no caso Farrington, e não estava acostumado a andar com pessoas tão potencialmente violentas como Dana podia ser. Enquanto trabalhava como associado em um escritório de advocacia no Oregon, Brad fora designado para um caso *pro bono* referente ao pedido de recurso de um assassino em série e tropeçara em provas que ligavam o presidente Farrington ao assassinato de várias mulheres. Simultaneamente, em Washington, Dana chegara a conclusões parecidas quando descobrira uma ligação entre o presidente e uma estudante universitária assassinada. Quando se encontraram em Portland, Dana forçara Brad a entrar em uma situação que quase lhe custara a vida.

– A Srta. Cutler ainda é detetive particular? – perguntou a juíza Moss.

– Sim.

– Acha que ela poderia investigar se existe alguma ligação entre Millard e o caso *Woodruff*?

– Posso perguntar.

– Pagarei o trabalho e as despesas dela, mas ela não pode saber quem é seu contratante.

– Isso não será problema. – Brad fez uma pausa. – Willie e Kyle me disseram que a senhora fez alguma coisa que perturbou o juiz Price. A senhora acha que pode me dizer o que aconteceu entre vocês dois? Dana vai querer saber.

– Como sabe, são necessários quatro votos para deferir um recurso. Oliver Bates, Kenneth Mazzorelli e Millard se pronunciaram contra a revisão do caso *Woodruff*. Lucius Jackson normalmente vota junto com Ken, e Frank Alcott é o mais conservador da corte. Mari David e Warren Martinez deixaram bem claro que querem uma audiência para o caso *Woodruff*. Estou inclinada a votar com eles. Ron Chalmers pretendia votar a favor também. Então havia somente dois votos favoráveis garantidos depois que Ron se demitiu, e meu voto não teria sido suficiente. Assim que Ron Chalmers saiu da sala, depois de nos contar que renunciaria, Millard tentou forçar a votação de *Woodruff*. Eu disse a ele que ainda não tinha certeza de como votaria, e precipitei meu voto por deferir. Sou responsável pelo recurso ainda ter uma possibilidade de aprovação. Agora, tudo depende de como o substituto de Ron votará.

– A senhora disse a Keith Evans que as pessoas não matam juízes da Suprema Corte para impedir o julgamento de casos.

– Espero estar certa.

– Pelo que está me dizendo, mesmo se o recurso for deferido, o peticionário provavelmente perderia por cinco a quatro.

– É verdade. E tudo isso pode ser fruto da imaginação hiperativa de uma velha, mas é a única coisa incomum que aconteceu com relação a um caso e que me deixou preocupada.

– Se Dana concordar em ajudar, o que quer que ela faça?

– Creio que ela terá de ir ao Oregon para descobrir o máximo que puder sobre o que realmente aconteceu por lá, e se Millard está, de alguma maneira, ligado a isso.

– Verei se Dana pode se encontrar comigo hoje à noite. Depois...

Uma batida na porta os sobressaltou e Millard Price entrou na sala. Brad fez o possível para se recompor.

– Desculpe-me pela interrupção, Felicia, mas acabo de saber que foi atacada ontem à noite. Você está bem?

Brad prestou atenção em Price. A preocupação dele parecia genuína.

– Graças à rápida reação do Brad, estou bem.

– Graças a Deus.

Brad levantou-se.

– Eu preciso correr com aquele resumo, juíza.

– Muito bem. Aproxime-se, Millard.

Brad olhou mais uma vez para o juiz Price antes de fechar a porta. Depois, fez a curva para ir a seu escritório. Harriet estava trabalhando no computador e Brad viu que ela olhava de modo nervoso para Keith Evans, que estava sentado na cadeira de Brad.

O agente do FBI levantou-se assim que Brad entrou na sala.

– Só passei por aqui para ver como você está – Evans disse.

– Estou bem; só um pouco dolorido.

– Bom. Tem algum lugar onde podemos falar? Quero repassar o que houve ontem com mais detalhes, agora que você já descansou, e não quero incomodar a Srta. Lezak.

Brad conduziu Evans pelos corredores até chegarem às espaçosas, elegantes e arquitetonicamente idênticas Salas de Reunião Leste e Oeste, que ficavam uma diante da outra, separadas por um corredor perto da sala do tribunal. Cada espaço era ladeado por um pátio que fornecia luz natural para o interior das salas. Não havia nenhuma reunião nelas, então Brad levou Keith para a Sala de Reunião Leste. O carpete e as cortinas eram da cor rosa, e as paredes, revestidas com chapas de carvalho branco americano. Candelabros de cristal da Tchecoslováquia pendiam do teto revestido em dois tons de dourado. Retratos dos oito primeiros presidentes da corte adornavam as paredes. Fileiras de cadeiras finamente talhadas com encosto reto haviam sido montadas para alguma ocasião especial que aconteceria no dia seguinte. Brad sentou-se em uma delas e Evans acomodou-se a seu lado.

– Que lugar incrível! – o agente comentou, apreciando o requintado cenário.

– Trabalhar aqui pode ser um pouco desgastante às vezes. Especialmente para alguém que cresceu em um conjunto habitacional simplório em Long Island.

– Compreendo o que quer dizer. Então – Evans disse, voltando a atenção para seu amigo –, aconteceu alguma coisa desde que nos falamos ontem à noite?

Brad sabia que deveria contar a Keith sobre as suspeitas da juíza, mas nunca violaria a confiança dela.

– Nada. E olha que pensei muito sobre o que aconteceu.

– Aposto que sim. E quanto à pessoa que a atacou?

Brad balançou a cabeça.

– Estava coberto da cabeça aos pés. Posso dizer que ele era da minha altura e bem magro, mas só isso. Fiquei no chão a maior parte do tempo, ou então sendo arrastado pelo concreto de costas para o sujeito, que me deu uma gravata.

Evans suspirou.

– Eu tinha esperança de que você pudesse me dar alguma coisa, porque não temos absolutamente nada. O criminoso desapareceu sem deixar vestígios.

– E as câmeras de segurança?

– Elas só o captaram aqui. Ele conhecia as partes do prédio que não tinham câmeras, e foi aí que o perdemos.

– Então ele conhecia bem o prédio do tribunal?

– Eu diria que sim – Evans respondeu.

– Acha que é alguém que trabalha aqui?

– É uma forte possibilidade.

– Bom, não consigo pensar em mais nada, mas entrarei em contato se tiver alguma ideia.

– E então, está gostando daqui? – Keith perguntou.

– Estou. É o melhor emprego do mundo – Brad respondeu, com um largo sorriso. – Só não gosto da parte em que apanho de ninjas assassinos.

Keith riu.

– Espero que esse tenha sido o único. – Ele se pôs de pé.

– Proteja bem a juíza Moss, OK? – disse Brad. – Ela é uma ótima chefe e uma juíza brilhante. O país precisa dela.

– Estamos reforçando a segurança. Acha que precisa de alguém protegendo você?

– Não. O assassino estava atrás da juíza Moss, não de mim. Eu nem deveria estar na garagem. Acho que não corro perigo.

Capítulo 18

Normalmente, Dana Cutler recusava trabalhos que envolviam casamento. Eram sórdidos e chatos, e seus clientes geralmente ficavam com raiva, não importava o que ela descobrisse. Mas Mark Shearer a tinha indicado para muitos empresários, e estava verdadeiramente preocupado com sua cliente. Rachel Kelton, uma mulher de aparência simples, de trinta e tantos anos e que nunca havia casado, herdara uma fortuna quando seus pais morreram em um acidente de avião. Oito meses atrás, ela conheceu Erik van Dyke, presidente de um fundo de *hedge*, em um evento beneficente. Van Dyke era cinco anos mais novo que Rachel. Ele a cortejara por cinco meses antes de pedi-la em casamento. Aparentemente, parecia ser o marido ideal, mas alguma coisa acerca de seu noivo perturbava Rachel e, por cautela, ela pediu que Mark conduzisse uma investigação discreta sobre o histórico dele.

Era por isso que Dana se encontrava seguindo Van Dyke no imperceptível Toyota marrom que ela usava para vigilância. Havia sentido um cheirinho de podre logo depois de começar a investigar as transações comerciais de Van Dyke. Embora não pudesse provar, desconfiava de que ele comandava um esquema Ponzi no qual dava aos investidores iniciantes excelentes retornos, pagando-os com dinheiro que recebia de investidores mais novos. A fortuna de Rachel seria muito atraente para um vigarista como ele.

Dana também desconfiava da vida social de Van Dyke. Ele não parecia ter nenhuma. Quando não estava namorando Rachel, estava trabalhando ou trancado em seu apartamento. Isso seria normal se Van Dyke fosse um homem sério. Mas seria anormal se ele fosse um predador. Em algumas ocasiões, Dana seguira Van Dyke até uma zona obscura da cidade conhecida pelas ruas de prostituição, mas ele não fizera nada. Esta noite ele fez.

A menina era jovem e magra e tinha jeito de menor abandonada e viciada em drogas. Era pálida e poderia passar por uma adolescente de doze anos. Tinha olheiras profundas e seu olhar não parava de vigiar a rua. Seu cabelo engomado parecia não ver um banho havia muitos dias.

Van Dyke costumava andar em espalhafatosos carros esportivos ou em luxuosos sedãs. Esta noite, ele escolhera um Chevy simples, que encostou na guia. A garota inclinou-se para dentro do carro pela janela do passageiro. Depois de uma breve negociação, sentou-se no banco da frente e Dana seguiu-os até um motel que cobrava por hora.

Dana estava preocupada. A garota parecia muito vulnerável. Van Dyke podia pagar por mulheres mais sofisticadas. O que estava fazendo com uma viciada que poderia estar infectada com uma doença sexualmente transmissível? Dana desconfiava de que "papai e mamãe" não era a posição sexual que Van Dyke tinha em mente.

A garota esperou no carro enquanto Van Dyke pegava a chave de um quarto no final do prédio. As luzes do estacionamento perto do quarto estavam apagadas, e Van Dyke estacionou nas sombras. A garota saiu e ele a seguiu. Dana notou a sacola de ginástica azul-marinho que ele levava na mão direita.

Dana tinha um metro e setenta, era esguia e musculosa e estava sempre agitada. Parecia cruel e perigosa em sua jaqueta de couro, *jeans* apertado e camiseta preta, mas havia algo nela que faria um homem pensar duas vezes mesmo que ela estivesse usando um vestido elegante.

Havia um motivo para essa aura de violência que emanava de Dana. Ela tinha passado um ano em um hospital psiquiátrico para lidar com o estresse pós-traumático depois de ter assassinado três homens que a torturaram no porão de um laboratório de metanfetamina enquanto ela trabalhava disfarçada para a polícia da capital. Desde que saíra do hospital, andava sempre armada e não relutara em recorrer à violência extrema no caso que derrubara o presidente Farrington.

Dana levava duas armas e uma faca de caça, mas preferia mesmo usar uma chave de roda que mantinha debaixo do assento do motorista. Dana não achava que Van Dyke representaria uma ameaça física para alguém treinado como ela, e pensou que poderia recorrer às outras armas caso estivesse errada e a situação fugisse ao controle.

Havia uma janela na frente do quarto de Van Dyke e outra na lateral do prédio. Dana tirou sua máquina fotográfica do carro e se ajoelhou ao lado da janela. A menos que alguém estacionasse diante do quarto, ela não seria detectada. A persiana estava levantada o suficiente para que Dana pudesse ver dentro do quarto. Até então, Van Dyke estava agindo como um perfeito cavalheiro. Dana não conseguia ouvir o que o casal estava falando, mas Van Dyke sorria quando tirou a carteira e deu algumas notas à garota. Assim que enfiou o dinheiro na bolsa, a garota começou a despir-se. Van Dyke observava, mas não fez menção de tirar suas roupas. Quando a garota ficou nua, Van Dyke deu um largo sorriso e deu-lhe um golpe no plexo solar. A garota debateu-se, tentando respirar. Ele grudou um pedaço de fita adesiva em sua boca para que ela não gritasse. Ela já estava com falta de oxigênio e seus olhos se arregalaram quando sua boca foi selada. Van Dyke não teve dificuldade em virá-la de bruços e algemar os braços e as pernas dela à cabeceira da cama com amarras que tirou da sacola de ginástica.

Dana poderia ter entrado imediatamente, mas decidiu que a garota estaria mais segura amarrada à cama, onde não poderia atrapalhá-la. Van Dyke tirou um chicote de sua sacola. Dana colocou uma máscara de esqui, foi até a porta da frente e deu um soco nela.

– Abra, é a polícia – ela gritou com a voz autoritária que usava quando trabalhava na Narcóticos.

Dana pensou ter ouvido a porta do quarto bater, e deu outro soco na porta, gritando "Polícia" novamente.

– Um segundo – uma voz respondeu. Dana imaginou que Van Dyke havia escondido a garota debaixo de um cobertor e tinha se livrado do chicote, que ela notou que ele segurava na mão direita. Assim que a porta se abriu, Dana quebrou a clavícula direita de Van Dyke e deu-lhe um chute nos genitais. Ele caiu no chão. Dana tirou um de seus revólveres e fechou a porta. Em seguida, pegou Van Dyke pelo cabelo e o arrastou para dentro do quarto.

– Tire todas as roupas – ela ordenou.

– Você quebrou o meu ombro – ele gemia, contorcendo-se de dor no chão.

Dana deu-lhe uma coronhada forte o bastante para chamar-lhe a atenção antes de repetir a ordem. Ela gostava de ver a dor que Van Dyke sentia ao fazer força para tirar as roupas com a clavícula quebrada. Esperava que a dor dele fosse maior do que aquela que ele pretendia infligir em sua indefesa vítima.

Dana foi até a garota.

– Estou aqui para ajudar você. Vou tirar a fita. Não grite. Você vai ficar com cada centavo desse cretino antes de eu ir embora, e ele não poderá mais feri-la, então por favor, faça o que eu disser.

A garota fez que sim com a cabeça e Dana retirou a fita para ela poder respirar. Dana afastou os cobertores que escondiam a garota antes de voltar-se novamente para Van Dyke.

– Pegue o chicote em sua mão direita e fique ao lado da cama como se fosse açoitá-la – Dana ordenou, sabendo que a garota não corria perigo por causa da clavícula quebrada de Van Dyke. Assim que Van Dyke obedeceu, Dana tirou várias fotos do homem nu em que parecia que ele açoitava a indefesa garota. Quando tinha fotos suficientes, Dana removeu as algemas da garota e as usou para prender Van Dyke à cama virado para cima.

– Vou sair em um instante – ela disse à garota. – Esse miserável não vai poder machucá-la. Vou deixar as chaves do carro dele na cômoda. Se quiser, pode ir para algum lugar, vender o carro e levar o dinheiro para seu fornecedor. Ou posso levá-la para um lugar seguro e colocá-la num programa de desintoxicação. Não vou dizer a você o que deve fazer. Não sou sua mãe. Você está doente. O primeiro passo para ficar melhor é começar fazendo as escolhas certas. Pense nisso enquanto eu acabo com este pervertido.

Dana virou-se para Van Dyke.

– Quero que você devolva o dinheiro que roubou de seus clientes. Depois, quero que saia de Washington. Vou dar uma semana para que cuide de tudo. Se eu souber que não seguiu minhas ordens, vou publicar estas fotos na Internet depois de enviá-las para a polícia. Se você ainda estiver aqui depois que eu publicar essas fotos, vou caçá-lo e matá-lo. Diga que entendeu.

Van Dyke chorava por causa da dor no ombro.

– Entendi – ele conseguiu dizer.

– Muito bom – disse Dana.

Dana teve um pequeno *flashback* no qual ela jazia no cimento frio do porão do laboratório de metanfetamina depois de ser estuprada por toda a gangue. Foi tomada pelo ódio. Tampou a boca de Van Dyke com fita adesiva e quebrou a rótula esquerda dele.

– Você me dá nojo – ela disse, quando os gritos sufocados de Van Dyke cessaram. Depois, ela revistou a carteira dele e entregou todo o dinheiro para a garota.

– Heroína ou desintoxicação? – ela perguntou.

A cabeça da garota estava caída. Ela chorava.

– Tire-me daqui – ela balbuciou em voz tão baixa que Dana mal conseguiu ouvir.

– Boa escolha – ela disse.

Dana deu as costas para Van Dyke e colocou o braço nos ombros na garota. Ela mandaria as fotos e um relatório para Mark Shearer. O relatório não mencionaria o que ela fizera a Van Dyke. Isso era assunto particular. Dana sorriu. Salvar a garota e humilhar Van Dyke tornavam esta noite uma das mais agradáveis dos últimos tempos.

Capítulo 19

Dana Cutler estava escrevendo o relatório para Mark Shearer no escritório localizado no porão do sítio no subúrbio que ela dividia com Jake Teeny. Quando as palavras começaram a dançar no monitor do computador, ela achou que era hora de fazer uma pausa. Dana espreguiçou-se e sua camiseta subiu, revelando as cicatrizes desbotadas em seu estômago chato. Havia um bule de café empoleirado no alto de um pequeno armário de arquivos. Ela foi até lá e encheu sua caneca, depois voltou ao computador.

Dana se mudara para a casa de Jake depois da conclusão do caso Farrington, e estava dando certo. Os *flashbacks* e pesadelos associados com suas cicatrizes não a visitavam com tanta frequência depois que eles começaram a morar juntos. Dana acreditava que dificilmente chegaria mais perto de ser feliz do que era agora. Estar perto de ser feliz era uma distância enorme dos meses infernais que ela passara no hospital psiquiátrico.

As reflexões de Dana acerca do estado de sua vida foram interrompidas pelo toque de seu celular. Poucas pessoas tinham aquele número, e ela ficou contente ao ver o nome de Brad Miller no identificador. Ela e Jake haviam saído com Brad e Ginny logo depois que o casal se mudara para a capital federal, mas os quatro eram tão ocupados com seus empregos que não arranjaram tempo para se encontrar novamente.

– Há quanto tempo não nos falamos! – Dana disse.

– Desculpe-me – Brad disse –, mas este trabalho me consome todo o tempo.

– Não precisa se desculpar. Eu também não te liguei. O que é que há?

– Podemos marcar um café?

– Claro. Quando?

– Eu estava pensando agora.

Dana olhou para o relógio. Eram quase nove da noite. Ela sabia que deveria terminar o relatório, mas Brad parecia preocupado.

– Tá bom. Onde?

– Você conhece a cidade melhor do que eu. Seria bom um lugar onde não corrêssemos o risco de encontrar repórteres nem ninguém que nos reconheça.

– Está metido em alguma enrascada?

– De modo algum, mas me sinto mais à vontade falando cara a cara.

Dana disse a Brad onde encontrá-la. Depois, desligou o computador. Jake Teeny era fotojornalista, e seus trabalhos o levavam a viajar pelo mundo. Atualmente ele estava no oeste da África, então Dana podia pegar a Harley dele. Depois de ficar engaiolada no porão escrevendo relatórios, a ideia de cortar a noite na moto de Jake era bem atraente. Ela estava com um sorriso no rosto ao colocar sua jaqueta de couro e ajustar o capacete sobre seu curto cabelo castanho-avermelhado.

Dana tinha trabalhado no relatório durante o horário em que costumava jantar, e não percebera como estava faminta até que Brad falou em encontrá-la em algum lugar onde pudessem tomar um café. Esses lugares sempre ofereciam comida também, e, ao pensar em um hambúrguer com queijo e *bacon*, ficou com água na boca e com o estômago roncando. Quando estava trabalhando disfarçada, Dana descobrira o Vinny's, em uma das partes menos nobres do Distrito de Columbia. O Vinny's servia ótimos hambúrgueres e fritas e ainda não tinha sido descoberto pelos críticos gastronômicos do *Washington Post*.

Dana estava atacando seu jantar quando Brad entrou. Parecia nervoso. Dana pensou que fosse por causa do estado deplorável do bairro e pelos indecorosos clientes do Vinny's. A expressão de Brad virou alívio quando Dana acenou da encardida mesa que ocupava nos fundos do bar. Brad deslizou pelo esfarrapado assento de vinil vermelho que forrava seu lado da mesa e encarou o hambúrguer de Dana.

– Isso aí é bom? – ele perguntou, apreensivo.

– Não se engane com a decoração – Dana disse. – Peça o *cheeseburguer* com *bacon* e fritas. É uma loucura.

Brad fez o pedido à garçonete e acrescentou uma cerveja para ajudar a descer a comida.

– Então – Dana perguntou –, por que o encontro clandestino?

– Eu queria saber se você pode pegar um trabalho bem delicado.

Dana revirou os olhos.

– Como investigar se o presidente dos Estados Unidos é um assassino em série? – ela perguntou.

– Não é assunto para brincadeiras, Dana.

Dana podia ver que Brad estava muito preocupado, então decidiu ficar séria.

– Tem algo a ver com o ataque à juíza Moss?

– Não tenho certeza. Pode ter.

– A cliente é a juíza Moss?

– Para você, o cliente sou eu.

– Certo.

Brad inclinou-se para a frente e abaixou a voz.

– Imagine que está sob juramento, testemunhando diante de um comitê do senado, e o presidente da câmara pergunta se a juíza Moss, da Suprema Corte, a contratou. Como você vai responder, sob pena de perjúrio?

– Já entendi o que quer dizer. Então, Sr. Cliente, do que se trata? Brad havia lido os fatos do caso de Sarah Woodruff, e deu-lhe uma visão geral. Depois, forneceu os detalhes do ataque à juíza Moss e a colocou a par das suspeitas de sua chefe sobre o juiz Price.

– Acabo de concluir dois casos, então tenho tempo para me dedicar ao seu problema, mas terei de ir ao Oregon, e vou precisar ler os registros do caso antes de ir.

– Está tudo embrulhado e pronto para você. Entrego amanhã.

Dana sorriu.

– Você tinha certeza de que eu ia pegar este caso, não tinha?

– Eu tinha certeza de que você é uma amiga com quem eu poderia contar.

Dana não lidava bem com elogios, então ficou calada. Brad aproveitou a oportunidade para dar uma mordida em seu sanduíche. De repente, Dana deu uma risada. A boca de Brad estava tão cheia que uma de suas sobrancelhas havia arqueado.

– Vou precisar de uma historinha se quer que eu deixe você e "aquela que não tem nome" fora disso, e acabo de pensar em uma que é perfeita.

Quando terminaram de discutir a missão, Brad contou a Dana como era a vida de um assessor da Suprema Corte e falou também do emprego de Ginny. Dana contou alguns de seus casos a Brad.

– A maior parte dos trabalhos que eu faço é bem chata – ela admitiu. – Não é como nos tempos em que eu era policial, e nem se compara à correria do caso Farrington.

– Sente falta de toda aquela ação? – Brad perguntou.

– Na verdade, não. Acho que estou ficando velha, mas a ideia de não precisar ficar alerta vinte e quatro horas por dia me atrai.

– Entendo você – Brad disse. Ele baixou os olhos e seu sorriso sumiu. – A briga na garagem me deixou muito perturbado.

Levei meses para superar o que aconteceu no Oregon, e estou tendo as mesmas reações novamente. Estou bancando o forte e não contei a Ginny porque não quero que ela se preocupe, mas tenho tido pesadelos.

– Bem-vindo ao clube – Dana respondeu, amarga.

Havia um relógio acima da porta de entrada, e Brad viu as horas.

– Eu tenho de ir – ele disse.

– Foi ótimo ver você. Mande um beijo para a sua cara-metade.

Brad sorriu.

– Mando, sim. Quando Jake voltar, podemos marcar alguma coisa.

– Está marcado – disse Dana.

Brad dirigiu-se para seu carro e Dana acenou. A temperatura havia caído e ela agradeceu o calor que sua jaqueta de motociclista proporcionava. Apesar do que dissera a Brad, sentia falta da ação. Seus trabalhos chatos pagavam bem, e havia a vantagem de não ter ninguém tentando matá-la a todo instante. Mas a ação fazia seu sangue correr mais depressa e tornava as cores mais vivas, como naquela noite em que salvara a garota no motel. Contudo, agora que tinha Jake e tinha uma escolha, optara pelo lado mais tranquilo da vida.

Dana deixou a introspecção de lado por tempo suficiente para dar partida na Harley de Jake e verificar o tráfego. Havia alguns carros passando e ela esperou uma brecha para sair. A essa altura, calculou que a viagem até sua casa demoraria meia hora, o que lhe daria tempo para pensar sobre o que faria no Oregon. O carro que a seguia manteve distância suficiente para que Dana não notasse sua presença.

Capítulo 20

Ginny estava de bom humor quando chegou à Rankin Lusk na manhã seguinte. O que parecera tão assustador na noite anterior tornara-se uma minúscula preocupação à luz de um novo dia. A juíza Moss, e não Brad, fora a vítima do ataque na corte, e o agressor devia ser, como Brad lhe assegurou, algum maluco com intenções irracionais.

– Deve ir direto para a sala de reuniões E, Srta. Striker... – a recepcionista disse quando Ginny entrou no saguão.

Ginny franziu a testa. Tinha tanto trabalho, e, nas poucas vezes em que comparecera a uma reunião com um cliente, ela durara, intencionalmente, muito mais do que o necessário, para que fossem cobradas mais horas do cliente.

Os clientes que aguardavam na recepção da Rankin Lusk podiam ver através das paredes das salas de reunião A e B. Os clientes com reuniões marcadas para essas salas podiam apreciar, pelas janelas que iam do chão até o teto, uma magnífica vista do Capitólio. As salas A e B eram usadas para impressionar os clientes que lá se reuniam e dar a impressão, para os clientes na recepção, de que os advogados da Rankin Lusk estavam sempre envolvidos em grandes transações e não precisavam do seu dinheiro.

A sala de reunião E, que ficava um andar abaixo da recepção, não tinha janelas e era na parte de trás do edifício, a salvo de olhos curiosos. Assim que Ginny entrou na sala, percebeu por que a reunião aconteceria em uma sala onde as pessoas não pudessem ser vistas. Audrey Stewart e Dennis Masterson conferenciavam no outro extremo da mesa. Sentado à esquerda de Masterson, estava

Greg McKenzie, associado há quatro anos que trabalhava com Masterson e deixava Ginny desconfortável. McKenzie era enorme e tinha sido atacante em Iowa antes de estudar direito em Stanford. Parecia sempre bravo, e Ginny se perguntava se ele usava esteroides para manter aquele físico de lutador profissional.

– Ah, Srta. Striker, entre e feche a porta – disse Masterson. Todos pararam de falar e olharam para ela. Masterson apresentou Ginny. Depois, sorriu.

– Adivinhe o que estamos fazendo – Masterson perguntou-lhe.

– Ajudando a Srta. Stewart a se preparar para sua audiência de confirmação? – Ginny arriscou, cautelosa. Esperava ter dado um palpite correto. Se aquela fosse a sua tarefa, seria a mais empolgante que já recebera desde que entrara no escritório.

– Nota A com louvor – Masterson respondeu, com um sorriso. Em seguida, dirigiu-se a todos na sala: – Fiquei muito contente quando a presidente Gaylord indicou Audrey para a Corte. Nos conhecemos quando trabalhamos juntos na CIA, e desde então temos mantido contato. A Corte precisa de cérebros de primeira, e Audrey era, de longe, a pessoa mais perspicaz com quem trabalhei na Agência.

Masterson parou de sorrir.

– É triste, mas os liberais vão tentar desacreditá-la concentrando-se em práticas que os mantiveram em segurança depois do ataque de 11 de setembro, mas que agora não se justificam mais. Já fui informado por diversas fontes que os senadores Cummings e Vasquez estão afiando suas facas. Esses liberais se encolheram em suas tocas enquanto Audrey enfrentava o fogo nas linhas de frente. Agora vão atirar pedras nas mesmas pessoas que os protegeram. Então, temos um trabalho talhado para nós. Mas... – Masterson disse, voltando a abrir um sorriso – ...sinto-me confiante de que venceremos, porque nossa causa é justa e Deus está do nosso lado, para não falar em um bando de advogados muito espertos.

Capítulo 21

A redação do *Exposed*, o mais popular tabloide de supermercado de Washington, ocupava dois andares de um armazém reformado de onde se podia ver a cúpula do Capitólio, em uma região da capital dividida em áreas valorizadas e áreas decadentes. Era possível encontrar edifícios abandonados e terrenos baldios habitados por drogados e sem-teto a poucas quadras de restaurantes da moda, butiques luxuosas e conjuntos de casas pertencentes a profissionais urbanos. O *Exposed* era um jornaleco impertinente que ganhara certa respeitabilidade quando publicou em primeira mão o caso Farrington, graças a um acordo entre Dana Cutler e Patrick Gorman, dono e editor do jornal. Mas ele se sustentava noticiando aparições de Elvis, relatos de abduções por discos voadores, fofocas de celebridades e dietas milagrosas e garantidas.

Dana encontrou Gorman comendo uma pizza gigante de salame e queijo em seu escritório no segundo andar. Boa parte das paredes era ocupada por cópias emolduradas das manchetes mais ultrajantes do jornal. O fato de nenhuma fazer Gorman corar era um termômetro de sua integridade jornalística. Dana ficou olhando para uma parte da parede na qual era exibido o Prêmio Pulitzer que o jornal havia ganhado pela cobertura do escândalo Farrington.

— Esta aqui valorizou sua galeria infame — disse Dana.

Gorman detestava ser interrompido quando estava trabalhando ou comendo, mas deu um largo sorriso quando viu quem entrava.

— Como vai minha fonte anônima favorita? — ele perguntou, indicando uma cadeira a Dana. Um cavalheiro de verdade levantaria quando uma senhora entrasse na sala, mas Gorman era excessivamente gordo. Dana sabia que ele precisava fazer um esforço imenso para se levantar, então perdoou sua falta de cavalheirismo.

— Estou bem, obrigada. E você? Como está se saindo como um legítimo jornalista?

Gorman fez um gesto com a mão.

— Eu superei isso há meses. Embora eu tenha alguns lampejos ocasionais em que me vejo no pódio com nosso Pulitzer olhando para as caras doentias e impotentes daqueles esnobes do *Times* e do *Post*.

— Notei que você não se rebaixou, e não incluiu mais nenhuma matéria verdadeira em seu jornaleco — Dana disse.

— Eu não sabia que era nossa leitora.

— É um de meus prazeres secretos. Escondo o *Exposed* no meio das páginas de minhas revistas de Dominatrix.

Gorman riu com tanta força que suas mandíbulas tremeram. Em seguida, apontou os restos de seu jantar.

— Pizza?

— Não, obrigada.

— Se não veio aqui comer comigo, a que devo o prazer da sua visita? Não veio revelar um segredo de alguém famoso, veio?

— Não. Estou aqui para lhe pedir um favor.

— Para você, qualquer coisa dentro do razoável.

— Quero credenciais de imprensa do *Exposed*, e quero que me dê suporte se alguém ligar para verificar se sou uma de suas repórteres.

— Fiquei intrigado. Por que precisa do disfarce?

— Vou lhe contar, mas precisa prometer que vai ficar entre nós.

— Claro, com a condição de que o *Exposed* tenha direito exclusivo sobre qualquer história interessante.

– Se eu puder, tudo bem. Preciso da permissão de meu cliente.
– Quem é?
Dana balançou o dedo em negativa.
– Você sabe que não posso revelar.
Gorman deu de ombros.
– Não pode me culpar por tentar. O que pode me contar?
– Fui contratada para investigar um caso de homicídio fascinante no Oregon. Sarah Woodruff está no corredor da morte por assassinar seu amante duas vezes.
As sobrancelhas de Gorman arquearam.
– Parece feito para o *Exposed*. – Ele levantou a mão e formou uma manchete imaginária. – ASSASSINEI MEU AMANTE MORTO. Já gostei dessa história. Conte-me como é possível matar alguém duas vezes.
– Não é. Woodruff foi presa por matar um homem chamado John Finley. As acusações foram retiradas no meio do julgamento. Vários meses depois, o corpo de Finley foi encontrado; ela foi julgada novamente e condenada à morte. Meu cliente quer que eu vá ao Oregon e investigue o caso.
– Por que não diz que é detetive particular? Por que eles precisam pensar que você é jornalista?
– Qual foi a primeira coisa que me perguntou quando eu disse o que estava fazendo?
– Ah, entendo. Eles vão querer saber a identidade de seu cliente.
– E podem não falar comigo se eu me recusar a revelá-la. Não devo encontrar problemas se estiver trabalhando para alguém que ganhou o Prêmio Pulitzer como editor do *Exposed*.
Dana aguardou alguns instantes enquanto Gorman analisava seu pedido – mas só alguns instantes.
– Fechado. Vou falar para todo mundo que você está na nossa folha de pagamento e você me dá o furo, se seu cliente permitir.

– Com certeza.

Brad havia entregado para Dana a transcrição e o resumo do caso *Woodruff* naquele mesmo dia. Quando Dana voltou para casa vinda do *Exposed*, preparou uma xícara de café e um sanduíche e olhou para a massa de papel empilhado em sua sala de jantar. A transcrição tinha mais de mil páginas, e ela decidiu que ajudaria ter uma visão geral do caso antes de mergulhar nele. Então, pegou a petição para o recurso e leu a Declaração de Fatos, que fornecia um resumo dos dois julgamentos nos quais Sarah Woodruff fora acusada de matar o amante.

PARTE III

Sarah Woodruff
Junho-dezembro de 2006

Capítulo 22

A policial Sarah Woodruff estava sentada no cubículo sem janelas de Max Dietz na seção do gabinete da promotoria do Condado de Multnomah, que cuidava de crimes envolvendo drogas, explicando por que o caso *Elcock* deveria ser revisado. Sua frustração crescia enquanto ela tentava ignorar o sorriso afetado na cara do Fuinha e o modo como os olhos dele passaram por seus seios e lá se fixaram, descaradamente.

Dietz não tinha o apelido de Fuinha porque se parecia com esse animal. O assistente de promotoria era, na verdade, bem bonitão e tinha um jeito bajulador, lembrando aqueles sebosos falsos ingleses em comédias pastelão que dão golpes em velhinhas por causa de suas fortunas. Seu apelido se referia ao jeito ardiloso com que praticava o Direito.

Sarah havia trabalhado em vários casos em que Dietz fora o promotor, e ele havia dado em cima dela duas vezes. Como ela não caiu a seus pés, ele se distanciou. Sarah se perguntava se o ressentimento dele com a rejeição alimentava sua atitude com relação ao pedido de revisão do caso contra Harvey Elcock. Sarah também sabia que tinha que ser diplomática com Dietz, porque diziam que uma série de vitórias da promotoria tinham valido a ele uma promoção para a Homicídios e a atenção de Jack Stamm, o promotor público do condado de Multnomah.

– Eu não entendo – Dietz disse a Sarah quando ela terminou. – Digamos que a anfetamina na gaveta de camisetas pertencesse a essa Loraine. Ela não admitiu que o pacote que encontramos no quarto dos fundos era dela, admitiu?

– É muito óbvio que o namorado plantou aquilo.
– Óbvio para você, talvez, mas não para mim.
Dietz estava recostado na cadeira, e se endireitou.
– Não venha choramingando para mim, Sarah. Esse sacana está manipulando você. Ele finge ser um retardado, mas os Marauders não deixariam um retardado vender drogas para eles. Esse sujeito é mais do que parece.
– Eu não acho, Max.
Dietz deu de ombros.
– Então o problema é seu. Mas, como o caso é meu, eu decido. Volte e me traga provas de que alguém plantou essa droga no quarto dos fundos e eu me disponho a dar outra olhada no caso *Elcock*. Até lá...
Dietz deu de ombros novamente e Sarah percebeu que discutir mais seria inútil. E ele tinha certa razão. Sensações não eram provas, e tudo o que ela tinha era um mau pressentimento com relação ao caso e o depoimento de uma testemunha com a qual ela fora idiota a ponto de se esquecer de ler seus direitos, e agora esta retirava o que tinha dito.
O caso *Elcock* tinha começado de maneira promissora quando um informante anônimo dissera a um policial da Vícios e Narcóticos que Harvey Elcock receberia um carregamento de anfetamina da gangue de motociclistas Marauders e pretendia vendê-lo. Logo depois de receber essa informação, os detetives que vigiavam a casinha de Elcock viram dois motoqueiros com as cores dos Marauders entrando na casa.
Sarah começou a ter reservas acerca da batida a partir do momento em que Harvey Elcock atendeu a porta. Ele era careca e tinha bochechas pálidas com barba grisalha de vários dias, e Sarah deu-lhe pouco menos de cinquenta anos. Ele estava usando uma calça de sarja marrom-clara, camiseta branca manchada e

um suéter cinza sobre a camiseta, embora a temperatura estivesse perto dos trinta graus. Elcock olhou para os policiais através de óculos de plástico preto com grossas lentes.

– Sr. Elcock?

Elcock fez um sinal afirmativo com a cabeça.

– Podemos entrar?

Elcock ficou surpreso.

– Por quê? – ele perguntou.

– Temos um mandado para procurar drogas em sua casa – disse Sarah, mostrando o documento que o juiz havia assinado uma hora antes.

– Drogas? – ele perguntou, parecendo idiota. Sarah começava a achar que estavam lidando com um inútil de QI baixo; não exatamente o tipo que os motoqueiros escolhiam para vender e proteger o produto deles.

– Sim, senhor – disse Sarah.

– Não tenho nenhuma droga, só os meus remédios. Eu tomo remédio para pressão alta, e o meu colesterol não anda muito bom, então o médico me deu remédio para ele também.

– Fomos informados de que você tem metanfetamina na sua casa.

– Isso é parecido com *speed*?

– Sim, senhor.

Elcock pareceu assustado.

Não tenho isso. Não tem nada disso aqui.

– Fomos informados de que recebeu essas drogas de uma gangue de motoqueiros para vendê-las.

– Ah, não. O Tony não me deu nada. Ele só estava procurando a Loraine. Mas ela saiu. Acho que foi visitar a tia. Talvez ela volte se a tia dela não a deixar ficar.

– Esse Tony é da gangue de motoqueiros?

– É, da Marauders. Eu não gosto dele.

— Senhor Elcock, nós temos que entrar, mas sairemos logo se não encontrarmos nenhum *speed*.

Elcock deixou a equipe de busca entrar. O policial que revistou o quarto dele encontrou metanfetamina debaixo de uma pilha de camisetas na gaveta de Elcock. Sarah ficou desapontada. Ela tinha esperança de que sairiam de mãos vazias. A droga parecia ser para uso pessoal, e não era nem de longe a quantidade que o informante jurara que encontrariam. Depois, outro policial encontrou uma quantidade mais substancial escondida num quarto nos fundos.

Elcock jurou não saber nada sobre a metanfetamina, e chorou quando foi fichado e trancado na cela. A lógica dizia a Sarah que as drogas deviam ser de Elcock, pois ele vivia sozinho, mas ela tinha um pressentimento sobre aquela batida que não queria ir embora.

Dois dias depois que Elcock foi preso, Sarah lembrou-se de algo que ele tinha dito. Assim que seu turno terminou, ela voltou à casa de Elcock. Uma mulher grávida atendeu a porta.

— Você é Loraine? — Sarah perguntou.

— Sim. Quem é você?

Sarah estava à paisana, e mostrou sua identificação para a mulher.

— A senhora sabe que o Sr. Elcock está na cadeia? — Sarah perguntou logo que elas sentaram na sala de estar. A cor do rosto de Loraine se esvaiu.

— O que ele fez? — ela perguntou. Sarah achou que Loraine ficou muito nervosa, e observou com atenção as reações da mulher à informação seguinte.

— Recebemos uma denúncia anônima dizendo que o Sr. Elcock estava vendendo metanfetamina para a gangue de motoqueiros Marauders. — Loraine pareceu ficar enjoada. — Nosso informante nos disse que encontraríamos um carregamento grande aqui.

— Aquele filho da puta — Loraine sussurrou.

— A primeira coisa que encontramos foi uma pequena quantidade de *speed* debaixo de algumas camisetas na cômoda no Sr. Elcock. A droga era sua, não era? – Sarah perguntou calmamente.

Loraine enterrou o rosto nas mãos.

– Eu nunca pensei...

– Tony é seu namorado, o cara que a engravidou?

Loraine fez que sim com a cabeça.

– Harvey é um amor. Tony me batia. Ele não queria a criança, e ficou doido quando eu disse que não faria um aborto. Eu fugi, e Harvey deixou que eu me escondesse aqui. Ele até me cedeu seu quarto. Achei que estava segura, mas me avisaram que Tony estava a caminho, então fui para a casa da minha tia. Só que ela não me recebeu. Eu fiquei tão perturbada que me esqueci da droga. Depois, quando lembrei, vi o Tony chegando e dei o fora.

– Encontramos muito mais *speed* no outro quarto.

– Harvey não usa drogas. O Tony deve ter armado para se vingar por ele ter me ajudado.

– Acha que Tony era o informante?

– Ah, sim, com certeza. Ele é muito mau. Eu não queria nada com ele, mas ele tinha *speed*.

– Pode dizer isso ao promotor?

De repente, Loraine ficou muito assustada.

– Eu não sei. Tenho que pensar.

– Harvey pode ficar preso por muito tempo. O caso pode passar para a polícia federal.

Loraine colocou a mão na barriga.

– Não posso ter meu filho na prisão.

Sarah temia que Loraine não falasse se fosse informada de seus direitos de Miranda[*]. Como não fora, de fato, suas declarações não puderam ser usadas.

---

[*] Direitos de Miranda (*Miranda rights*) são o aviso que todo policial nos Estados Unidos deve dar a suspeitos sob custódia, para protegê-los de produzir provas contra sei mesmos.

— Talvez eu possa arrumar um acordo para não ser acusada se ajudar o Sr. Elcock. Falaria com o promotor se eu fizesse isso?

— Tenho que pensar.

— OK. É justo. — Sarah parou. — Tony vai vir atrás de você? Posso escondê-la em algum lugar onde ele não a encontre até a gente resolver isso tudo. Aqui não é um lugar seguro.

Sarah pagou do próprio bolso uma semana em um hotel com serviço de quarto em Vancouver, Washington. Quando visitou Loraine, no dia seguinte, ela tinha arranjado um advogado que lhe disse que a moça não testemunharia nem com imunidade porque sabia o que os Marauders fariam com ela. Uma hora depois, Sarah estava sentada no gabinete de Max Dietz feito uma boba, pedindo-lhe que demonstrasse compaixão enquanto ele a despia mentalmente e fazia Deus sabe lá o que com ela em suas fantasias.

Quanto mais Sarah pensava no caso *Elcock*, mais convencida ficava de que o namorado de Loraine armara para Harvey, mas, para que Sarah tivesse alguma chance de provar sua teoria, Loraine tinha de depor. De repente, Sarah riu. Poderia haver um modo de Loraine inocentar Harvey Elcock sem testemunhar.

Dois dias depois, Jack Stamm chamou Max Dietz até seu gabinete. Dietz não tinha ideia do motivo pelo qual estava sendo chamado àquele lugar sagrado, mas não podia pensar em nada que tivesse feito de errado, então presumiu que seria para receber elogios por algo que tivesse feito bem. Esse pensamento desapareceu quando ele viu Sarah Woodruff sentada em um sofá no fundo da sala.

Dietz forçou um sorriso animado.

— O senhor queria falar comigo? — perguntou.

— Obrigado por vir, Max. Conhece a policial Woodruff?

— É claro. Trabalhamos em alguns casos juntos. Ela é uma investigadora excelente.

— Ela fala muito bem de você também, e é sobre a investigação que ela fez no *Estado contra Elcock* que eu gostaria de falar. Passei uma hora com uma mulher chamada Loraine Cargo hoje de manhã.

Dietz forçou-se a manter um sorriso plácido nos lábios.

– Pelo que entendi, parte de seu caso contra Elcock se baseia na descoberta de *speed* no gaveteiro dele.

– Sim, parte dele.

– A Srta. Cargo afirma que a droga é dela, e ela passou no polígrafo.

– Encontramos muito mais *speed*, Jack. Elcock deve ter dado a ela o que estava na gaveta, então tecnicamente aquilo era dela, e ela não deve estar mentindo.

– Ela afirma que recebeu a metanfetamina do namorado, Tony Malone, que faz parte da gangue de motoqueiros Marauders. Estávamos vigiando a casa de Elcock. Um dos detetives fez uma identificação positiva de Malone como um dos motoqueiros que visitou Elcock no dia da busca. O Sr. Elcock não tem ficha criminal e também passou no polígrafo. Acho que cometemos um erro ao prendê-lo. Um erro compreensível, mas que deve ser corrigido o mais depressa possível, a menos que você tenha provas que contradigam o que a policial Woodruff descobriu.

Jack Stamm havia concedido imunidade a Loraine Cargo, além da garantia de que ninguém saberia daquela reunião, de suas declarações nem do polígrafo. Ele também garantira por escrito que ela nunca teria de testemunhar contra qualquer membro da gangue de motoqueiros Marauders. O testemunho dela levara ao indeferimento de todas as acusações contra Harvey Elcock.

Sarah sabia que Max Dietz guardaria mágoas para sempre, mas ela não estava preocupada com Dietz, e deixou o tribunal com um sorriso no rosto.

Capítulo 23

Um ruído forte tirou Sarah Woodruff de um sono profundo. Quando teve certeza de que havia alguém em sua casa, ela pegou sua Glock 9 mm e saiu do quarto de fininho. Alguma coisa pesada havia batido em uma parede no andar de baixo com força suficiente para virar a mesa que ficava na entrada. Um homem gritou de dor. Sarah esgueirou-se escada abaixo segurando a arma à frente. Quando chegou ao meio da escada, viu um homem usando casaco de marinheiro e gorro de lã lutando com um homem de jaqueta preta de couro.

Sarah gritou:

– Parados! – e passou a arma por cima do corrimão. O homem de gorro virou a cabeça.

– John? – Sarah disse, correndo escada abaixo.

Uma coronhada atingiu-lhe a nuca. Ela caiu de joelhos. Um segundo golpe fez com que os dedos de Sarah apertassem o gatilho.

Sarah sentou-se devagar. Sua cabeça doía e sua visão estava borrada. Ela pôs a mão na nuca. A dor penetrou-lhe o crânio e fez com que afastasse a mão. Ela fechou os olhos com força. Quando os abriu, viu que seus dedos estavam cobertos de sangue. Ela pegou o revólver, cerrou os dentes e fez um esforço para pôr-se de pé. Estava sozinha, e havia sangue espirrado na parede. A mesa de entrada estava caída de lado, e um jornal, uma revista, um abajur e alguns envelopes estavam espalhados pelo chão. O tapetinho do vestíbulo era persa, com tons de vermelho vivo, mas um líquido vermelho, difícil de perceber de imediato, molhara-o em diversos pontos.

A dor atenuou o bastante para que Sarah pensasse. Ela se lembrou de John Finley brigando com um homem de jaqueta preta de couro. Depois... não conseguia se lembrar do que acontecera em seguida, mas devia haver mais alguém na casa, porque a dor na nuca era prova de que ela fora atingida por trás. Os intrusos deveriam ter levado John.

Sarah subiu a escada cambaleando e colocou uma calça *jeans*, tênis, um agasalho e uma jaqueta. Era outubro, e uma frente fria acabara de chegar, trazendo para Portland um frio cortante. Sarah pegou a chave do carro e desceu as escadas o mais depressa que a dor na cabeça lhe permitiu, parando no meio do caminho para inclinar-se para a frente, a fim de evitar uma onda de náusea que a acometeu. Depois ela se recompôs, sugou uma boa lufada de ar gélido e se dirigiu para sua picape.

– O que John Finley estava fazendo em minha casa no meio da noite? – Sarah se perguntou enquanto cruzava as ruas do bairro em busca de algum sinal dele ou dos homens que ela presumia que o tivessem levado. – O que ele estava fazendo na minha casa? – Depois do que tinha acontecido da última vez em que se viram, Sarah tinha certeza de que nunca mais veria Finley.

No verão passado, Sarah foi passar as férias no Peru para escalar o Nevado Pisco, um pico de 5.700 metros de altitude nos Andes. Dois dias depois de descer, conheceu Finley em um bar em Huaraz. Ele era bonito e inteligente, e eles ficaram juntos. Finley era piloto, e eles foram para um *resort* em uma ilha no frágil aviãozinho dele. Pelo resto das férias, Sarah e Finley mergulharam, tomaram sol, jantaram com elegância e fizeram sexo como dois coelhos. Depois, Sarah voltou para Portland.

Dois meses depois, Finley lhe telefonou para dizer que estava em Portland a negócios e Sarah o convidou para ficar em sua casa. Tudo ia muito bem até Sarah começar a questionar os negócios de Finley. Ele lhe dissera que trabalhava no ramo de importação e exportação, mas era evasivo sempre que ela pedia que fosse específico. Em um momento de fraqueza, Finley mencionara o nome de sua empresa. Sarah pesquisou e descobriu que ela existia somente em uma caixa postal nas Ilhas Cayman.

Policiais não podem se relacionar com pessoas que estão no lado errado da lei. Ela confrontou Finley e conheceu um lado de sua personalidade que nunca vira antes. Ele gritou e tentou bater nela. A rápida briga terminou quando os combatentes perceberam que poderiam acabar se ferindo gravemente. Sarah manteve a arma apontada para seu hóspede enquanto ele arrumava suas coisas e saía esbravejando.

Quinze minutos depois que Finley saiu, as coisas pioraram. Dois policiais apareceram averiguando uma reclamação de um vizinho. Os policiais saíram depressa quando reconheceram Sarah e viram que ninguém estava ferido, mas o enfrentamento foi constrangedor.

Agora, Finley invadia a casa dela e era atacado. O que estava acontecendo?

Uma viatura policial estava parada na guia quando Sarah voltou com sua picape, vinte minutos depois. Ela saiu do carro e um policial bem-apessoado com cabelo bem curto saiu da casa, apontando-lhe uma arma.

– Não se mexa! – ele gritou. – Largue a arma.

Sarah segurava a arma frouxamente. Estava tão cansada e tonta por causa do golpe em sua cabeça que não percebera que estava em sua mão até o policial gritar.

– Sou policial de Portland – disse Sarah. – Vou largar a arma.

Sarah dobrou os joelhos e colocou a arma na calçada.

– Afaste-se do veículo e mostre as mãos.

— Um homem foi sequestrado de minha casa. Eu estava procurando por ele — Sarah disse, afastando-se da arma.

— Qual é o seu nome?

— Sarah Woodruff. Trabalho na delegacia central. Meu sargento é Bob Mcintyre.

Um pesado policial afro-americano que parecia estar na faixa dos quarenta anos saiu da casa no momento em que o jovem policial recolhia a arma de Sarah. Ela enfiou a mão no bolso bem devagar e tirou sua credencial. O policial negro examinou a identidade de Sarah enquanto o mais jovem examinava a arma.

— Sou John Dickinson, Sarah — disse o mais velho. — Vamos entrar, mas tenha cuidado. Tem sangue no carpete, e os técnicos ainda não chegaram.

— Está machucada? — ele perguntou quando Sarah passou, e viu o sangue que emaranhava seu longo cabelo preto.

— Me bateram. — Sarah estava exausta. Ela fechou os olhos. — Posso sentar? Não me sinto muito bem.

— É claro.

Sarah despencou no sofá. Tinha náuseas e daria tudo para poder dormir um pouco. O policial mais jovem sussurrou alguma coisa no ouvido do parceiro. O mais velho fez um sinal com a cabeça.

— Chame uma ambulância — disse Dickinson. — A policial Woodruff pode ter sofrido uma concussão. E chame uma equipe de peritos.

— Conte-me o que aconteceu — Dickinson disse assim que seu parceiro saiu da sala.

Sarah tocou a nuca cautelosamente e fez uma careta.

— Quer um pouco de água?

— Não há tempo para isso. John Finley foi sequestrado.

— Quem é o Sr. Finley?

— Um... conhecido. Eu estava dormindo. Ouvi barulhos aqui embaixo. Vi John brigando com outro homem. Desci e alguém me nocauteou. Quando recobrei os sentidos, eles tinham ido embora. Fiquei rodando com o carro para tentar achá-los.

— Pediu reforços?

— Eu deveria ter pedido. Minha cabeça... Não consigo pensar direito.

— Reconheceu o homem que brigava com o Sr. Finley?

— Eu nunca o vi.

— Pode descrevê-lo?

— Não muito bem. Tudo aconteceu tão depressa, e estava escuro. Acho que ele usava luva e uma jaqueta de couro, mas não vi o rosto dele.

— Disparou sua arma?

Sarah tentou se lembrar do que tinha acontecido depois que ela foi golpeada. Ela não se lembrava de ter atirado, então disse a Dickinson que não tinha.

— Ficou surpresa ao encontrar o Sr. Finley em sua casa?

— Fiquei. Ele tem uma firma de importação e exportação e está sempre viajando. Eu achava que ele estava viajando a negócios. Ele não me telefonou, e fazia algum tempo que eu não o via.

— Como ele entrou?

Sarah hesitou.

— Ele tem a chave. Ele estava morando aqui comigo antes de viajar.

— Não quero deixá-la constrangida, mas...

— Sim, dormíamos juntos.

Sarah recostou-se e fechou os olhos.

— Não faça isso – disse Dickinson. – Não é bom dormir se está com uma concussão. Estou ouvindo a ambulância. Deixe que os enfermeiros a examinem. Eles lhe dirão o que fazer.

Sarah balançou a cabeça em afirmativa e imediatamente franziu a cara. O lamento da sirene foi ficando mais próximo, e em questão de minutos dois paramédicos estavam em sua sala de estar. Pouco depois, Sarah já estava segura em uma maca e eles a levavam correndo para fora de casa.

– O que ela disse sobre a arma? – o policial mais jovem perguntou a Dickinson.

– Ela disse que não atirou.

– Alguém atirou – disse o jovem policial.

Capítulo 24

A primeira coisa que John Finley percebeu quando recobrou os sentidos foi a dor. A lateral de seu corpo estava queimando no lugar onde fora baleado, e ele se sentia como se alguém tivesse batido com uma machadinha em sua nuca. Fechou os olhos com força e rangeu os dentes. Quando a dor ficou suportável, tentou descobrir onde estava.

Isso foi fácil. Ele fora colocado em um espaço confinado que não deixava passar nenhuma luz. De repente, seu corpo foi levantado e sua cabeça bateu em uma superfície dura. A dor foi excruciante. Depois de mais um solavanco, Finley descobriu que estava no porta-malas de um carro que trafegava em uma rua sem asfalto. Ele se posicionou para resistir ao próximo solavanco, mas suas mãos estavam algemadas nas costas e seus tornozelos estavam amarrados juntos. Sua cabeça bateu no teto do porta-malas mais uma vez. Depois, misericordiosamente, o carro parou.

Finley tentou se lembrar de como havia sido preso. Havia o navio. Ele matara Talbot dentro dele, e recebera um tiro. Ele se lembrava de ter dirigido até o condomínio de Sarah. Seu ferimento jorrava sangue quando ele chegou. A mochila de lona! Ele a tinha escondido, e se dirigia à escada que dava para o quarto de Sarah quando dois homens surgiram pela porta da frente.

Finley lembrava-se de concentrar toda a sua força em um soco que pegou bem no meio da cara do primeiro homem, que foi cambaleando pelo vestíbulo. Depois ele se engalfinhara com o segundo homem no chão, fraco por causa da perda de sangue e mal conseguindo reagir. Um antebraço foi forçado contra sua traqueia. Ela fazia força para conseguir respirar quando Sarah chamou seu nome. A última coisa de que lembrava era de um tiro.

As portas do carro se abriram e fecharam. Momentos depois, a tampa do porta-malas se abriu. Finley conseguiu ver a silhueta de dois homens dos joelhos até os ombros. Um homem se curvou e se esticou para puxá-lo para fora do carro. Finley resistiu e recebeu um soco na cara.

— Não torne as coisas mais difíceis para você. Vai morrer, não importa o que faça – disse o homem que batera nele.

Finley queria lutar, mas não tinha forças. Os dois homens o tiraram do porta-malas e o jogaram no chão. A dor lhe perfurava a cabeça e a lateral do corpo como uma lança, e ele teve de fazer força para não vomitar. Os homens ficaram olhando ele rolar para a frente e para trás. Quando Finley parou, viu estrelas e o contorno de galhos de árvores e folhas lá no alto. O ar frio e não poluído e a ausência de luz ambiente lhe diziam que estava em algum lugar no meio do mato, provavelmente nas montanhas.

— De joelhos, seu merda! – um dos homens ordenou. Finley semicerrou os olhos e viu o homem que falava. Era forte e tinha cabelo preto ondulado, mas a escuridão escondia o resto de seus traços. Como Finley não se moveu rápido o bastante, sua recompensa foi um chute cruel nas costelas, perto do ferimento. A dor quase o fez desmaiar. Mãos ásperas agarraram seu cabelo e o puxaram para cima, e o cano de uma arma foi colocado em sua nuca. O homem que estava parado diante de Finley sorriu sarcasticamente.

— Não vai mais pegar mulher nenhuma – ele disse. Depois, deu risada.

Capítulo 25

– Vamos falando, gente. O que temos aqui? – Max Dietz disse.

– O maior problema é o corpo, que não encontramos – respondeu o assistente da promotoria, Monte Pike.

Dietz achava que Pike era um palerma irreverente, mas Jack Stamm achava que Pike era brilhante porque tinha se formado em Harvard. Dietz achava a inteligência de Pike superestimada, e que ele devia ter entrado em Harvard porque tinha facilidade para se dar bem em testes padronizados. Dietz não ia bem em testes, e não tinha estudado em Harvard, mas mandava ver e era durão, o que era, para ele, só o que importava no mundo real. Mas Stamm insistira que Pike fizesse parte da equipe de Dietz porque, toda vez que seu gabinete ia atrás de um tira, o caso se tornava notório.

– Claire? – Dietz perguntou.

Claire Bonner recebera a tarefa de pesquisar o problema apresentado pela ausência de um corpo. Dietz gostava de ter Bonner em sua equipe porque ela era uma bajuladora que fazia qualquer coisa para ganhar vantagem no gabinete. Infelizmente, ela não era atraente o suficiente para merecer qualquer atenção extracurricular, mas, ao contrário de Pike, não desafiava tudo que Dietz dizia.

Bonner, ligada, afastou um fio de cabelo da testa.

– Muito bem, na jurisprudência americana, o termo *corpus delicti* se refere ao princípio que afirma que você tem de provar que um crime foi cometido antes de poder condenar alguém. O *corpus delicti* em homicídio é estabelecido quando você mostra que um ser humano morreu como resultado de um ato criminoso.

— Sim, sim, sabemos disso tudo – disse Dietz, impaciente. – E se não tivermos um corpo?

— Tudo bem. Podemos indiciar usando provas circunstanciais. Houve muitos casos no Oregon e em outros estados onde foi conseguida uma condenação. Por exemplo...

— Entendi. Coloque o resto no resumo. Então – Dietz disse, voltando a atenção para Arnold Lasswell, o primeiro detetive do caso –, qual é a nossa prova?

— Não é muito forte, Max – Lasswell respondeu com hesitação. Ele sabia que Dietz não gostava de pensadores independentes. O promotor tinha decidido que queria a cabeça de Sarah Woodruff em uma bandeja, e Dietz era como um pit bull quando decidia ir atrás de alguém. Mas Lasswell era um veterano com quinze anos na polícia de Portland, quatro na Homicídios, e não prendia cidadãos sem uma boa razão. O detetive levava em consideração todas as consequências para a reputação de uma pessoa quando ela era presa. E ele era especialmente sensível ao impacto de uma prisão sobre a carreira de um policial, mesmo que este acabasse sendo absolvido.

— Deixe que eu decida quem podemos passar pelo júri, Arnie. O advogado sou eu. Só me forneça um resumo dos fatos.

— Temos como colocar Finley na casa de Woodruff. Woodruff disse que ele estava lá, e Ann Paulus, a vizinha que ligou para a polícia para relatar os tiros e a discussão, viu Finley entrar.

— Como ela sabe que o sujeito era Finley? – Dietz perguntou.

— Ela o conhecia. Ele passara umas temporadas morando com Woodruff ao longo do último ano. Há cerca de seis meses, algumas cartas de Woodruff foram entregues na casa de Ann Paulus por engano. Quando ela foi devolvê-las, Woodruff estava trabalhando e Finley atendeu a porta. Eles conversaram um pouco e ele lhe disse seu nome.

— Então temos a vítima na casa de Woodruff na noite do crime, temos o sangue da vítima na entrada. Que mais temos?

— Questão de ordem — exclamou Pike, que estava largado em sua cadeira, cuidando de uma unha da mão. O nó da gravata de Pike não estava totalmente alinhado, deixando o botão superior de sua camisa branca à mostra. E o cabelo castanho de Pike estava desgrenhado.

Dietz vestia-se como um modelo de revista e fazia pedicure e manicure quando ia ao cabeleireiro. Achava repulsiva a falta de cuidado pessoal de Pike.

— Sim, Monte? — Dietz perguntou, demonstrando a paciência com subordinados (não importa quão irritantes eles possam ser) que a liderança exigia.

— Não sabemos se o sangue é de Finley. Na verdade, além da fotografia que Woodruff tirou na América do Sul, não sabemos mais nada sobre ele.

— Bem, Monte, sabemos que o tipo de sangue não é o mesmo de Woodruff, então de quem pode ser?

— Dos caras que levaram Finley.

— Esta é a história dela, Monte. A vizinha não viu ninguém além de Finley entrando ou saindo, e não há provas para corroborar a afirmação de Woodruff de que Finley foi levado, certo, Arnie?

— A vizinha não ficou observando o tempo todo, Max. Calhou de ela estar olhando pela janela quando Finley entrou. Ela é enfermeira e levanta cedo por causa de seu turno. Estava verificando o tempo. Enquanto se vestia, não ficou olhando a casa de Woodruff. Depois ouviu os gritos e o tiro.

— Paulus ficou preocupada porque já tinha ouvido discussões entre Finley e Woodruff antes. Ela até chamou a polícia por causa de uma briga. Temos o relatório. Mas ela se afastou da janela quando ligou para a polícia. Se Finley foi sequestrado, ele pode ter sido tirado da casa quando ela estava ao telefone.

— Ela ouviu três ou quatro pessoa gritando? – Dietz perguntou.

— Ela não tem ideia de quantas pessoas estavam gritando. Só ouviu uma comoção – Lasswell respondeu.

— Se ele foi sequestrado, por que não pediram resgate? – Dietz perguntou.

— Ainda não resolvemos o problema da identificação de nossa suposta vítima – Pike persistiu. – Não sabemos seu tipo sanguíneo porque não existem registros do sujeito. Arnie, você levantou as digitais da cena do crime, certo? Alguma delas pertence a alguém chamado John Finley?

— Não. Não achamos ninguém. Temos outras digitais além das de Woodruff, mas nenhuma que combina com as de alguém chamado Finley – o detetive respondeu.

— E nenhuma que combine com nossos sequestradores ficcionais – disse Bonner, na esperança de ganhar pontos com Dietz.

— Woodruff afirma que o sequestrador que ela viu usava luvas – Pike disse.

— Que conveniente – Dietz respondeu, com um sorriso afetado.

— Mas existem as digitais que não conseguimos saber de quem são – Lasswell disse.

— Que podem ser de Finley – Dietz retrucou. – E o que importa? Se encontrássemos as digitais de Finley na casa, isso só reforçaria todas as provas de que ele estava lá.

— Não lhe incomoda o fato de esse cara não aparecer em nossa base de dados? – Pike perguntou.

— Nem um pouco. Ele estava na casa, desapareceu, e ela mentiu sobre dar um tiro – Dietz disse. – Também temos telefonemas para a polícia relatando violência doméstica. E ainda temos o fato de que a vizinha ouviu o tiro, temos resíduos de pólvora nas mãos dela e temos uma bala faltando no revólver de trabalho. Mentir sobre o tiro mostra consciência da culpa.

– Até encontrarmos um corpo o caso é frágil, Max – advertiu Lasswell. – E se Finley foi sequestrado e ainda estiver vivo? É uma possibilidade. Será constrangedor se você acusar Woodruff de homicídio e Finley aparecer vivo.

– Seria mais constrangedor deixar um policial escapar impune de um assassinato. Jack está pensando em se candidatar ao congresso. Como ficará nossa imagem de durões no combate ao crime se não acusarmos um policial assassino?

Monte Pike sabia que Dietz queria usar o processo de Woodruff como trampolim para o cargo de promotor se Stamm fosse para Washington, mas era esperto o bastante para manter esses pensamentos para si.

– Eu iria mais devagar, Max – disse Lasswell. – Não sinto que tenha acontecido assim.

– Nós não somos a Oprah, Arnie. Deixe as coisas tocantes e sensíveis para os psicólogos. Minha intuição diz que Woodruff é culpada. Vamos ver se o grande júri concorda.

Capítulo 26

— Estou muito encrencada, Srta. Garrett — disse Sarah Woodruff assim que ficaram a sós no escritório de Mary Garrett no último andar do edifício de escritórios mais caro do centro de Portland. As grandes janelas davam aos clientes uma vista espetacular do rio, das montanhas com picos cobertos de neve e de West Hills. A decoração era ultramoderna: mesas com tampos de vidro, cadeiras com braços de alumínio polido e arte abstrata que deixou Sarah atordoada.

Mary Garrett era tão desconcertante quanto a mobília de seu escritório. A advogada usava roupas de estilista e joias espetaculares, mas discretas, que eram encontradas nas páginas brilhantes das mais modernas revistas de moda, mas suas roupas e acessórios não casavam bem com aquela mulher tão diminuta que parecia um passarinho, com dentes salientes e óculos grossos e fora de moda. Essa discordância não importava para seus clientes. Ninguém contratava Mary Garrett por sua aparência, e Mary presumia que Woodruff a queria em seu time porque Garrett virara Woodruff do avesso durante o interrogatório de um julgamento que deveria ter sido uma enterrada para a promotoria, mas terminou em absolvição para um dos menos simpáticos traficantes de drogas que Mary já representara.

Se Garrett parecia mais uma atração de circo do que uma advogada, Sarah Woodruff definitivamente não se parecia nada com o estereótipo da donzela em apuros. Garrett estimou que Woodruff tinha quase um metro e oitenta de altura e a estrutura corporal de uma lutadora de boxe, com longas pernas, ombros largos e um torso que se adelgava para uma cintura fina. Cabelos longos e pretos emolduravam seus intensos olhos azuis e lábios cheios que a tensão havia transformado em linha reta. Em um coquetel ou restaurante chique, quando ela estava relaxada e sorrindo, os homens achavam Woodruff atraente, embora séria, e até sexy. Hoje, sob tensão, ela era só negócios. Forte, dura e autossuficiente foram as primeiras impressões de Garrett acerca de sua cliente. Se ela achava que precisava de alguém para ajudá-la, Garrett apostava que seu problema era muito sério.

– Em que tipo de encrenca está metida? – Mary perguntou.

– Sou policial de Portland. Há alguns dias, umas pessoas invadiram minha casa por volta das cinco da manhã e sequestraram um homem chamado John Finley. Tentei impedi-los, e eles me nocautearam. Um amigo me ligou há pouco menos de uma hora e me informou que o promotor está diante do grande júri neste momento tentando me indiciar pelo assassinato de John.

– Quem é seu amigo?

– Não posso informar.

– Tudo o que me disser é confidencial e protegido pela relação entre cliente e advogado.

– Eu sei, mas prometi mantê-lo fora disso. Ele me fez um grande favor ao me informar, e não vou criar problemas para ele.

– Muito bem – Mary aquiesceu, analisando Sarah. A calça azul-marinho e a camisa branca de corte masculino lhe caíam bem, mas não eram caras, e Mary sabia qual era o salário de um tira. Garrett decidiu deixar de lado os aspectos legais desse relacionamento. – Defender um caso de assassinato é caro. Quando a fumaça baixar, estaremos falando de uns seis dígitos pelos meus honorários, além de pesadas despesas para os especialistas e a investigação. Precisarei de cinquenta mil dólares para começar. Assim que tiver uma ideia da complexidade de seu caso, eu lhe direi de quanto mais vou precisar.

– Terei o dinheiro para pagá-la amanhã – Woodruff respondeu, equilibrada. – Não posso me dar ao luxo de ser representada por um amador.

– Muito bem. Sabe por que o promotor acha que você matou o Sr. Finley?

Sarah balançou a cabeça.

– Não tenho ideia. Quero dizer, tinha sangue na minha casa, mas era da briga. E, pelo que sei, John está desaparecido, não morto. Meu amigo me disse que ninguém encontrou o corpo dele.

– É possível usar provas circunstanciais, como o sangue em sua casa, para acusar alguém de assassinato, mesmo sem um cadáver.

– Mas eu vi um homem atacando John. Ele foi sequestrado. – Sarah apontou para sua nuca. – Acha que eu fiz isso a mim mesma?

– A polícia pode pensar que o Sr. Finley fez isso tentando se defender – Mary respondeu. – Talvez eles achem que você matou o Sr. Finley, livrou-se do corpo e inventou a história de que ele foi sequestrado.

Os punhos de Woodruff se apertaram de frustração.

– Mas não fui eu. Aqueles homens invadiram a minha casa. Eu não estou inventando.

– Conte-me mais sobre o que aconteceu.

Mary fazia anotações enquanto Sarah lhe contava sobre o incidente em sua casa, a inútil busca por John e seus sequestradores, a conversa com a polícia e a viagem até o hospital.

– Já tinha visto os sequestradores antes? – Mary perguntou quando ela terminou.

– A minha memória está confusa. Apaguei depois que me bateram na cabeça, e tudo aconteceu muito depressa. Não tenho uma lembrança clara do homem que brigava com John. Também, quando eu estava no meio da escada, vi John e me concentrei nele. Tenho certeza de que o homem que lutava com ele usava um casaco de couro preto. E luvas. Ele usava luvas. – Woodruff balançou a cabeça. – Sinto muito. Eu só me lembro disso.

– Se tinha acabado de acordar depois de ser golpeada com força, eu não esperaria que você se lembrasse de tudo. Diga-me: o Sr. Finley alguma vez mencionou ter inimigos?

– Ele não falava muito de si mesmo. Sempre que eu perguntava sobre os negócios dele ou sobre o passado, ele brincava ou dava respostas vagas. Raramente me dizia alguma coisa consistente. – Sarah hesitou. – Ele mencionou alguns nomes, e eu o ouvi falando ao telefone uma vez.

– Pode me dar os nomes? Vou pedir para um investigador averiguá-los. Quem sabe ficamos sabendo mais alguma coisa sobre o passado de Finley.

– Eu me lembro de Larry Kres... não, Kester, Larry Kester. E Orrin Hadley. – Ela fechou os olhos e se concentrou por um momento. Depois, inclinou-se para a frente. – Dennis Lang. São os três nomes de que me lembro.

Mary anotou os nomes.

– E não tem ideia do motivo pelo qual sequestraram o Sr. Finley? – ela perguntou ao terminar.

– Não, mas John... talvez estivesse envolvido com algum negócio escuso.

– Como o quê?

– Não tenho ideia.

– Você conhecia o Sr. Finley havia muito tempo?

– Não muito. Nós nos conhecemos no Peru, há um ano e meio, em minhas férias – Sarah disse. – Vários meses depois, ele apareceu em Portland. Moramos juntos durante um tempo, mas eu suspeitei dos negócios dele e o mandei embora.

– Que tipo de negócio ele tinha? – Mary perguntou.

— Importação e exportação, foi o que ele disse.
— Você não parece muito convencida.

Sarah titubeou.

— John sempre foi vago sobre o que fazia. Eu temia que ele estivesse metido com drogas ou contrabando. Ele deixou escapar uma vez que a empresa dele se chamava DA Enterprises. Perguntei a ele o que significava e ele brincou dizendo uma bobagem qualquer, sabe, o nome de um filme pornô, mas tive a impressão de que ele se arrependeu de ter deixado o nome escapar e que essa foi a maneira que arranjou para me despistar. Bem no momento em que eu soube o nome da empresa de John, ele me disse que estava indo para a Ásia e não sabia ao certo quando voltaria. Verifiquei o histórico dele e da empresa. É uma empresa fantasma registrada nas Ilhas Cayman. Nem sei se a diretoria e os empregados são reais. E não consegui encontrar nada sobre John. Eu disse isso a ele. Perguntei se era traficante de drogas ou se estava envolvido em alguma atividade ilegal. Ele ficou furioso por eu ter investigado seu passado. Tivemos uma discussão feia e ele saiu sem responder às minhas perguntas. Honestamente, eu não esperava vê-lo de novo.

— Alguém ouviu a discussão?
— Foi muito barulhenta e os vizinhos dos dois lados ficam bem perto. A mulher da casa ao lado chamou a polícia. Apareceram dois policiais logo depois que ele saiu — Woodruff acrescentou. — Foi constrangedor.

Mary ficou em silêncio por um instante. Depois, franziu a testa.

— Existe alguma coisa que você não tenha me contado? A prova não me parece nem um pouco suficiente para uma acusação de assassinato.

— Max Dietz está tendo uma audiência com o grande júri, e ele tem o ego do tamanho de um bonde — Woodruff disse, sem tentar esconder a raiva. — Ele me cantou algumas vezes, e eu o rejeitei.

— Dietz pode ser um babaca, mas não acredito que indiciaria por homicídio porque você não quis sair com ele.

— Tem mais uma coisa — Sarah disse, e durante os quinze minutos seguintes ela contou a Garrett sobre o caso *Elcock*. — Quando Loraine Cargo e Elcock passaram no teste do polígrafo, Jack ordenou que Max encerrasse o caso. Ele nunca me perdoou por passar por cima dele e constrangê-lo diante de seu chefe.

Mary anotou cuidadosamente os detalhes do caso *Elcock*. Depois, continuou a entrevista por mais meia hora. Quando obteve informações suficientes, colocou a caneta sobre o bloco de anotações.

— Acho que por enquanto é o bastante. Quero que você fique em um hotel caso o grande júri decida indiciá-la. Se ficar em casa, podem prendê-la. Vou fazer as reservas em nome de minha secretária. Ligarei para Max informando que representarei você. Tentarei convencê-lo a deixar que você se renda para evitarmos uma prisão, se ele conseguir o indiciamento. Isso também me dará tempo para marcar uma audiência para concessão de fiança e dará a você tempo para arranjar o dinheiro para a fiança. Precisarei de uma lista de testemunhas que possam atestar seu caráter, para que eu possa convencer o juiz a conceder fiança. Como sabe, isso não é automático em um caso de homicídio.

— Acha que pode me manter fora da prisão?

— Pelo que você me disse, o caso parece frágil. Não há corpo, não há testemunhas. Acho que temos chance.

Capítulo 27

As pessoas presumiam que Mary Garrett tivesse uma vida solitária porque ela era caseira, solteira e sem filhos. Estavam erradas. Mary tinha um círculo leal de amigos e seu quinhão de amantes. Esses amantes ficavam sempre contentes por terem ultrapassado o aspecto superficial da aparência de Garrett. Ela recebera propostas de casamento, mas preferia viver sozinha e valorizar a liberdade que sua escolha favorecia. A advogada pensava nos clientes como seus filhos, e dedicava a paixão que teria dado a um filho ou filha às suas defesas. Cada caso era uma causa, e ela defendia os clientes com a ferocidade demonstrada por uma leoa quando seus filhotes correm perigo.

Mary estava preocupada com sua mais nova cliente, Sarah Woodruff. Pela terceira vez, olhou seu relógio de aço Franck Muller. Sarah estava atrasada. Lá fora, nuvens escuras vagavam pelas colinas que se elevavam acima de Portland, ameaçando chuva. Nas ruas lá embaixo, os pedestres se agarravam a seus guarda-chuvas e apressavam o passo para chegar mais depressa a seus destinos e abrigar-se do vento cortante.

Mary havia dado uma passada no fórum logo cedo e não tivera tempo para ler o *Oregonian*. Enquanto esperava que sua cliente aparecesse para a reunião marcada às pressas, passou os olhos pelo jornal. O índice Dow estava em queda, os Seattle Seahawks tinham perdido o primeiro jogo das finais por causa de um ligamento rompido, dois homens ligados ao cartel mexicano de drogas foram encontrados mortos em uma área de extração de madeira na Cordilheira das Cascatas e outro casal de estrelas de cinema estava se separando, mas eles continuariam "bons amigos". Mary suspirou. O jornal de hoje era um eco de todos os jornais que ela lera esta semana.

A recepcionista de Mary bateu na porta e, em seguida, entrou conduzindo Sarah Woodruff. Ela estava pálida e tensa, como alguém que não tem dormido bem, mas a emoção primária que Woodruff mostrava era raiva.

– Revistaram minha casa – ela disse. – Fizeram isso enquanto eu estava na delegacia. Tem roupas jogadas por todo lado. Quebraram pratos. Aposto que aquele canalha do Dietz lhes disse para detonarem minha casa.

– Não ponho a mão no fogo por ele – Garrett respondeu, com uma raiva que rivalizava com a de sua cliente. – Vou esclarecer isso e garantir que seja tratada com respeito, mesmo que eu tenha de conseguir uma ordem judicial.

Woodruff jogou-se numa cadeira e passou a mão na testa.

– Sou colega deles. Se tivessem me pedido, eu teria deixado que revistassem minha casa. Não tenho nada a esconder.

– É isso o que eu quero descobrir – Mary disse. Ela estava séria. Woodruff levantou a cabeça. – Lembra-se do que eu disse quanto a ser completamente honesta comigo?

– Eu fui.

Mary empurrou a cópia de um relatório policial pela mesa.

– Isso foi escrito pelo policial Dickinson depois de entrevistá-la na noite em que John Finley desapareceu de sua casa. Leia e me diga se acha que Dickinson entendeu algo errado.

Mary ficou observando Woodruff enquanto ela lia o relatório em busca de alguma reação que sugerisse se Woodruff havia ou não mentido durante sua entrevista. Caso tivesse, Mary ficaria desapontada, mas já tinha sido enganada por clientes antes.

Afinal, muitas pessoas que ela representava ganhavam a vida maquiando a verdade sem serem óbvias. Mas ela foi se convencendo de que Sarah Woodruff era inocente.

O juiz que concedera fiança a Sarah havia concluído que as provas do Estado não preenchiam os critérios necessários para que fosse negada a liberdade do réu em um caso de assassinato. O fato de a promotoria ter sido incapaz de apresentar um corpo foi decisivo para o juiz Edmond, e um forte componente na argumentação para a libertação de Sarah. Max Dietz estava furioso quando deixou o tribunal, derrotado, e ele detestava perder. Mas Mary sentia que Max não tinha mostrado todas as cartas durante a audiência para a concessão de fiança. Algumas sentenças que Mary havia lido na lista de descobertas que seu investigador recebera de Dietz reforçaram essa opinião.

Woodruff parecia confusa quando terminou de ler o relatório da polícia.

– Não entendo, Mary. O que eu deveria ter visto?

– Você estava portando uma Glock 9 mm quando voltou para casa.

– Sim. É minha arma de serviço.

– Você disse ao policial Dickinson que não havia disparado nenhum tiro.

As feições de Woodruff se modificaram por um segundo. Sua testa franziu-se.

– Eu me lembro de ele ter perguntado isso. Não me lembro de ter atirado.

– Você não disse que não se *lembrava* de ter atirado. Disse que não tinha atirado. É uma diferença enorme.

– Mary, eu tinha acabado de testemunhar um ataque a alguém que eu conhecia. Eu tinha desmaiado por causa do golpe que recebi. Tinha rodado por todo o bairro. Minha cabeça estava me matando. O médico no hospital disse que eu sofri uma concussão. Acho que posso ser perdoada por ter sido um pouco imprecisa.

– Vamos esperar que o júri ache o mesmo.

– Por que está tão preocupada?

– Para começo de conversa, havia uma bala faltando em seu revólver. E você se recorda de algum detetive ter passado um cotonete na área entre o indicador e o polegar de sua mão em busca de resíduos de pólvora?

– Vagamente. Eu não conseguia pensar direito. Está dizendo que encontraram resíduos na minha mão?

Mary fez um sinal afirmativo com a cabeça.

– Eles podem provar que você disparou a arma.

Woodruff colocou as mãos nas têmporas. Fechou os olhos bem apertado. Quando os abriu, estava em pânico.

– Eu não me lembro de ter atirado. Eu não me lembraria de fazer algo assim?

O interrogatório tinha sido um teste, e Mary achou que sua cliente havia passado.

– Talvez não – ela disse. – Depois que meu investigador descobriu essa inconsistência, ele falou com o médico que tratou de você no hospital. Ele tem certeza de que você sofreu uma concussão, um ferimento traumático no cérebro como resultado de um golpe violento. Um golpe violento o bastante para desacordá-la pode fazer com que as células cerebrais fiquem despolarizadas e enviem todos os seus neurotransmissores de uma só vez. Isso inunda o cérebro com substâncias químicas e enfraquece os receptores cerebrais que são associados com o aprendizado e a memória. O desfecho de tudo isso é que a pessoa que sofre uma concussão pode ficar inconsciente, ter a visão borrada, náuseas e vômito.

– Comigo aconteceu tudo isso – disse Woodruff.

Mary fez um sinal, aquiescendo.

– Outra consequência de uma concussão é a perda da memória recente. As memórias de coisas que acontecem pouco antes e depois do impacto são obliteradas. Algumas pessoas têm até dificuldade de se lembrar de certas fases da vida. A perda de memória não costuma ser permanente, mas pode ser responsável pelo seu depoimento a Dickinson.

– Tem de ser, porque eu nunca menti sobre o que aconteceu na minha casa. Eu não matei John; ele foi sequestrado.

– Se Dietz tentar convencer o júri de que você mentiu sobre disparar sua arma, vou apresentar o depoimento do médico que tratou de você, e já entrei em contato com um dos melhores neurocirurgiões do Oregon.

– Então você acredita em mim?

Mary queria dizer a Sarah que não podia responder à sua pergunta porque não estava na casa quando os eventos que levaram à sua prisão aconteceram, mas Woodruff parecia estar se sentindo horrível, e Mary sabia que ela precisava de apoio moral.

– Sim, acredito em você.

– Obrigada, Mary. Preciso de alguém do meu lado.

– Tem outra coisa que eu queria discutir, Sarah – disse Mary. – Os nomes que você me deu: Larry Kester, Orrin Hadley e Dennis Lang... eles não existem.

– Como assim?

– Não têm ficha criminal, carteira de motorista, registro na previdência social. Esses homens são fantasmas. O mesmo acontece com John Finley. E meu investigador não consegue achar mais nenhuma informação sobre a DA Enterprises além da que você encontrou. Ela está registrada nas Cayman, mas não conseguimos descobrir qual é o seu ramo de negócios. Você consegue se lembrar de mais alguma coisa que Finley possa ter dito e que possa nos ajudar?

– Eu já disse tudo o que eu sei.

– Muito bem. É só isso o que eu queria falar hoje. Estou entrando com várias moções amanhã. Você vai receber uma cópia de todas quando eu terminar, e lhe telefonarei se houver mais algum progresso.

– Obrigada, Mary. Ter você do meu lado é muito importante.

– Está bem. Mas eu ainda não fiz nada.

Woodruff vasculhou sua bolsa e tirou um maço de notas.

– Aqui estão os quinze mil dólares que você pediu para as despesas.

– Obrigada – disse Mary. – A menos que tenha alguma pergunta, pode voltar ao trabalho.

Woodruff fez uma expressão de desgosto.

– Isso não vai acontecer tão cedo. Fui oficialmente suspensa ontem à tarde.

– Sinto muito.

– Bom, você é a única – disse Woodruff, amarga. – Eu não tenho recebido muito apoio de meus colegas de trabalho. Eu achava que alguns deles teriam a coragem de me desejar sorte.

Mary pensou em várias frases vazias que poderia dizer a Sarah, mas sabia que nenhuma delas ajudaria.

Capítulo 28

O julgamento do *Woodruff* aconteceria dentro de uma semana, e Max Dietz estava preocupado. Convencera a si mesmo de que estava acusando Sarah porque ela era uma assassina, e não porque se recusara a sair com ele, tinha passado por cima dele e falado com Jack Stamm no caso das drogas. Agora ele começava a questionar se indiciar Woodruff tão depressa tinha sido um erro.

O primeiro problema de Dietz surgiu no momento em que Woodruff contratou o Troll. Era com esse apelido que Dietz se referia a Mary Garrett, que ele odiava. Garrett era dura e agressiva, não demonstrando nenhum respeito com Dietz. Pior ainda, o Troll o vencera nas duas últimas vezes em que se defrontaram no tribunal.

E também havia as provas. Um dos principais argumentos da promotoria era o fato de Woodruff negar ter usado a arma, mas a lista de testemunhas de Mary Garrett incluía o médico que tratara da ré no hospital e o Dr. Peter Wu. Dietz nunca ouvira falar do Dr. Wu, então delegou a Claire Bonner a tarefa de informá-lo sobre essa testemunha. Acontece que Wu era um neurologista de renome mundial que havia escrito e dado muitas palestras sobre a perda de memória devido ao trauma.

Uma batida na porta tirou o assistente da promotoria de seus devaneios depressivos. Monte Pike entrou na sala sem esperar ser convidado.

– Adivinhe o que descobri – Pike disse.

– Não tenho tempo para brincar de adivinho – Dietz retrucou.

Pike deu risada.

— Identifiquei uma das digitais desconhecidas na casa de Woodruff.

— O quê? Eu disse para você esquecer essas digitais.

— Ah! – disse Pike, fazendo cara de inocente. – Acho que não entendi bem. De qualquer maneira, inseri as digitais no Afis novamente e encontrei uma semelhante em um caso em Shelby.

— Shelby? Aquela cidadezinha às margens do rio Columbia?

— É.

— Mas que droga Shelby tem a ver com um assassinato em Portland?

— Eu não sei. Ainda não cheguei lá.

— Então não chegue. Essa ordem ficou bem clara para você?

— Mas este é material *Brady*, Max. É prova escusatória. Os juízes do Supremo dizem que temos que entregá-la a Garrett.

— Bobagem! O que é que tem de prova escusatória em algumas digitais ligadas a um caso em Shelby, Oregon?

— Woodruff alega que havia outras pessoas além dela e de Finley na casa naquela noite, os sequestradores. Isso prova que havia outra pessoa lá.

— Não prova, não. Não é possível datar digitais. Todo mundo sabe disso. Quem pode saber quando essas merdas foram deixadas na casa? Elas podem ser do antigo dono. Esqueça essas digitais, Monte. Não quero mais ouvir falar delas.

Pike sabia que era inútil discutir com Dietz, então voltou ao seu escritório. Já era quase hora do almoço. Ele reuniu seus companheiros e tentou se envolver em uma discussão sobre esportes durante uma hora, mas não conseguia esquecer as digitais. Max Dietz era um babaca, mas era o seu chefe, e tinha ordenado que ele esquecesse as digitais. Mas Pike era mais do que um reles promotor-adjunto. Todos os promotores eram funcionários da corte e deviam respeitar preceitos éticos. Se a digital era material *Brady* – uma prova que podia ser usada para inocentar um réu –, um promotor público tinha o dever absoluto de revelar essa prova escusatória para a defesa. Dietz estava ordenando que ele agisse de modo ilegal e antiético. Do ponto de vista de Pike, ele tinha um dever para com o seu cargo, mas tinha um dever mais alto com a corte. A questão era como agir de modo ético e ainda manter seu emprego.

– Departamento de polícia de Shelby, pois não? – uma mulher respondeu um segundo depois de Pike ligar.

– Estou telefonando do gabinete da promotoria do Condado de Multnomah sobre um caso que vocês estão investigando que pode estar ligado a um processo nosso.

– Qual é o nome do nosso caso? – perguntou a mulher.

– Não tenho certeza, mas encontramos digitais em uma cena de crime de Portland, então as inserimos no Sistema Automático de Identificação de Digitais e identificamos digitais semelhantes em um caso de Shelby.

– Aguarde, por favor; vou procurar alguém que possa ajudá-lo.

Pike pensou em desligar antes que fosse tarde demais. Ainda não dissera seu nome. Mas ouviu um clique antes que pudesse decidir.

– Aqui é Tom Oswald. Com quem estou falando?

– Monte Pike. Sou assistente da promotoria do Condado de Multnomah. Encontramos algumas digitais em uma cena de crime que não conseguíamos identificar, então eu as introduzi no Afis e o resultado indicou digitais semelhantes em um caso da polícia de Shelby.

Fez-se um instante de silêncio. Em seguida, Oswald perguntou:
– Tem o nome de nosso caso, Sr. Pike?
– Não.
– Sabe que tipo de caso estamos investigando em que este homem está envolvido?

— Sinto muito.
— Quando a digital foi introduzida no sistema? — Oswald perguntou.

Pike deu-lhe a data. Houve outro momento de silêncio enquanto Oswald tentava se lembrar de quando havia inserido a digital do *China Sea* no Afis.

— Tudo o que posso fazer é pedir que me envie a digital, e eu tentarei descobrir a qual caso ela pertence. Pode levar um tempo. Dê-me seu número e eu ligarei assim que tiver alguma coisa.

Pike deu-lhe seu ramal.

— Qual é o nome do caso de vocês? — Oswald perguntou.
— *O Estado contra Sarah Woodruff.*
— Não é aquela policial que foi acusada de homicídio? O caso em que não existe corpo?
— É.
— E esta digital apareceu como tendo alguma coisa a ver com ele?
— A digital foi encontrada na casa dela. Pode não ser nada. Não é possível saber a idade de impressões digitais. Estou só tentando ligar alguns pontos em aberto.
— Está bem. Envie-me a digital. Eu ligo se aparecer alguma coisa.

Pike desligou, mas Oswald se manteve ao telefone por alguns segundos, com a cabeça no problema que aquele telefonema representava. Ele ficara furioso com o modo como os federais haviam tratado a polícia de Shelby, e, num acesso de raiva, tinha colocado a digital no Afis. Quando se acalmou, Oswald pensou no que tinha feito. O chefe lhe mandara deixar a coisa de lado, e o governo dos Estados Unidos fizera o mesmo. Se ele contasse a Pike sobre o *China Sea*, haveria consequências para sua carreira, mas uma companheira policial estava em apuros, e a informação poderia ajudá-la. Ele deveria esconder o que sabia ou ligar para Pike? Oswald decidiu que a melhor coisa seria pensar. Um dia ou dois não fariam nenhuma diferença.

Capítulo 29

Max Dietz estava em seu escritório lendo as moções de Mary Garrett para o caso *Woodruff* quando o interfone tocou.

– Senhor Dietz – disse a recepcionista –, tem um policial aqui que gostaria de vê-lo.

Dietz não gostava de ser importunado quando estava trabalhando, e não havia marcado nenhuma reunião com a polícia.

– Quem é? – ele perguntou.

– Tom Oswald. Ele é do departamento de polícia de Shelby.

A palavra *Shelby* criou um sentimento de desconforto no promotor-adjunto, mas ele não sabia por quê.

– Não tenho nenhum caso envolvendo Shelby. Ele disse do que se trata?

– Uma impressão digital. Ele pediu para falar com o Sr. Pike primeiro, mas ele está no tribunal. Quando ele me disse que o assunto era relacionado ao caso *Woodruff*, eu informei que o senhor era o promotor principal do caso, e ele pediu para falar com o senhor.

De repente, tudo se encaixou. Aquele cretino do Pike havia desobedecido suas ordens e falado com a polícia de Shelby sobre a digital que fora levantada da casa de Sarah Woodruff.

– Traga Oswald até aqui – Dietz ordenou. Ele ficaria sabendo o que o policial tinha a dizer. Depois, cuidaria de Pike.

Um minuto depois, a recepcionista afastou-se para deixar Tom Oswald entrar no escritório de Max Dietz. Oswald parecia pouco à vontade esperando que a recepcionista fechasse a porta atrás dele.

— Em que posso ajudá-lo? — Dietz perguntou assim que o policial se sentou.

— É sobre a digital.

— Sim, a digital — Dietz respondeu evasivamente, esperando que seu tom confiante passasse a impressão de que ele sabia exatamente do que Oswald estava falando.

— Não me sinto muito confortável por estar aqui, mas fiquei preocupado pensando que a digital poderia ser importante.

— O que o incomoda?

— A Homeland Segurança me disse que ficasse fora disso, e meu chefe me mandou entregar o caso.

A Homeland Segurança! Mas que droga eles tinham a ver com Sarah Woodruff?

— Entendo — Dietz disse bem alto —, mas você achou que era importante nos contar sobre a digital.

— É um caso de assassinato, e a ré é uma policial. Eu queria assegurar que a pessoa certa fosse acusada.

— Certamente. Então, conte-me sobre a digital.

Nos vinte minutos seguintes, Oswald contou a Max Dietz sobre os homens mortos, o haxixe no *China Sea* e o encobrimento do caso. Cada nova revelação apertava o nó no estômago do promotor. Mary Garrett teria um dia de glória se soubesse que uma digital da casa de Woodruff batia com uma digital em uma escotilha que cobria uma montanha de haxixe que fora confiscado por uma agência de inteligência do governo.

— O chefe me disse que escrevesse um relatório contando o ocorrido — Oswald disse quando terminou de contar sua fábula a Dietz. Ele tirou um rolo de papéis que estavam grampeados em um canto. — Eu trouxe uma cópia, se quiser.

— Sim, obrigado — Dietz disse, pegando o relatório. — E você fez muito bem em vir aqui. Mas eu concordo com o chefe Miles.

Você deve esquecer esse incidente. Deixe que eu lide com isso daqui por diante. Tenho muitos contatos no Ministério da Justiça e no FBI. Se algo estranho estiver acontecendo, investigarei até o fim. Por acaso vocês fizeram algum teste de laboratório com o suposto haxixe para confirmar sua suspeita?

– Não. Os federais levaram tudo.

– Muito bem. Bom, meu conselho é que você continue fazendo seu trabalho em Shelby. Fique tranquilo que essa conversa ficará entre nós. Não tenho a intenção de contar ao chefe Miles sobre nossa reunião. Não quero colocar seu emprego em risco. E certamente não quero ninguém da Homeland Segurança nem da CIA investigando você.

– Vai precisar que eu testemunhe? – Oswald perguntou.

– Tentarei mantê-lo fora disso, mas passe-me seu telefone para que eu possa entrar em contato se concluir que essa prova é importante.

Oswald agradeceu a Dietz. Parecia aliviado que o incidente no *China Sea* fosse problema de outra pessoa agora.

Dietz nem percebeu que a porta se fechara atrás de Oswald. Estava muito ocupado fantasiando cenários nos quais Monte Pike, perfeitamente consciente, era desmembrado por serras elétricas, tendo as partes de seu corpo espalhadas no rio Willamette, jogadas pelo barco de Dietz. As fantasias eram catárticas e o ajudavam a relaxar.

Ele não tinha a intenção de dar prosseguimento à história de Oswald. Em *Brady contra Maryland*, a Suprema Corte dos Estados Unidos havia proferido uma decisão terrível que forçava os promotores a entregar para a defesa qualquer prova que pudesse inocentar um réu. Dietz detestava o caso, e era mestre em racionalizar a retenção de provas que foram descobertas de modo discutível em *Brady*.

Ao final de seu dia de trabalho, Dietz havia chegado a várias conclusões. Primeiro, *ele* não tinha visto nenhuma digital nem a sua suposta idêntica, e ninguém sabia quando essas digitais haviam sido deixadas no navio ou na casa de Woodruff. Como ele sabia que as digitais eram idênticas? Muitos erros eram cometidos nas comparações o tempo todo. Ora, ali perto havia ocorrido o caso *Brandon Mayfield*, no qual um advogado do Oregon fora acusado de participar de um grupo terrorista que explodira aqueles trens em Madri porque o FBI havia identificado erroneamente a digital de um terrorista conhecido como sendo a de Mayfield.

E o haxixe? Era realmente haxixe? Oswald não o testou. Quem sabia o que havia no porão daquele navio?

Não, Dietz não via uma semelhança com *Brady* aqui, e ele certamente não sairia de seu caminho e ajudaria a defesa a criar uma teoria alternativa absurda para o crime, envolvendo traficantes de drogas e agentes da inteligência. Que deixasse Garrett fazer o trabalho dela. Ele não era pago para fazer o trabalho da defesa.

E restava Monte Pike. Se Dietz o repreendesse por desobedecer suas ordens, teria de lhe contar sobre a visita de Oswald. Aquele traidorzinho de uma figa poderia agir por suas costas e deixar vazar a informação sobre o navio para Garrett. Era melhor deixar as coisas como estavam, mesmo que isso privasse Dietz da oportunidade de humilhar aquele traste inútil. Pelo modo como Pike agia, Dietz estava certo de que outras oportunidades se apresentariam.

Capítulo 30

De todos os casos que Mary Garrett defenderia, o de Sarah Woodruff foi o que teve o final mais estranho. Quando entrou na corte, no terceiro dia de julgamento, Mary não tinha certeza de como o processo estava caminhando. Ela não era fanática pelo júri, e o juiz Alan Nesbit era alguém que se irritava com ela, por razões que Mary nunca conseguira determinar.

O Tribunal do Condado de Multnomah era um funcional edifício de concreto com linhas retas erguido em 1914 que tomava todo o quarteirão entre a Main e a Salmon e a Quarta e a Quinta, no centro de Portland. A maior parte do centro do prédio era oca, criando quatro corredores de mármore. Quando Mary e Sarah saíram do elevador no quinto andar, um horda de repórteres avançou na direção delas. Mary parecia insubstancial, mas sua personalidade era colossal, e ela chispou por entre os repórteres como um jogador da defesa, repetindo "sem comentários" até que a porta da sala do tribunal se fechou atrás de si.

Max Dietz conversava aos sussurros com Claire Bonner na mesa da promotoria. Quando viram Mary e Sarah, pararam de conversar. Mary abriu a portinhola de vaivém da cerca baixa que separa a seção onde fica o público dos advogados e ficou de lado para permitir que Sarah entrasse. Ela tinha acabado de arrumar seus papéis e livros jurídicos sobre a mesa da defesa quando o oficial de justiça adentrou o recinto.

– O juiz deseja ver as duas partes em seu gabinete imediatamente – disse o oficial de justiça.

— O que aconteceu? — Mary perguntou ao promotor.

Dietz deu de ombros.

— Você sabe tanto quanto eu.

Mary seguiu Dietz, Bonner e Woodruff até o gabinete do juiz. A primeira coisa que ela notou foram a televisão e o aparelho de DVD ao lado da mesa do juiz e a presença de um repórter da corte. O juiz parecia nervoso. Assim que todos estavam sentados, Nesbit endireitou-se na cadeira.

— Acabo de receber informações perturbadoras que exigirão que eu anule o caso do governo.

— Do que o senhor está falando? — Dietz retrucou. — Garrett não me deu nenhuma...

Nesbit levantou a mão.

— Por favor, Max. Isso não tem nada a ver com a Srta. Garrett. Quando cheguei ao trabalho hoje, encontrei um DVD em minha mesa. Não tenho ideia de como ele veio parar aqui, mas vocês precisam vê-lo.

Nesbit girou a cadeira e acionou o aparelho. Sarah levou a mão ao peito, arfando. John Finley a encarava, segurando um exemplar do *The New York Times* daquele dia.

— Meu nome é John Finley e peço desculpas pela confusão que meu desaparecimento causou. Sarah, se você estiver na sala quando passarem este vídeo, nem sei como lhe dizer que me sinto horrível por tudo o que lhe aconteceu. Infelizmente, eu não podia revelar que estou vivo e bem antes do dia de hoje. Espero que esta prova de que estou vivo dê um fim ao seu suplício.

O DVD terminou. Mary olhou para Sarah. Toda a cor lhe esvaíra do rosto. O juiz Nesbit dirigiu-se ao promotor.

— O senhor apresentou uma fotografia de Finley que foi confiscada na casa da Srta. Woodruff — o juiz disse. — O homem neste DVD é exatamente igual a ele.

– Isso é ridículo – Dietz disse, ao ver sua carreira indo pelos ares e sua humilhação pública.

– Por favor, Max. Imagino como isso deve ser exasperante, mas, como pode ver, não tenho escolha. O homem está vivo. Não foi assassinado.

Dietz não conseguia pensar em nada para dizer. Mary tinha um monte de perguntas, mas não faria nada que colocasse em risco a anulação das acusações contra sua cliente. Virou-se para Sarah e viu que o choque dava lugar à raiva. Ela começou a dizer alguma coisa, mas Mary agarrou seu pulso e fez um sinal com a cabeça.

– Devo preparar uma moção para a extinção com resolução do mérito? – perguntou Mary.

– Não. Creio que isso deva ser feito pelo promotor, dadas as circunstâncias – o juiz disse.

Dietz levantou-se.

– Estará pronta antes do almoço – ele disse, sem tentar esconder sua raiva.

Mary não podia culpar Dietz por estar irritado. Todos na sala estavam alterados.

– Vou dispensar o júri – disse o juiz Nesbit. – Você não precisa esperar mais.

Dietz saiu furioso com Claire Bonner em sua cola. Mary foi até a sala do tribunal e reuniu seus livros e papéis antes de conduzir Sarah para fora.

– Aquele filho da puta! – Woodruff disse assim que elas se desvencilharam dos repórteres e não podiam ser ouvidas por ninguém. – Que pena que não o matei.

– Acalme-se – Mary disse. – O mais importante é que você está livre, e não enfrentando uma sentença de morte.

Woodruff deteve-se e encarou sua advogada.

— Não, Mary, o mais importante é que estou completamente dura porque financiei a defesa de um caso que nunca deveria ter sido aberto, e a minha carreira e a minha reputação foram arruinadas.

— Dadas as circunstâncias, vou devolver a maior parte do depósito inicial, e o departamento de polícia deve anular sua suspensão imediatamente.

— Aprecio sua generosidade, mas qualquer esperança de fazer carreira como detetive já foi por água abaixo. O departamento vai me colocar em um trabalho burocrático. Depois de toda essa publicidade, eu represento um perigo se voltar a trabalhar na rua.

— O furor vai passar. As pessoas esquecem.

— Mas a burocracia, não. Pode acreditar: meus dias de policial terminaram.

Mary levou quase o dia inteiro para organizar os arquivos do caso *Woodruff* porque todo mundo no escritório queria saber o que tinha acontecido no tribunal e todos tinham uma teoria sobre o desaparecimento de John Finley. Por volta das quatro horas, Mary foi até o refeitório e pegou uma xícara de café. De volta ao escritório, pediu à recepcionista que segurasse seus telefonemas e fechou a porta.

Era bom ter um pouco de paz e tranquilidade. Mary fechou os olhos. Sentia-se bem com o desfecho do caso, mesmo sem ter ideia do que realmente estava acontecendo. O mais importante era que o corredor da morte não era mais uma possibilidade para Sarah Woodruff. Pelo menos ela achava que não.

PARTE IV

Déjà vu
Junho de 2007

Capítulo 31

As trilhas do Parque Estadual Tryon Creek atravessavam uma exuberante ravina dentro dos limites urbanos de Portland. O detetive da Homicídios Arnold Lasswell apreciava a beleza natural do lugar mesmo com uma equipe de peritos forenses cavando pelos arbustos à sua volta e um homem morto com a cara para o chão em uma das trilhas.

– Oi, Arnie – disse Dick Frazier ao avistar Lasswell.

– O que temos? – perguntou o detetive ao perito forense.

– Homem, caucasiano, trinta e tantos anos, suponho. Um tiro na cabeça e outro no peito, mas morto em outro lugar e transportado até aqui. Quase não tem sangue em volta e embaixo da vítima.

– Há quanto tempo ele está aqui? – perguntou o detetive.

– Eu diria que um dia ou dois. O legista vai poder lhe dizer com mais precisão.

Frazier apontou uma mochila de lona jogada perto do corpo.

– Ainda não a abrimos, mas uma coisa me chamou a atenção.

Frazier conduziu o detetive até a mochila.

– Está vendo as manchas de sangue?

Lasswell fez que sim com a cabeça.

– Algumas são mais escuras do que as outras.

Frazier deu um tapinha nas costas do detetive com a mão coberta por uma luva de látex.

– Bravo. Ainda vamos fazer de você um perito forense. Não existem testes químicos para determinar a idade relativa do sangue, mas sangue fresco tem um vermelho mais vivo do que sangue velho. Depois ele fica marrom, e finalmente preto, que é o sangue seco há muito tempo. Isso não é lá muito científico, mas só de olhar as manchas eu diria que algumas delas foram parar na mochila em momentos diferentes.

Frazier fez um sinal para um homem com uma câmera de vídeo e para o policial uniformizado que fora designado para coletar provas. Assim que eles se aproximaram, o técnico agachou-se, abriu o zíper da mochila e tirou calças, roupa de baixo, meias e camisetas. Ele as colocou em uma grande sacola de plástico preto.

– Isso aqui é mais interessante – disse Frazier, levantando uma arma. Checou se estava carregada antes de passá-la ao perito. Em seguida, voltou a meter a mão na mochila de lona.

– O que temos aqui? – ele perguntou, tirando quatro passaportes e colocando-os sobre uma parte da mochila que não estava manchada de sangue. Pegou o de cima e o abriu. Lasswell inclinou-se e olhou para Frazier. O passaporte tinha o nome de John Finley. Lasswell olhou para a fotografia e franziu a testa.

Frazier folheou o passaporte, vendo selos de vários países da Europa, África Subsaariana, Oriente Médio e Ásia.

– Esse sujeito viajou bastante – disse Frazier, entregando o passaporte para o policial, que o colocou em um saco plástico.

– Uau! – disse Frazier ao abrir o passaporte seguinte. Este era idêntico ao primeiro, exceto pelo nome, que era Orrin Hadley. O terceiro e o quarto passaportes pertenciam respectivamente a Dennis Lang e Larry Kester, mas tinham a mesma fotografia.

– Temos aqui um espião ou um traficante de drogas. Decididamente, não é um cidadão comum – disse Frazier enquanto Lasswell olhava para o corpo, pensativo.

– Algo mais? – o detetive perguntou, ficando de cócoras para olhar melhor o rosto do morto.

Frazier passou a mão no interior da mochila e tirou várias identidades com nomes diferentes, todas com a foto do homem morto.

— Só isso — ele disse, virando-se para falar com Lasswell, que havia pegado seu celular. O perito forense não conseguiu ouvir o nome da pessoa do outro lado da linha, mas ouviu muito bem Lasswell dizer: — Lembra-se daquele DVD de John Finley no caso de Sarah Woodruff? É, faz uns seis meses. Woodruff foi acusada de assassinato, mas o cara estava vivo. É ele. Quero esse DVD na minha mesa o mais depressa possível.

Capítulo 32

– É ele, sem dúvida – Arnie Lasswell disse a Max Dietz.

Os olhos de Dietz iam de um lado para o outro, de uma foto do homem morto na cena do crime a um fotograma do DVD. Quando ficou satisfeito por ter visto o suficiente, seus lábios se crisparam num sorriso malevolente.

– A cadela o matou – disse Dietz. Ele precisava que Sarah Woodruff fosse condenada como precisava de ar para respirar. Depois do fiasco do caso *Woodruff*, Jack Stamm o humilhara, tirando-o da Homicídios e colocando-o de volta na unidade de drogas.

– Max, por favor, não tire conclusões precipitadas novamente – alertou Lasswell. – Eu lhe trouxe isso porque você foi o promotor do caso original. Não faça com que eu me arrependa.

– Ela provavelmente acha que não a acusaríamos novamente depois do que houve no primeiro caso – disse Dietz, mais para si mesmo do que para Lasswell –, mas não vai escapar desta vez.

– Não temos nenhuma prova que indique que Sarah Woodruff é a assassina – advertiu Lasswell.

– É claro, temos de fazer uma investigação completa – disse Dietz, para aplacar o detetive, que precisaria ser um detetive bem ruim para não perceber que a resposta de Dietz não denotava a mínima sinceridade. Antes que Lasswell pudesse responder, seu celular tocou.

– Lembra-se de Ann Paulus, a vizinha que ligou para a polícia da primeira vez que Woodruff foi presa? – disse Lasswell assim que desligou.

– Sim.

— Ela quer falar comigo sobre alguma coisa que viu na casa de Woodruff há uma semana.

Ann Paulus, uma loira esguia de trinta e poucos anos, trabalhava como enfermeira na Oregon Health & Science University, o grande hospital que se estendia pelas colinas a sudoeste acima do centro de Portland. Paulus encontrou-se com Lasswell e Dietz no saguão da ala principal do hospital e os conduziu para uma área de espera perto do balcão onde os pacientes se registravam.

— É muito estranho, não é? — Paulus disse.

— Estranho como? — Lasswell perguntou.

— Bom, é *déjà vu*, como se estivéssemos fazendo tudo de novo. Acontece uma briga na casa de Sarah Woodruff. Eu ligo. A polícia vem. É como se rebobinássemos o filme. Da primeira vez, Finley não estava morto, mas agora ele está.

— Entendo o que está dizendo. Mas quais são as semelhanças?

— Muitas. Eles estavam discutindo...

— A senhora viu o Sr. Finley e a Srta. Woodruff discutindo? — o detetive perguntou.

— Não, mas ouvi a discussão.

— Mas viu Finley entrando na casa de Woodruff?

— Sim. Deviam ser umas onze horas. Eu estava me aprontando para dormir e fui até a cozinha pegar um copo de leite. As cortinas estavam abertas. Ele estava entrando.

— Tem certeza de que era Finley?

— Eu vi muito rapidamente, mas tenho certeza, sim.

— Muito bem, e o que ouviu?

— Muita gritaria e um estrondo alto, talvez dois.

— Tiros?

— Não sei dizer. Mas foi um estrondo.

– Poderia ter sido alguma coisa sendo atirada na parede ou alguma coisa quebrando? – Lasswell perguntou.

– Parecia mais um estalo do que alguma coisa batendo na parece, mas vou ser honesta: não quero adivinhar.

– Isso é bom. Mas tenho uma pergunta: da primeira vez, quando nos enganamos sobre o fato de o Sr. Finley ter sido assassinado, a senhora chamou a polícia imediatamente. Desta vez esperou vários dias. Por quê?

– Para dizer a verdade, eu me senti muito culpada quando soube que o Sr. Finley estava vivo. Se eu não tivesse ligado, a Srta. Woodruff não teria sido importunada. Deve ter sido horrível para ela a publicidade, o julgamento, todos pensando que ela era uma assassina, quando não era. Eu me senti responsável por tudo aquilo. Então, decidi me manter afastada desta vez.

– Mas acabou ligando.

Ela fez um sinal com a cabeça.

– Quando soube que ele foi morto, eu sabia que tinha de avisar.

– O corpo do Sr. Finley foi encontrado na manhã de quarta-feira – Lasswell disse. – Quando foi a discussão?

– Bem, essa é uma das coisas. Hoje é terça-feira, e eu só liguei hoje porque não sabia que o Sr. Finley tinha morrido. Eu não li o jornal que trazia essa história. Hoje de manhã, Joan Pang, outra enfermeira, perguntou-me o que eu achava da morte de Finley. Ela estava de folga na semana passada, e eu só voltei a vê-la ontem, então não nos falamos. Depois, tentei me lembrar exatamente do dia em que ouvi a discussão, e acho que foi terça-feira passada, mas não tenho certeza absoluta.

– Mas a senhora viu Finley?

Paulus balançou a cabeça, em afirmativa.

– E quanto à Srta. Woodruff? – Dietz perguntou. – A senhora a viu quando Finley entrou?

– Não.

– Então não pode afirmar que Finley estava na casa com Woodruff? – Lasswell perguntou.

– Não, poderia ser outra pessoa na casa. Mas quem seria?

Lasswell e Dietz conversaram com Paulus por mais vinte minutos, agradeceram sua ajuda e voltaram para o carro.

– O que acha? – Lasswell perguntou ao promotor-adjunto.

– Acho que temos o bastante para um mandado de busca, e desta vez vou pegá-la, Arnie. Eu sinto que vou.

Capítulo 33

Jack Stamm era um solteirão cujas paixões eram a lei e a corrida de longa distância. Tinha cabelo castanho ondulado e ralo, amáveis olhos azuis e um sorriso pronto para uso que fazia os eleitores se esquecerem de que ele tinha bem mais de quarenta anos.

— Sentem-se — Stamm disse, indicando a Monte Pike, Max Dietz e Arnie Lasswell as três cadeiras que haviam sido colocadas diante de sua mesa.

— Monte — disse o promotor —, tivemos um desdobramento interessante de um caso antigo. Informe-o, Arnie.

Lasswell virou-se para Pike.

— Um trilheiro encontrou um homem morto em uma trilha do Parque Estadual Tryon Creek.

— Eu soube — disse Pike.

— O homem foi morto a tiros em algum outro lugar e largado no parque junto com uma mochila de lona que continha roupas e uma arma. Dentro da mochila havia quatro passaportes e outros documentos. Eram todos do morto, mas com nomes diferentes. Um dos nomes era John Finley.

— John Finley, como o sujeito que reapareceu da cova? — Pike perguntou.

— Ele mesmo — o detetive disse.

— Puta merda! — Os olhos de Pike brilharam e um enorme sorriso lhe tomou o rosto.

— Ontem Ann Paulus, a vizinha de Sarah Woodruff, revelou para mim que viu Finley entrar na casa de Woodruff. Ela não tem certeza absoluta do dia, mas está certa de que foi na noite em que ele foi morto. Ela também ouviu uma discussão e um estrondo alto, talvez dois, vindos da casa.

"Hoje de manhã, Dick Frazier me ligou do laboratório com novidades interessantes. Durante a autópsia de Finley, a legista encontrou duas balas de ponta oca Smith & Wesson 140 g. Ela as enviou para a perícia. Dick fez uma imagem digital das balas colocando-as no microscópio e girando-as. Depois escaneou as imagens para um computador e passou-as pelo IBIS, o Sistema Integrado de Identificação Balística.

"Três anos atrás, investigamos um assassinato ligado a uma gangue envolvendo drogas. A vítima foi morta por balas Smith & Wesson 140 g de ponta oca disparadas de um .38 Special. De acordo com o IBIS, as balas que mataram Finley e a bala que matou a vítima da gangue foram disparadas com a mesma arma. Quando fui até a sala de provas para pegar a arma, ela não estava mais lá."

– Onde ela está? – Pike perguntou.

– É um mistério. Ela foi apresentada durante o julgamento, mas não sabemos o que aconteceu depois da condenação, embora eu tenha uma forte suspeita. De acordo com os registros, a arma foi devolvida para a sala de provas depois do julgamento, e não há anotação de que tenha sido retirada depois disso. Houve uma apelação ao veredito, então eu pensei que a arma pudesse ainda estar no tribunal de apelação, mas não estão com ela. O importante aqui é que Sarah Woodruff era um dos policiais que trabalharam no massacre da gangue, mas o caderno de registros que mostra que a arma foi devolvida tem a assinatura dela.

– Acha que Woodruff registrou a arma, mas a roubou? – disse Pike.

Lasswell fez um sinal afirmativo.

— E depois matou o namorado *novamente?* — Pike perguntou, alegre.

— No momento, ela é a nossa principal suspeita — Lasswell disse.

— Estou trabalhando no caso com Arnie — Dietz disse a Stamm. — Eu gostaria de indiciá-la.

— Eu sei que gostaria — disse Jack Stamm. — É por isso que chamei vocês aqui. Eu queria que vocês ouvissem isso de mim, não de outra pessoa. Darei este caso a Monte.

— Mas... — Dietz começou.

Stamm levantou a mão.

— Você quer se redimir. É natural. Mas você abordaria o caso *Woodruff* de maneira emocional.

Dietz deu uma olhadela para Arnie Lasswell. Será que o detetive tinha reclamado dele para Stamm?

— Quero alguém com a mente aberta para lidar com esse caso — Stamm continuou. — Monte será o promotor principal, e você não se envolverá. Eu sei que é difícil, mas já pensei bastante, e é assim que será.

A raiva escureceu o semblante de Dietz.

— Se essa é a sua decisão...

— É — disse Stamm.

— Eu estava me preparando para um julgamento — Dietz disse. — Se não precisa mais de mim...

— Claro, Max — disse Stamm. — E não pense que minha decisão afeta o grande respeito que tenho pelo seu trabalho como um todo. Só creio que você não é a melhor pessoa para este caso.

Dietz estava furioso demais para falar, então simplesmente se levantou e deixou a sala.

Stamm voltou sua atenção para Pike.

— Pise com cuidado, Monte. Este caso explodiu na nossa cara da primeira vez. Não quero me ver em cadeia nacional tendo de pedir desculpas a Sarah Woodruff novamente.

Max Dietz entrou pisando duro em seu escritório, com os ombros arqueados e os pulsos cerrados. Uma veia pulsava em sua têmpora. Quando fechou a porta e desmoronou em sua cadeira, fechou os olhos e respirou fundo e devagar para retomar o controle de suas emoções. Sabia que tinha de fazer alguma coisa se não quisesse que sua carreira derrocasse completamente, e não conseguia pensar naquele estado.

Quando ficou relativamente calmo, Dietz avaliou a situação. Caíra em desgraça com Stamm desde o fiasco do primeiro caso *Woodruff*. Condenar Sarah por assassinato salvaria sua carreira, mas ele não teria essa oportunidade. Max já parecia ser o herdeiro do trono de Stamm. Agora, Pike era o novo garoto de ouro de Stamm. O que ele poderia fazer com relação a isso?

Um pensamento repentino levantou Dietz da cadeira. Ele sabia de algo que Pike e Arnie Lasswell não sabiam. Ele sabia do *China Sea*. Não tinha contado a ninguém a informação que Tom Oswald lhe passara. Se alguém tivesse tido a brilhante ideia de ver que aquilo era material *Brady*, ele teria sido forçado a dizer a Mary Garrett o que sabia, e Garrett teria argumentado com os jurados que John Finley fora morto por traficantes de drogas ou espiões.

Mas e se Finley *tivesse* sido morto por traficantes e espiões? E se Monte Pike indiciasse Sarah Woodruff, a levasse a julgamento e, no final, descobrissem que traficantes de drogas ou assassinos do governo haviam matado Finley?

Dietz tirou um bloco e começou a anotar ideias. Precisava de informações, e as únicas pessoas que poderiam fornecê-las em uma situação como essa eram os infiltrados. Dietz escreveu os nomes dos contatos do FBI, do gabinete da promotoria, e... deu um sorriso malicioso.

Max havia conhecido Denise Blailock quatro anos antes, quando trabalharam juntos em uma força-tarefa conjunta investigando

Miguel Fuentes, o líder de um cartel guatemalteco que estava tentando entrar no comércio de heroína local. A agente da Narcóticos era pálida e simples, com cabelo castanho lavado, mas tinha um lindo sorriso e um corpo que atraíra a atenção do promotor no primeiro minuto em que entrara na sala de reuniões.

A segunda esposa de Dietz o largara dois meses antes de ele conhecer Denise, e ele não dormira com ninguém desde então. Quando a reunião da força-tarefa terminou, Blailock e Dietz jantaram numa churrascaria próxima. Durante um jantar regado a bisteca e uísque escocês, Dietz ficou sabendo várias coisas importantes sobre a agente federal. Primeiro, que ela era totalmente dedicada à carreira no Departamento de Narcóticos. Segundo, como resultado de um breve, selvagem e lamentável casamento juvenil, o único relacionamento sério em que ela estava interessada era o que mantinha com seu trabalho. Terceiro, ela era muito favorável ao sexo casual, ao qual os dois se dedicaram depois do jantar em um motel perto do aeroporto.

Dietz e Blailock se viam ocasionalmente desde seu primeiro *rendez-vous*, tendo sido uma semana em Las Vegas no inverno anterior o maior tempo que haviam passado juntos. Dietz ligou para a central do Departamento de Narcóticos e perguntou a Blailock se ela pretendia fazer alguma coisa depois do trabalho. No jantar, o promotor contou-lhe em detalhes como sua carreira havia derrocado desde o fiasco do caso *Woodruff* e seu plano para recuperar a sorte. Blailock disse-lhe que nunca ouvira falar do *China Sea* nem do incidente em Shelby, mas prometeu investigar.

Capítulo 34

Mary Garrett estava esperando um telefonema de Sarah Woodruff desde que lera sobre o assassinato de John Finley. As primeiras palavras de Sarah foram repletas de pânico.

– Mary, Arnie Lasswell está aqui na minha casa com outro detetive. Eles têm um mandado de busca e querem me interrogar.

– Não diga uma palavra e coloque Arnie na linha.

– Oi, Mary – disse Lasswell. Os dois se conheciam porque o detetive já investigara uma série de casos que Mary defendera.

– O que é que há, Arnie? – Mary perguntou.

– Temos um mandado de busca e apreensão para a casa e o carro de sua cliente em ligação com o assassinato de John Finley. Também queremos falar com ela.

– Pode me dizer mais alguma coisa? Ela é suspeita?

– Monte Pike está no comando. Vai ter que perguntar para ele.

– O que houve com Max?

– Acho que Jack queria experimentar alguém novo desta vez.

– Está bem. Olhe, estou indo para aí. Não quero que ninguém fale com Sarah, entendeu?

– Entendi. Vou deixá-la na cozinha com uma xícara de café.

– Certo, e seja gentil durante a busca, está bem? Não quebre nem rasgue nada. Seus homens pisaram na bola da primeira vez. Se Sarah também for inocente desta vez, você pode colocar o departamento e a promotoria em situação ainda pior.

– Ela é companheira nossa, Mary, e sinto muito pelo que ela teve de passar. Serei um carneirinho.

Mary levou vinte minutos para chegar à casa de Sarah. Quando o policial que estava na porta da frente a deixou entrar, ela viu uma equipe de policiais revistando a sala de estar e ouviu as portas do guarda-roupa sendo abertas e fechadas no andar de cima. Arnie Lasswell desceu as escadas e ficou alguns minutos no térreo definindo as regras para ela, que incluíam ficar na cozinha com sua cliente e permanecer fora do caminho da equipe.

Mary conversou um pouco com Sarah e em seguida ligou para Monte Pike de seu celular. Ela trabalhara em dois casos contra Pike, que terminaram em acordos, então ainda não tivera uma oportunidade de ver o jovem promotor em ação, mas as impressões de Mary acerca do advogado eram positivas. Mary achava que Pike via a lei como um jogo de xadrez e não levava seu trabalho para o nível pessoal. Ele era decididamente esperto e honesto; dava duro, mas tinha senso de humor.

– Monte, aqui é Mary Garrett – ela disse, ao completar a ligação.

– Olá. Arnie disse que você iria até aí para ter certeza de que os homens dele não roubariam a prataria.

– Com o prefeito cortando as horas extras, ouvi dizer que as bases populares estão ficando desesperadas.

Monte riu.

– Em que posso ajudá-la?

– Que tal me dizer por que estão passando o pente fino na *lingerie* da Srta. Woodruff?

– Por que será que eu sabia que essa seria a primeira pergunta? Meu Deus, eu detesto estar certo o tempo todo...

– E?

– Vou lhe dizer alguma coisa, mas não tudo. Ainda não convocamos o grande júri e talvez não o façamos, então vou manter algumas cartas na manga. Vou lhe dizer que Ann Paulus, a vizinha que ligou para a polícia no primeiro caso, viu Finley entrar na casa de sua cliente. Ela tem praticamente certeza de que foi na noite em que ele foi morto.

— Por que só "praticamente"?

— Isso é algo que eu devo saber e você deve descobrir até que eu seja obrigado a entregar-lhe essa descoberta. Mas posso dizer que ela ouviu uma discussão e o que ela pensa ser um ou dois tiros. Por ora, é só isso.

— OK. Você me fará a cortesia de dizer se vai indiciar a Srta. Woodruff?

— Com certeza.

— Permitirá que ela se entregue?

— Acho que ela merece essa concessão, tendo em vista a bagunça que fizemos da última vez.

— Tem certeza de que não está pisando na bola novamente?

— Ao contrário de algumas pessoas, das quais não devemos mencionar os nomes, eu não atiro antes e pergunto depois.

— Em que tipo de acusação está pensando?

— Quer saber se vou pedir a injeção letal?

— Sim.

— Ainda não sei o suficiente para responder a essa pergunta.

— Muito bem.

— Honestamente, Mary, espero mesmo que esta busca seja um exercício inútil. Não me agrada complicar a vida de alguém que já teve uma experiência terrível com o sistema judiciário. Mas irei atrás da Srta. Woodruff a toda velocidade se eu acreditar, além da dúvida razoável, que ela assassinou John Finley.

Assim que a última viatura sumiu de vista, Mary foi direto ao assunto.

— Monte Pike está cuidando do seu caso e ele não atira para todo lado como Max Dietz. Esse cara é muito inteligente e muito metódico. Ele não me disse muita coisa, mas contou que sua vizinha, Ann Paulus, testemunhará que viu Finley entrar em sua casa perto do horário em que ele foi morto. Ele esteve aqui?

– Sim. O miserável entrou à força.

– Por que ele faria isso?

– Disse que estava fugindo.

– De quem?

– Ele não me disse. Disse que eu estaria em perigo se soubesse.

– Se ele estava fugindo, por que veio para a sua casa?

– Ele voltou para pegar sua mochila. Disse que tinha os passaportes e as identidades diferentes que ele poderia usar. Ele havia escondido a mochila em minha casa antes de ser sequestrado.

– Pike me disse que a sua vizinha ouviu uma discussão e, talvez, tiros.

– Nós discutimos, mas eu não atirei em John, embora estivesse tentada a fazer isso. Quando peguei o miserável rondando a casa, achei que fosse um ladrão. Dei um tiro para o chão, perto dos pés dele.

Mary tinha visto um policial cavando alguma coisa no chão do saguão. Fez uma anotação para perguntar se era uma bala.

– Quando vi quem era, fiquei enlouquecida. O filho da puta arruinou a minha vida, Mary. Estou batendo carimbos no escritório, minhas chances de ser detetive são mínimas, e fui humilhada e forçada a passar por um julgamento. Contei a John o que pensava dele. Foi então que ele me explicou o que havia acontecido e por que não pôde me ajudar imediatamente. Eu me acalmei um pouco, depois disse a ele para pegar a mochila e ir embora. Quando ele saiu, estava vivo e bem.

– O que Finley lhe contou?

– Ele disse que era um Seal, uma força especial da marinha, com contatos na CIA. Depois que saiu das forças militares, trabalhou como *freelancer* para a Agência algumas vezes, e eles o apagaram dos registros para que ninguém soubesse de seu histórico. A DA Enterprises foi criada para comprar e reformar o *China Sea* a fim de fornecer dinheiro para financiar a operação que quase matou John.

– Conte-me tudo.

– John me disse que o *China Sea* estava ancorado no rio Columbia, perto de Shelby. Na noite em que ele foi sequestrado, o navio tinha voltado de um encontro no mar onde tinha pegado uma carga de haxixe de um cargueiro de Karachi, no Paquistão. John achava que o haxixe seria vendido para pagar as operações de cobertura que não poderiam ser financiadas com os fundos do orçamento, porque eram ilegais.

"John contou que um tripulante chamado Talbot assassinou o resto da tripulação. John o matou a tiros, mas ficou ferido. Minha casa era o único lugar em que ele conseguiu pensar, então veio para cá. Ele ainda tinha a chave. Tinha acabado de esconder a mochila de lona quando dois homens entraram e o atacaram.

"John achava que Talbot não sabia que a CIA estava por trás da operação de contrabando e pensava que John era só mais um traficante. Achava que Talbot tinha feito um acordo com um mexicano chamado Hector Gomez. Eles o levaram para um lugar deserto e estavam prestes a matá-lo, mas uma equipe de agentes do governo o resgatou. Tudo o que aconteceu no navio foi mantido em segredo para que as pessoas que fossem comprar o haxixe não se alarmassem e fugissem."

– Por que John não contou tudo antes?

– Ele não podia impedir meu julgamento sem estragar o acordo. Depois que vendeu o haxixe, insistiu em me ajudar. Foi então que gravou aquele vídeo.

– Se eu puder corroborar sua história, talvez possamos convencer Pike a abandonar o caso contra você.

– Por Deus, Mary, espero que sim! Não vou aguentar outro julgamento!

Woodruff estava lutando para manter a compostura, mas de repente desatou a chorar e enfiou o rosto entre as mãos. Mary sentiu-se impotente ao ver seus ombros tremerem a cada doloroso soluço.

– Eu não fiz nada! Você tem que acreditar em mim! Se alguém matou John, devem ter sido os traficantes ou a CIA. Eu só queria que John saísse da minha vida...

– É, mas ele voltou a entrar nela. Vamos esperar que não fique por muito tempo.

Capítulo 35

Um toque no batente da porta fez Mary levantar os olhos do resumo que estava escrevendo. Mark Gilbert, seu investigador, largou-se em uma cadeira.

– Achei que pudesse se interessar por isto aqui – ele disse, entregando a Mary um relatório escrito por Tom Oswald, do Departamento de Polícia de Shelby, Oregon.

– Você me disse que a Srta. Woodruff afirmou que o navio de Finley se chamava *China Sea* e estava ancorado em Shelby, então decidi ver se conseguia encontrar alguma coisa sobre ele, e esse policial escreveu um relatório. É bem interessante. Acho que você deveria ligar para ele.

Assim que Mary terminou de ler o relatório de Oswald, virou a cadeira para o telefone e ligou para a polícia de Shelby. Dez minutos depois, voltou a virar-se para seu investigador.

– Vamos nos encontrar depois do turno dele esta noite.

– Quer que eu vá com você?

– Não, acho que ele se sentirá mais à vontade se eu for sozinha. Sabe, ele disse uma coisa interessante logo que passaram o telefone.

– O quê?

– Ele disse que esperava meu telefonema.

– Por que será?

– Não quis pressioná-lo. À noite eu pergunto.

– Mais uma coisa – disse Gilbert –: eu ainda possuo informantes dos meus tempos de tira. Andei atrás de informações e acabei encontrando uma coisa interessante. Alguns dias depois que Finley foi sequestrado, dois homens foram encontrados em uma estrada de terra. Foram assassinados. Os homens trabalhavam para um cartel de drogas mexicano. Um deles usava uma jaqueta de couro.

– Como o sequestrador que Sarah descreveu.

– Corre um boato nas ruas de que Finley tinha 250 mil dólares com ele quando saiu do navio e que foi por isso que os sequestradores o seguiram.

– Finley disse a Sarah que foi resgatado por agentes do governo. Eles devem ter levado o dinheiro quando mataram os traficantes.

– Faz sentido. Depois me conte o que acontecer hoje à noite – disse Gilbert.

– Pode deixar.

Se Mary não tivesse procurado a localização na Internet, não teria encontrado o bar, que ficava depois de um terreno baldio ao lado de um decadente posto de gasolina, que eram os únicos lugares com gente naquele trecho da estrada. Não havia iluminação de rua nessa parte da estrada. Uma lua crescente e o luminoso de *néon* com uma marca de cerveja na janela da taverna forneciam um pouco de luz. Uma picape e um velho Chevy estavam estacionados no terreno de cascalho diante da taverna. O isolamento deixou Mary pouco à vontade, mas sua mão agarrou o cabo do .38 Special que levava no fundo do bolso de seu casaco Burberry.

Quando Mary abriu a porta do bar, foi atingida pelo cheiro de cerveja rançosa e suor. Dentro da taverna estava quase tão escuro quanto lá fora, e seus olhos demoraram um pouco para se ajustar. Dois homens estavam aninhados em bancos, cuidando de suas bebidas, cada um em uma ponta do balcão cheio de sulcos e cheirando a álcool. O atendente e os dois homens viraram-se e encararam a porta que se abria. Mary não perdeu tempo com eles.

Examinou as mesas e achou o único outro cliente, que olhava para sua cerveja em uma mesa nos fundos.

– Policial Oswald? – Mary perguntou, sentando-se no banco diante dele. Oswald fez um sinal afirmativo com a cabeça e não olhou para ela. Garrett conhecia bem as pessoas que trabalhavam nas forças responsáveis pela aplicação da lei. Apontou para a cerveja.

– Posso lhe pagar mais uma?

– Claro.

Quando Mary voltou do bar, colocou uma cerveja gelada diante do policial e deu um gole grande em sua própria garrafa.

– Obrigada por vir. Como eu disse ao telefone, estou representando Sarah Woodruff.

– A policial que foi acusada de assassinato.

– Isso mesmo. Um navio chamado *China Sea* apareceu em nossa investigação, e meu detetive encontrou o seu relatório. Eu apreciaria se pudesse me contar o que aconteceu na noite em que atendeu aquele chamado de emergência.

– O navio estava ancorado perto de um armazém, e o vigia noturno relatou ter ouvido tiros – Oswald disse. – Encontramos cinco homens mortos no navio e um monte de haxixe no porão.

Mary fez menção de ter entendido.

– Isso tudo está no relatório. O que eu não entendo é por que não existem outros relatórios. Quero dizer, havia cinco homens mortos... Presumo que isso não seja algo corriqueiro em Shelby.

– É, tudo isso não era nada corriqueiro. E também não costumamos ser invadidos pela Homeland Segurança.

– E eles lhe disseram para manter-se afastado e que iriam assumir?

Oswald encolheu os ombros.

– Meu chefe concordou. Ele tinha razão. Teríamos acabado passando tudo para a polícia estadual, então por que não para os federais?

— E foi só isso o que aconteceu?
— O promotor não contou o resto da história?
— Que promotor?
— Eu falei com dois.
— Olhe, Tom, toda essa informação sobre o *China Sea* é nova para mim. Então, por que não me conta o que não está no relatório?

Oswald deu um gole em sua garrafa. Mary ficou com a impressão de que ele estava tomando uma decisão. Depois de pensar por alguns instantes, Oswald enxugou a boca e começou a falar.

— Jerry e eu não podíamos deixar aquilo passar em branco, então voltamos para o píer. Isso foi no dia seguinte. O navio tinha sumido, e Dave Fletcher, o vigia noturno que tinha ligado para a polícia, também não estava lá. Fui até a casa dele. Estava vazia. Uma vizinha me disse que não via Fletcher nem o carro dele desde a noite em que atendi o chamado no píer. Falei com o chefe de Fletcher na empresa que presta serviços de segurança. Ele me disse que Fletcher não trabalhava mais lá e não sabia para onde tinha ido.

— Sabe o que aconteceu com ele? — Mary perguntou.

— Não tenho ideia. Ele tem família na cidade, e o registraram como desaparecido. De vez em quando eu pergunto por aí, mas ele desapareceu da face da terra.

— Eu apostaria nos homens que sumiram com o navio. A gente lê que a CIA sequestra terroristas o tempo todo e os leva para prisões secretas.

Oswald parou. Parecia estar se sentindo mal.

— Dave era um bom sujeito, um veterano. Peço a Deus que ainda esteja vivo.

— O Sr. Fletcher lhe disse alguma coisa que você não tenha colocado no relatório?

— Sim, o chefe me disse para escrever o básico, então não coloquei muita coisa. Por exemplo, Fletcher me disse que tinha visto um homem sair correndo do navio, pegar o carro e ir embora. O homem estava mancando, e Fletcher achou que devia estar ferido. Ele também viu outro carro seguindo o homem quando ele partiu.

Mary começava a ter uma estranha sensação.

– Quando eu lhe telefonei e disse que representava Sarah Woodruff, você disse que estava aguardando meu telefonema. Por que acha que o que aconteceu no *China Sea* tem alguma coisa a ver com o caso de Sarah Woodruff?

– Pouco antes do primeiro caso de sua cliente ir a julgamento, Monte Pike, da promotoria do Condado de Multnomah, me telefonou. Você sabe que várias digitais foram encontradas na casa de sua cliente que não puderam ser identificadas no Afis.

Mary fez que sim com a cabeça.

– Pike tentou novamente e encontrou uma digital que eu tinha colocado no Afis alguns dias depois de levantá-la.

– Você não entregou todas as provas para os caras da Homeland Segurança...

Oswald inclinou-se para a frente.

– Não gosto de ser tratado como caipira por uns babacas cujo salário é pago com meus impostos.

Mary sorriu.

– De onde veio a digital?

– Da escotilha que cobria o haxixe.

Mary deixou escapar um assobio.

– Pike sabia sobre o haxixe e sobre o homem ferido que escapou do navio?

– Isso eu não sei, mas presumo que o outro promotor tenha dito a ele.

– Que outro promotor?

– O que eu encontrei em Portland: Dietz. Meu chefe me disse para ficar de boca fechada sobre o *China Sea*, e eu não queria irritar a Homeland Segurança, então eu disse a Pike que não sabia nada sobre a digital e não voltei a falar com ele. Mas comecei a me sentir culpado. Poxa, Woodruff é policial, e essa história do navio não estava certa. Minha consciência estava me incomodando, e fui a Portland tratar de uns assuntos. Quando terminei o que tinha de fazer, fui até o gabinete do promotor falar com Pike, mas ele estava no tribunal e me disseram que Dietz era o promotor do caso. Então contei tudo para ele. Ele não lhe falou do navio?

– Não, Tom, ele não falou, e vou descobrir por quê. Você terá problemas com seu chefe por ter falado comigo?

– Se ele tocar no assunto, eu dou um jeito. Woodruff é policial. Se ela matou o sujeito, não tenho compaixão por ela. Mas não vou ficar guardando uma informação que pode provar que não foi ela. Que tipo de pessoa eu seria se fizesse isso?

Capítulo 36

Na manhã seguinte, Mary ligou para Monte Pike assim que chegou ao trabalho. Meia hora depois, ela e Pike estavam sentados em uma sala de reuniões da promotoria do Condado de Multnomah.

– Então, Mary, o que é que há? – Monte perguntou, depois de falarem sobre amenidades.

– Um cargueiro chamado *China Sea* quer dizer alguma coisa para você?

– Não.

– Max Dietz pode contar tudo sobre ele.

Pike franziu o rosto. O jovem promotor parecia sinceramente intrigado.

– Por que Max sabe desse navio, e o que ele tem a ver com o caso *Woodruff*?

– Lembra-se da digital que encontrou na casa da Sarah Woodruff e que passou no Afis?

– Sim. Ela bateu com outra de um caso em Shelby. Eu falei com um policial, mas ele não voltou a me ligar.

– O nome do policial é Tom Oswald. Meu investigador encontrou o relatório dele sobre o *China Sea*. Oswald encontrou a digital no navio. Ele veio para Portland e procurou você depois que ligou para ele para falar sobre a digital de Shelby. Você estava em julgamento, então ele falou com Dietz. – Mary entregou a Pike uma cópia do relatório de Oswald. – Falei com Oswald ontem à noite. Ele confirmou tudo que escreveu e acrescentou alguns itens que não estão no relatório. Max sabia de tudo que Oswald me disse.

Quando Pike terminou de ler o relatório, Mary lhe contou sobre o desaparecimento do navio e do guarda noturno.

– E tem mais: logo depois de Finley ter sido sequestrado, dois homens mortos foram encontrados em uma estrada de terra. Foram mortos a tiros e trabalhavam para um cartel de drogas mexicano. Acho que eram os homens que levaram Finley da casa de Sarah.

– O que você quer, Mary?

– Quero anular o indiciamento. Este é um caso claro de má conduta da promotoria. Max tinha o dever de me contar sobre essa prova escusatória.

– Max pode ter violado as regras éticas, mas qualquer efeito de sua má conduta no primeiro caso de Woodruff foi sanado por sua anulação.

– Você teria conseguido esse novo indiciamento se o grande júri soubesse de tudo o que eu acabei de contar? – Mary perguntou.

Pike ficou pensando na pergunta enquanto Mary esperava ansiosa pela resposta. Quando a ouviu, teve dificuldade em esconder sua frustração.

– Sim – Pike disse. – Eu teria apresentado o caso mesmo com essa nova informação. Tudo o que você me disse se aplica ao primeiro caso, não ao novo.

– Como pode dizer isso? Se Finley estava envolvido com operações escusas e cartéis de drogas, isso apresenta várias alternativas à teoria de que Sarah o matou.

– Essa história de traficantes e assassinos da CIA não passa de especulação. Por acaso sabemos se havia mesmo haxixe no porão do *China Sea*? A substância foi testada em um laboratório?

– A Homeland Segurança sumiu com o navio e sua carga. Não houve oportunidade de testá-la.

— Então a resposta é não. E você está convenientemente ignorando algumas coisas. Essa história de espiões e cartéis de drogas é fascinante, mas não explica os seguintes fatos: primeiro, Finley teve uma discussão com sua cliente na noite em que foi morto; segundo, ele foi morto com uma arma que foi roubada da sala de provas do Departamento de Polícia de Portland; terceiro, sua cliente foi a última pessoa a ter contato com a arma. Com espiões ou sem espiões, as provas dizem que Sarah Woodruff assassinou John Finley.

— Não seja ingênuo, Monte. A CIA tem gente na folha de pagamento que poderia roubar uma arma da sala de provas da polícia, se quisesse incriminar Sarah. Lembra-se do DVD de Finley? Alguém entrou no gabinete do juiz Nesbit e o deixou lá. Honestamente, você não vai me dizer que nada neste caso levanta uma dúvida razoável em sua mente sobre a culpa de Sarah.

— Se eu tivesse uma dúvida razoável, não iria em frente com o caso. Acredito que sua cliente matou John Finley. Só porque cometemos um erro antes não quer dizer que Woodruff tem passe livre desta vez. Na verdade, é a audácia dela em pensar que pode escapar impune de um assassinato porque pisamos na bola no seu primeiro caso que me motiva.

— Acho que discordamos sobre o real motivo deste caso — disse Mary, tirando uma pilha de papéis de sua pasta e entregando-os a Pike. — Eu tinha esperança de que pudéssemos resolver essa questão quando você ficasse sabendo sobre a ligação entre Finley e o *China Sea*. Aqui estão as cópias de minhas moções por má conduta e descoberta por parte do Estado que vou registrar assim que sair de nossa reunião. Sarah Woodruff não matou John Finley desta vez mais do que matou da primeira, quando cometeram o erro de acusá-la. Ele foi morto por traficantes de drogas ou agentes do governo dos Estados Unidos que querem manter o *China Sea* longe dos olhos do público. Vou garantir que todo mundo fique sabendo do segredinho sujo da CIA.

Capítulo 37

Max Dietz não tinha ideia do motivo pelo qual havia sido chamado ao gabinete de Jack Stamm, mas começou a se sentir desconfortável quando encontrou Monte Pike e o promotor esperando por ele, parecendo que estavam num funeral.

– O que é que há, Jack? – Dietz perguntou, sentando-se.

– Monte acaba de me dar algumas informações perturbadoras.

– É? – disse Dietz, virando a cabeça na direção de seu colega da promotoria.

– O que você sabe sobre um navio chamado *China Sea*? – Stamm perguntou.

– Ah, isso... – respondeu Dietz, sorrindo para disfarçar o medo que o invadia feito uma maré vermelha. Dietz não sabia o que Pike e Stamm sabiam, então controlou a língua, esperando que um deles preenchesse o vazio com alguma informação que ele pudesse usar para inventar uma história que o protegesse.

– Um policial de Shelby o visitou enquanto Sarah Woodruff aguardava o julgamento em seu primeiro indiciamento?

– Sim.

– O que ele lhe disse, Max? – Stamm perguntou.

– Não me recordo de tudo – Dietz esquivou-se. – Já faz alguns meses.

– Por que não nos conta aquilo de que consegue se lembrar?

Dietz sentiu-se mal.

– Do que se trata tudo isso, Jack? Por que esse interrogatório?

– Mary Garrett reuniu-se com Monte hoje cedo e contou sobre seu encontro com Tom Oswald, o policial que você conheceu e com quem conversou sobre o caso *Sarah Woodruff*. Mary ficou aborrecida. Ela achou que você faltou ao seu dever de informá-la sobre a prova escusatória que você tinha o dever de entregar a ela, como em *Brady contra Maryland*.

– Sobre o navio? O que o navio tinha a ver com o caso *Woodruff*?

– Bem, havia digitais – Stamm disse. – Monte falou sobre elas, não falou?

Isso tudo foi coisa de Pike, Dietz disse a si mesmo. O cretininho tinha ido correndo contar a Stamm para ganhar pontos e sabotar a carreira de Dietz. Dietz estava furioso por dentro, mas sabia que estaria perdido se demonstrasse qualquer fraqueza.

Dietz sorriu e balançou a cabeça.

– Monte ficou todo animado com algumas digitais encontradas na casa de Woodruff. Lembro-me disso.

– Lembra-se de ter dito a Monte para esquecer as digitais, que você não queria que ele as investigasse?

– Claro. Elas não tinham nada a ver com o nosso caso. Ir atrás delas seria uma perda de tempo valioso. Pike não tinha ideia de a quem pertenciam nem de quando foram deixadas, e elas combinavam com as digitais de algum caso de Shelby. Nosso caso não tinha nada a ver com Shelby.

– Até o policial Oswald visitá-lo – Stamm disse. – Ele é da força de Shelby. Ele não lhe disse que a digital que levantou veio de uma escotilha de navio que protegia um carregamento de haxixe?

– Espere aí, Jack. Oswald disse que achava que era haxixe, mas nunca foram feitos testes da coisa que estava no porão. E nós não sabíamos se a digital era de Finley. Ninguém podia identificar nada.

– As digitais foram comparadas com as de Finley esta tarde e bateram – disse Stamm.

– Eu não sabia disso naquele momento.

— Mas você sabia que o vigia noturno tinha visto um homem sair correndo de um navio onde foram encontrados cinco homens mortos e ir na direção de Portland, possivelmente seguido por outro carro. E isso aconteceu quando Finley teria que ter deixado o navio se quisesse chegar à casa de Woodruff na hora em que chegou.

— Jack, isso é especulação. Não tínhamos nada naquele momento que provasse que o cara que fugiu do navio era Finley. Ninguém tinha identificado aquelas digitais.

— Sarah Woodruff sustentou que alguns homens entraram na casa dela, lutaram com Finley e o levaram. Isso se encaixa com a informação que Oswald lhe passou.

— Só se soubéssemos que era Finley que tinha corrido do navio, mas eu não sabia. Escute, Jack, Garrett colocaria o júri andando em círculos se apresentasse provas dos traficantes e terroristas e Deus sabe o que mais, que é exatamente o que teria acontecido se eu tivesse contado a ela sobre o navio.

Dietz podia ver o desapontamento no rosto de Stamm.

— Você pode fazer melhor que isso, Max. Todos queremos vencer, mas os promotores têm um dever maior, que é buscar a justiça. A justiça nunca é servida se uma pessoa inocente for condenada.

— Eu sinceramente acreditava que Woodruff era culpada. Agora sei que estava errado. Mas eu acreditava. E dar a Garrett essas informações incendiárias...

— Provas de inocência são sempre incendiárias, Max.

— Eu não vi nenhuma prova que sugerisse inocência. Achei que se tratava de um incidente que não tinha nada a ver com Sarah Woodruff. Eu fiz o que julguei certo.

— Então você mostrou que julga mal.

— Aonde quer chegar, Jack?

— Não estou certo. Quero pensar bastante sobre essa questão. Por que não faz o mesmo, e volto a procurá-lo?

– Está bem, mas não fiz nada de errado.

Dietz saiu de cabeça erguida, mas seus ombros despencaram assim que a porta do gabinete de Stamm se fechou atrás dele. Ele se sentia tonto, enjoado. Tudo vinha desmoronando desde que o primeiro caso de Woodruff fora anulado, e sua carreira terminaria estagnada se alguma coisa não acontecesse depressa.

Já eram quase quatro horas, e Dietz não conseguia se concentrar, então saiu do tribunal. Quando chegou em casa, tirou o terno e a gravata e preparou uma bebida forte. O que ele tinha feito para merecer esse tipo de tratamento? Nada, disse a si mesmo. Era Pike. Aquele sanguessuga tinha ido correndo falar com Stamm logo depois de Garrett reclamar. Pike estava tentando destruí-lo. Será que Garrett entraria com uma queixa de ética junto à Ordem dos Advogados? Será que Stamm o despediria? E se ele fosse para a rua e caísse em desgraça? O que faria então? Dietz jogou-se para a frente e apoiou a cabeça nas mãos. Tinha conversado com várias pessoas sobre o *China Sea* e ninguém retornara suas ligações. Parecia que o navio não era somente um beco sem saída, mas que ele podia acabar afundando com ele.

Capítulo 38

Denise Blailock encostou um Honda nada especial na guia diante do Fórum do Condado de Multnomah e ficou olhando em volta nervosamente enquanto Max Dietz pulou para o banco da frente. Depois de vinte minutos dirigindo a esmo, Blailock parou o carro em um terreno vazio debaixo de uma passagem da via expressa perto de Willamette. Assim que o carro estacionou, Blailock saiu e virou a gola do casaco para cima para se proteger do frio que vinha do rio. Dietz estava vestindo terno porque havia comparecido à corte na parte da tarde, e começou a tremer no momento em que saiu.

– Em que merda você me meteu? – Blailock perguntou, num tom de voz que ele nunca ouvira dela antes. Dietz sentiu que ela estava com raiva, mas também com medo.

– Eu contei para você tudo o que sabia – ele insistiu. – Foi por isso que pedi que você perguntasse por aí.

– É, mas você não me disse que eu ia mexer num vespeiro.

– O que aconteceu?

– Eu dei alguns telefonemas, entrei na Internet, nada muito interessante. Aí, de repente, meu chefe me deu uma dura e me disse claramente que o *China Sea* não existe e nunca existiu, e que se eu fizesse mais alguma pergunta sobre esse fantasma seria novamente posta em algum lugar no meio do nada.

– Poxa, sinto muito. Não tinha ideia de que seu chefe pegaria no seu pé.

– Pois é, pegou, e eu sei quando devo parar.

– Ele disse por que a ameaçou?

– Ele estava tentando me ajudar. Ele é do bem. Sempre me protege, e não queria que eu arranjasse encrenca. Depois que falei com ele, ele ficou curioso e deu alguns telefonemas. Ele também ficou chateado porque a Narcóticos foi mantida fora de uma investigação que envolvia drogas. As pessoas com quem ele falou na Homeland Segurança disseram que ninguém de lá chegou perto de Shelby, Oregon, na noite em questão. Disseram a mesma coisa nas outras agências que ele contatou. Alguns dias depois, ele recebeu um telefonema de alguém tão lá no alto da cadeia alimentar que ele teve que colocar uma máscara de oxigênio para falar com o cara. Essa pessoa disse ao meu chefe bem diretamente que o *China Sea* nunca tinha existido e que ele nunca mais deveria perguntar pelo navio.

Dietz ia se desculpar novamente quando percebeu que Denise não teria de procurar um lugar com tanta privacidade só para lhe dizer o que acabara de dizer.

– Você descobriu alguma coisa, não foi? – ele perguntou.

– É, e vou te contar porque acho que Jack Stamm está te sacaneando. Mas nunca mais vamos falar disso. Nunca mais.

– Tá bom, eu juro. Então me diga o que acontece com esse navio.

– Coisas más, amigo. O *China Sea* tem tudo para virar uma lenda urbana. Pelo que eu sei, dois tiras de Shelby atenderam um chamado de emergência e encontraram cinco homens mortos e um enorme carregamento de haxixe a bordo. Logo depois que eles chegaram, apareceram três carros cheios de homens armados afirmando serem da Homeland Segurança e disseram que eles seriam presos por interferir em uma investigação federal se não saíssem do navio e entregassem as provas que tinham coletado. Depois o navio sumiu, junto com o vigia noturno que tinha chamado a polícia.

— Já tinham me contado isso — disse Dietz.
— Alguém te contou sobre os outros dois caras mortos e o dinheiro?
— Que caras mortos, que dinheiro?
— Sarah Woodruff disse aos tiras que dois homens sequestraram John Finley da casa dela e o que ela viu estava usando uma jaqueta de couro.
— É.
— Logo depois de Finley desaparecer, foram achados dois homens mortos em uma estrada de terra deserta. Os relatórios da polícia dizem que eles foram mortos a tiros. Um deles estava usando uma jaqueta de couro, e eram traficantes conhecidos ligados a Hector Gomez, que trabalha para um cartel de drogas mexicano.
"Bom, estão dizendo por aí que há 250 mil dólares desaparecidos que deveriam estar com o capitão do *China Sea*. Era isso que os traficantes estavam procurando, além do haxixe, e foi por isso que levaram Finley."
— Onde você conseguiu essa informação? Eu achava que as agências federais não admitiriam que o navio existia.
— E não admitem. Esse boato está circulando entre os traficantes de drogas e os usuários. As mesmas pessoas que foram questionadas sobre os homens mortos na estrada de terra. Se o haxixe do navio era para ser usado por alguma agência para financiar uma operação ilegal, a agência nunca admitiria que ele existe. Os traficantes não teriam a mesma motivação para ficar em silêncio. Isso é tudo o que eu sei, e esta é a última vez que vou falar com você sobre esse assunto.

Denise deixou Dietz no tribunal e saiu depressa. O promotor passou pela segurança e pegou o elevador para seu escritório. Era preciso alguém com muito poder para assustar um chefe da Narcóticos. Max ficou tentando imaginar quantas pessoas tinham influência suficiente para encobrir um homicídio quíntuplo. Quanto mais ficava sabendo, mais se convencia de que John Finley tinha sido morto por traficantes ou assassinos do governo. Ele pensou que talvez estivesse se arriscando ao continuar fazendo perguntas sobre o *China Sea*. Talvez a coisa mais inteligente a fazer fosse recuar. Ele estava em uma situação ruim com Stamm, e seu plano para sair dela envolvia colocar Monte Pike em evidência provando que Sarah Woodruff não havia assassinado John Finley. Para fazer isso, tinha planejado usar a informação sobre o navio, mas agora todos sabiam do navio. Seria melhor se Dietz expusesse Pike, mas o cretininho ainda poderia ser humilhado caso Garrett conseguisse uma absolvição.

Quando o elevador chegou ao seu andar, Dietz estava pronto para esquecer o *China Sea* e prosseguir com a sua vida. As portas se abriram, e, quando ia sair do elevador, lembrou-se de uma coisa que Denise Blailock tinha dito. Ele congelou, com um pé na cabine e outro no corredor. A porta do elevador bateu nele e o insistente alarme do sistema de segurança fez com que saísse. O corpo de Dietz estava no corredor, mas sua mente estava em algum outro lugar.

Capítulo 39

Tom Oswald não tinha dito a Jerry Swanson que havia escaneado a digital que levantara do *China Sea* e colocado-a no Afis, e não lhe contara sobre sua conversa com Monte Pike e Max Dietz, mas, no dia posterior ao seu encontro com Mary Garrett, ele decidiu colocar seu parceiro a par de tudo. Não teve uma oportunidade imediata porque eles foram chamados para um acidente de trânsito minutos depois de entrarem na viatura. Assim que estavam liberados do acidente, a central os enviou para averiguar uma briga doméstica. Swanson conhecia o marido e conseguiu conversar com ele antes que algo pior acontecesse. Depois de uma reunião aos sussurros, os policiais decidiram deixar o casal em prantos nos braços um do outro em vez de efetuar uma prisão. Logo depois que saíram, Oswald confessou.

— Poxa, Tom, o chefe mandou você esquecer essa merda de navio — Swanson disse.

— Eu pedi desculpas.

Swanson olhou para o outro lado. Ele estava muito nervoso. Andaram em silêncio por algum tempo.

— Acha que teremos que depor? — Swanson perguntou.

— Talvez — Oswald respondeu.

— Queria que tivesse falado comigo antes de fazer qualquer coisa. Agora eu também estou envolvido.

— Tem razão. Eu só fiquei chateado pelo modo como aquele babaca da Homeland Segurança nos tratou. Eu não estava pensando direito.

— Eu que o diga.

– Se tivermos que testemunhar, diremos só o que aconteceu. Essa história cheira mal, e eu adoraria expor os miseráveis que armaram tudo isso.

– Eu digo o mesmo.

– De qualquer maneira, não está mais nas nossas mãos, e estou meio aliviado que o navio seja problema de outras pessoas.

A hora seguinte foi tranquila, e Oswald estava começando a pensar que o resto do turno seria moleza. Então, a central os enviou para um posto de gasolina com uma loja de conveniência em um trecho deserto de uma rua, perto de uma série de chalés de aluguel. Os chalés ficavam à beira de um rio que recebia muitos pescadores no verão, mas, agora que o inverno se aproximava, havia poucas pessoas.

A central disse que deveriam contatar Jeff Costner, um cliente da loja, que tinha ligado para a polícia para informar que fora assaltado por alguém armado no estacionamento da loja. Ele disse que não estava ferido, mas a central informou que o Sr. Costner parecia muito assustado. Um oficial de polícia que trabalha em uma jurisdição pequena como Shelby conhece praticamente cada centímetro de seu território e todos os seus habitantes. Oswald imaginou que Costner fosse um pescador que havia alugado um dos chalés, porque nunca ouvira falar dele.

Os chalés e a loja de conveniência eram de propriedade de Jed Truffant e sua esposa, Tiffany. O casal fazia boa féria durante a temporada e tinha pouco movimento fora dela. Nunca ficariam ricos com a loja, mas os dois adoravam pescar e pareciam contentes com o que tinham. Frequentavam a igreja e eram pessoas boas, então Oswald presumiu que estariam tranquilizando o Sr. Costner dentro de sua loja aquecida. Foi por isso que se surpreendeu ao ver um homem usando parca sentado na guia diante da loja com a cabeça apoiada nas mãos.

Swanson estacionou perto do homem e os policiais saíram do veículo.

– Senhor Costner? – Tom perguntou, colocando-se à frente da viatura. O homem levantou-se e sorriu. Quando os policiais estavam a alguns passos de distância, ele tirou uma Glock 37 cinza e preta da jaqueta e acertou Swanson bem entre os olhos. Oswald ficou parado. Duas balas entraram em seu peito antes que ele pudesse alcançar sua arma. A próxima bala do assassino atingiu sua testa, e ele morreu antes de cair sobre o asfalto.

A porta da loja se abriu, e o homem loiro que se identificara no *China Sea* como Arn Belson, da Homeland Segurança, saiu. Ele estava escondido atrás do balcão, ao lado do corpo de Tiffany Truffant, quando viu a viatura entrar no terreno, porque receava que os policiais o reconhecessem do *China Sea*. Belson olhou bem para os policiais.

– São eles – ele disse ao atirador. – Bom trabalho.

– Vamos dar o fora antes que apareça alguém.

Dobraram a esquina e se dirigiram ao utilitário esportivo preto que aguardava nas sombras.

Naquela noite, mais tarde, Jeff Truffant encontrou os corpos dos policiais e de sua esposa quando chegou para render Tiffany. A essa altura, os assassinos já estavam quase em Seattle.

Capítulo 40

Jack Stamm levantou-se assim que Monte Pike, os chefes das unidades da promotoria, Arnie Lasswell e os três investigadores da casa se sentaram em volta da mesa de reuniões.

– Temos um problema – ele disse. – Max Dietz desapareceu.

Todos ficaram surpresos. Em seguida, olharam um para o outro e começaram a fazer perguntas. Stamm levantou a mão e a sala ficou em silêncio.

– Max tem estado deprimido desde que eu o tirei da Homicídios, depois que o caso *Woodruff* desmoronou. Outro problema surgiu recentemente, e não me perguntem qual foi. Não falarei sobre isso. Mas tornou a situação de Max ainda pior.

"A última vez em que Max foi visto no escritório foi na terça-feira à tarde. A secretária disse que ele parecia animado. Ele lhe pediu que trouxesse algumas intimações e depois se trancou no escritório. Por volta das três horas, Max saiu e nunca mais foi visto. Nenhum alarme foi emitido na sexta-feira. Aí, veio o fim de semana. Ele não compareceu a duas audiências na segunda-feira e a outra na terça. A secretária ligou para a casa dele, mas quem atendeu foi a secretária eletrônica nos dois dias. Depois do telefonema de terça-feira, ela me procurou."

Stamm apontou para um dos investigadores.

– Bob foi até a casa de Max na tarde de terça-feira. Não havia nenhum carro na entrada e ele não atendeu a porta. Eu o autorizei a entrar, caso fosse uma emergência médica. A casa estava arrumada e não havia sinais de luta, e também nenhum sinal de Max. Então, minha primeira pergunta é se alguém sabe onde ele está.

Silêncio total.

– Muito bem, quero que todos os chefes de unidades perguntem ao seu pessoal se há alguma informação que possa nos levar a Max. Quase todos vocês conhecem Arnie Lasswell. – O detetive levantou a mão. – Ele conduzirá as investigações. Entrem em contato com ele se descobrirem algo. Perguntas?

Algumas pessoas levantaram a mão. Quando Stamm terminou de responder, encerrou a reunião. Monte Pike permaneceu depois que todos haviam saído da sala.

– O senhor não acha que Max...?

A palavra *suicídio* ficou suspensa no ar.

– Monte, eu não tenho a mínima ideia do motivo pelo qual Max desapareceu nem de onde ele está.

– Ele ficou muito nervoso quando o senhor não o deixou cuidar do caso, e essa história de *Brady* só piorou tudo.

– Eu sei. Eu andava preocupado com Max, mas nunca pensei que ele pudesse fazer alguma coisa estúpida.

– Sinto-me um pouco responsável. Fui eu quem contou ao senhor sobre a minha reunião com Garrett.

– Você tinha que me contar – disse Stamm. – Max escondeu a informação sobre Oswald porque ele quis vencer. Foi errado. Foi escolha dele infringir as regras, e você não teve nada a ver com isso. Não se culpe por ter agido corretamente e me contado.

– Intelectualmente, entendo o que acabou de dizer, mas mesmo assim me sentirei péssimo se algo ruim tiver acontecido com Max por minha causa.

Capítulo 41

Grandes generais brilhavam nas batalhas, atletas olímpicos se distinguiam nos campos de provas e Mary Garrett sabia que tinha alguns pares no tribunal. Ela era mais inteligente e mais preparada do que praticamente qualquer advogado que enfrentara, e sinceramente acreditava que sua ética de trabalho e sua agilidade mental não encontravam páreo. Quando cruzou a passos largos as portas da corte do Honorável Herbert Brandenburg, Mary parecia uma força da natureza, mas, desta vez, ao contrário de quase todas as outras vezes em que entrara em batalha, ela irradiava uma confiança que não estava de fato sentindo.

Monte Pike havia entrado com moções *in limine* para excluir todas as provas que envolviam o *China Sea*. Dois dias antes, seu investigador entrara no escritório pouco depois das onze da manhã e lhe informara que Tom Oswald e Jerry Swanson, as testemunhas dos eventos ocorridos no navio, estavam mortos. Sem Oswald e Swanson, ela tinha poucas chances de derrotar as moções de Pike.

Mary não havia contado à sua cliente, mas a decisão do juiz Brandenburg acerca das moções *in limine* de Pike teria um impacto enorme na possibilidade de Mary vencer o caso. Nas moções, Pike pedia ao juiz uma decisão prejulgamento limitando as provas que a defesa poderia apresentar no julgamento relativas aos assassinatos a bordo do *China Sea*, a substância encontrada no porão e a ligação de John Finley com o navio. Com essas provas, Mary poderia apresentar aos jurados uma explicação alternativa para o assassinato de Finley. Sem elas, as chances de Sarah conseguir uma absolvição eram poucas.

Desde o princípio, Mary tivera forte apreensão quando soubera que o caso de Sarah havia sido designado ao jurista idoso. Brandenburg tinha a cabeça coberta de cabelos brancos, nariz romano e penetrantes olhos azuis que lhe conferiam um ar de extrema inteligência, mas todos na comunidade jurídica sabiam que havia uma lâmpada fraquinha por trás daquele penteado elegante. Brandenburg tinha um enorme complexo de inferioridade e relutava em admitir sua incapacidade para entender as matérias da lei. Costumava escolher a saída mais fácil, decidindo a favor do Estado em casos criminais, mantendo baixas taxas de revogação nas cortes de apelação. Também tinha aversão a julgamentos complicados, como se tornaria o de Sarah se fosse permitido a Mary apresentar provas de operações clandestinas do governo ou do tráfico de drogas por parte de cartéis internacionais.

Monte Pike parecia quase se desculpar ao delinear para o juiz Brandenburg os argumentos que destruiriam as chances de Sarah Woodruff ser absolvida. A lógica do jovem promotor era impecável e não deixava dúvida de que suas posições estavam corretas. Até Mary ficou momentaneamente hipnotizada por Pike.

Assim que Pike terminou seu pronunciamento de abertura, o juiz Brandenburg pediu que Mary fizesse a contra-argumentação.

– Eu preferiria apresentar minha prova, Meritíssimo. A prova estabelecerá uma ligação clara entre o que aconteceu no *China Sea* e o assassinato do Sr. Finley – disse Mary, com convicção maior do que a que realmente sentia.

– Muito bem. Eu li os resumos relativos ao DVD que levou à anulação do primeiro caso contra a Srta. Woodruff, e vejo que o juiz Nesbit se encontra na corte. Vamos ouvir a prova relativa à moção do Sr. Pike para manter o DVD fora do julgamento para que o juiz Nesbit possa ser liberado – disse Brandenburg.

Assim que Nesbit fez o juramento, Mary fez-lhe uma série de perguntas que estabeleceram sua profissão e sua ligação com o caso de Sarah.

– Juiz Nesbit, por favor, conte ao juiz Brandenburg o que aconteceu em seu gabinete antes de começar o último dia do julgamento de Sarah Woodruff – disse Garrett.

– Eu cheguei ao trabalho cerca de uma hora antes de a sessão começar a fim de ler alguns materiais que haviam sido submetidos por ambas as partes e encontrei um DVD que havia sido deixado para mim com um bilhete dizendo que continha prova conclusiva de que John Finley estava vivo.

Mary virou-se para o oficial de justiça.

– Pode entregar ao juiz a Prova da Defesa número 1?

O oficial de justiça entregou um envelope de plástico transparente contendo o bilhete para a testemunha.

– Pode identificar este objeto para os autos, juiz?

– É o bilhete que acompanhou o DVD.

– Parece ter sido digitado em computador?

– Sim.

– Por favor, entregue ao juiz a Prova número 2 – Mary disse ao oficial.

– Pode identificar a Prova número 2? – ela pediu a Nesbit.

– É o DVD que encontrei em meu gabinete.

– Meritíssimo, gostaria de mostrar o DVD para o senhor – Garrett disse.

– Sem objeções – disse Pike.

O juiz Brandenburg assistiu com atenção a John Finley dizer: "Meu nome é John Finley e peço desculpas pela confusão que meu desaparecimento causou. Sarah, se você estiver na sala quando eles passarem este vídeo, nem sei como lhe dizer que me sinto horrível por tudo o que aconteceu a você. Infelizmente, eu não podia revelar que estou vivo e bem antes do dia de hoje. Espero que esta prova de que estou vivo dê um fim ao seu suplício".

– O caso foi anulado com resolução do mérito como resultado de prova de que o Sr. Finley não havia sido assassinado? – Mary perguntou.

– Sim – o juiz Nesbit respondeu.

– Não tenho mais perguntas para o juiz – Mary disse.

– Bom dia, juiz Nesbit – Monte Pike disse, com um sorriso tranquilo. – Em alguma parte do DVD o Sr. Finley afirma trabalhar para alguma agência do governo dos Estados Unidos?

– Não, nenhuma.

– E não há nada no DVD que explique por que o Sr. Finley não se apresentou mais cedo, ou há?

– Não.

– Ele poderia ter estado de férias ou fazendo alguma consultoria em um lugar distante onde a comunicação fosse difícil?

– Não tenho como responder a essa pergunta – disse Nesbit.

Pike sorriu para a testemunha.

– Obrigado. Não tenho mais perguntas para a testemunha – ele disse.

– Não há mais testemunhas, Meritíssimo – disse Mary.

Pike começou a falar, mas Brandenburg ergueu a mão.

– Srta. Garrett, por que crê que este DVD tem alguma relevância para o novo caso contra a sua cliente?

– O DVD prova que ele estava envolvido em uma atividade importante o bastante para impedi-lo de vir ao auxílio de uma mulher inocente que enfrentava a pena de morte.

– Sim, aceito isso, mas a senhora tem alguma prova de que o motivo para essa falta de ação por parte dele tem alguma coisa a ver com a nova acusação?

Com Oswald e Swanson como testemunhas, Mary teria como tentar mostrar uma ligação, mas a prova da digital não tinha significância sem evidências que provassem que Finley havia estado em um navio que contrabandeava haxixe.

– Eu tentei juntar essas provas, mas a CIA e outras agências de inteligência do governo se recusaram a honrar nossos pedidos para obter informações sobre o *China Sea* e o envolvimento do Sr. Finley com o navio.

– Não posso fazer nada com relação a isso, Srta. Garrett. Não tenho jurisdição sobre o governo federal.

– Enviei intimações para a Homeland Segurança pedindo informações sobre o agente Belson e o *China Sea*. Eles se recusaram a obedecer. O senhor pode convocar uma audiência e obrigá-los a mostrar essas provas.

"Eu também pedi a folha de pagamento da Homeland Segurança e da CIA e os nomes dos funcionários das agências, e eles alegaram a segurança nacional como motivo para recusar o pedido."

– Meritíssimo, se me permite – Pike interrompeu –, o subprocurador da República Avery Bishop se encontra neste tribunal para esclarecer essas questões.

Um afro-americano vestindo um sisudo terno cinza e levando uma pasta preta levantou-se nos fundos da sala. Era careca e tinha bigode preto com fios grisalhos. Óculos com armação de metal empoleirados sobre um nariz pequeno e largo ampliavam seus olhos castanhos.

– Posso me aproximar, Meritíssimo?

– Sim, sim. Aproxime-se, Sr. Bishop.

– Obrigado, Meritíssimo. – Bishop entregou uma grande pilha de papéis para o assistente e uma pilha idêntica a Mary Garrett. – Acabo de entregar ao assistente e à Srta. Garrett uma moção para anular as intimações que a Srta. Garrett preparou, junto com um memorando de lei. O governo dos Estados Unidos está invocando o privilégio de segredos de Estado para bloquear qualquer investigação que a Srta. Garrett possa fazer em nome de sua cliente relativa a um navio supostamente chamado *China Sea*, ao Sr. John Finley, ao Sr. Arn Belson e a qualquer pessoa ou objeto supostamente ligados a esse navio, de qualquer forma. Sustentando nossa moção encontra-se uma declaração do diretor da Inteligência Nacional.

– Não costumamos lidar com muitos segredos de Estado nos tribunais do Condado de Multnomah – disse o juiz Brandenburg, dando risada. – Receio não estar familiarizado com esse privilégio.

Bishop retribuiu o sorriso.

– Não se preocupe, Meritíssimo. Estou aqui para esclarecer. O privilégio de segredos de Estado é uma prerrogativa probatória que permite ao governo bloquear a revelação de informações se existir algum perigo razoável de que essa revelação exporá questões que, no interesse da segurança nacional, não deveriam ser expostas. Estou aqui para fazer um pedido formal de privilégio em nome da Homeland Segurança, da Agência Nacional de Segurança, da Agência de Inteligência da Defesa e da Agência Central de Inteligência: as organizações às quais a Srta. Garrett enviou intimações.

Mary Garrett pôs-se de pé.

– Meritíssimo, parece que o Sr. Bishop está admitindo a existência de uma operação de inteligência envolvendo haxixe e o *China Sea*.

– Permite-me? – Bishop pediu ao juiz.

– Prossiga, Sr. Bishop.

– Esse privilégio foi invocado pela primeira vez em 1953, em *Estados Unidos contra Reynolds*. Nesse caso, as viúvas de três tripulantes de uma fortaleza voadora B-29 que caiu em 1948 procuravam relatórios sobre o acidente, mas lhes foi dito que revelar tais detalhes ameaçaria a segurança nacional ao revelar a missão altamente secreta do bombardeiro. A Suprema Corte dos Estados Unidos confirmou que o executivo poderia impedir que as provas chegassem à corte se julgasse que sua divulgação afetaria a segurança nacional.

– Se bem me recordo, Meritíssimo – disse Mary –, em 1996 os relatórios sobre o acidente foram dessegredados e divulgados, descobrindo-se que não continham informações secretas. Eles continham, sim, informações sobre as condições impróprias da aeronave que teriam comprometido o caso da Aeronáutica. Parece-me que o privilégio está sendo invocado aqui para acobertar o envolvimento do governo dos Estados Unidos no contrabando de drogas e que este não é um uso legítimo de tal privilégio.

– Meritíssimo – disse Pike –, a defesa não conseguiu provar que havia drogas no navio.

– Poderíamos provar que havia haxixe a bordo se eu conseguisse intimar os registros relativos a essa questão – Mary disse.

– Meritíssimo – Bishop interferiu –, a afirmação do privilégio barra qualquer discussão sobre o assunto nesta corte. É assunto privilegiado e simplesmente não pode ser discutido.

– E corretamente – disse o juiz Brandenburg, passando os olhos no resumo. – Não podemos permitir que potências estrangeiras e terroristas tenham acesso aos registros que a senhorita busca, Srta. Garrett. Não permitirei que parta em uma busca infundada que comprometa a segurança nacional.

– Juiz Brandenburg – disse Mary –, não creio que o privilégio de segredo de Estado se aplique a casos criminais. É uma regra de procedimento civil.

– O tipo do caso não faz diferença, Meritíssimo – Bishop retrucou. – O propósito da lei é impedir que inimigos de nosso país saibam de segredos que podem comprometer a segurança dos Estados Unidos da América.

– Este é um caso de pena de morte, Meritíssimo – disse Mary. – Minha cliente pode morrer sem as provas que buscamos.

– Os casos capitais são regidos pelas mesmas regras de provas que são usadas em casos de furtos em lojas, Srta. Garrett. As moções do Sr. Pike serão aceitas e eu não permitirei que apresente nenhuma prova ou testemunha ligada ao *China Sea*.

PARTE V

Corredor da morte
2012

Capítulo 42

Eram mais de duas horas da manhã quando Dana terminou os registros do caso *Woodruff*. Ela achou que o caso do Estado no segundo julgamento foi fraco, mas a defesa não conseguiu refutar as provas que ligavam as balas que mataram John Finley ao revólver que foi apreendido no assassinato envolvendo uma gangue e drogas que Sarah Woodruff havia investigado. Monte Pike havia introduzido os registros da sala de provas que provavam que Woodruff fora a policial que levou a arma para o julgamento e a trouxe de volta. Ele também trouxe depoimentos sobre armas que são roubadas de cenas de crimes ou de criminosos detidos que policiais desonestos plantam na cena de um tiroteio quando descobrem que uma pessoa em quem eles atiraram estava desarmada. Pike argumentou que Woodruff havia pegado a arma para plantá-la em alguma situação desse tipo e que a usara para matar Finley.

Mary Garrett havia tentado fazer com que Sarah testemunhasse sobre as declarações que John Finley fez a ela na noite em que foi morto, mas o juiz concordou com Monte Pike que as afirmações eram consideradas rumores e as excluiu. Depois, Garrett tentara levantar uma dúvida razoável ao introduzir os passaportes e as identidades encontrados na mochila de Iona, mas Pike argumentou que não importava no que Finley estivesse envolvido: isso era irrelevante porque a arma do crime estava ligada a somente uma pessoa envolvida no caso, que era a ré. Sem as provas sobre o incidente no *China Sea* e as declarações de Finley a Sarah Woodruff, a defesa tinha muito pouco a argumentar.

O júri demorou um dia para decidir que Woodruff era culpada de homicídio com agravantes. Demorou mais dois dias para fornecer as descobertas que forçaram o juiz a decretar a pena de morte.

Dana havia esvaziado sua jarra de café por volta da uma e meia, e o que restava em sua caneca estava morno. Ela a colocou no micro-ondas e pegou um bloco onde estava fazendo as anotações. Quando o café estava quente, ela bebericou e começou a redigir uma lista de coisas a fazer em uma nova página. No alto da lista, escreveu "reserva de voo e hotel".

Portland, no Oregon, é uma das mais lindas cidades americanas, mas Dana Cutler não estava pensando nas verdejantes colinas que se erguiam diante dela, nem nas montanhas com picos cobertos de neve, nem no rio que cortava a cidade quando seu avião começou a descer. Portland trazia lembranças ruins para Dana. Na única outra vez em que estivera na Cidade das Rosas, ela lutou por sua vida, quase morreu e deixou a cidade com o sangue de dois homens nas mãos.

Dana alugou um carro no aeroporto e chegou ao centro da cidade vinte minutos depois. Depois de se registrar no hotel, tomou um banho e vestiu uma blusa de seda branca e um sério terninho executivo azul-marinho. Dana raramente vestia outra coisa que não fosse jeans e camiseta, e sempre se sentia um pouco estranha de terninho, do mesmo modo que ela imaginava que um banqueiro de Wall Street se sentiria usando uma jaqueta preta de couro.

Dana caminhou as quatro quadras que separavam seu hotel do escritório de Mary Garrett. Antes de sair da capital federal, Dana tinha marcado uma reunião com Garrett, e chegou alguns minutos adiantada. Depois de uma breve espera, a recepcionista a conduziu até o escritório da advogada de defesa.

Dana havia feito sua lição de casa, de modo que a aparência incomum da advogada não a surpreendeu. Logo se viu sentada em uma cadeira de diretor com o assento e o encosto em couro preto e braços e pernas de tubos de metal polido. O assento vergava um pouco, diminuindo a altura do ocupante da cadeira. Garrett sentou-se atrás de uma ampla mesa de vidro, em uma cadeira de couro preto e encosto alto que Dana imaginou poder ser elevada com o apertar de um botão, para que a diminuta advogada pudesse sempre olhar seus clientes de cima.

– Quando marcou este encontro, você disse à minha secretária que estava ligando de Washington – disse Mary. – Deve saber que eu não sou membro da Ordem dos Advogados de Washington, e que não posso atuar lá.

– Não devo ter me explicado bem – Dana respondeu, com seu melhor sorriso. – Eu estava ligando de Washington, a capital federal, não do estado de Washington, e não estou aqui para consultá-la sobre uma questão jurídica.

Mary franziu a testa.

– Então por que está aqui?

Dana entregou a Mary um dos cartões de visita que havia mandado imprimir um dia depois de sua reunião com Patrick Gorman.

– Sou repórter do *Exposed*, um jornal de Washington, e estou aqui para escrever uma história.

– O *Exposed* não é um tabloide de supermercado?

– No início, sim, mas estamos publicando coisas mais sérias agora.

– É mesmo. Seu jornal foi o primeiro a noticiar o caso Farrington.

– E ganhamos um Prêmio Pulitzer pela nossa cobertura. – Dana inclinou-se para a frente e tentou passar sinceridade. – Srta. Garrett, Patrick Gorman, meu editor, é fascinado pelo caso de Sarah Woodruff. Ser acusada duas vezes de assassinar a mesma pessoa é muito incomum, e o incomum é o que vende nosso jornal.

– O caso parece mais estranho do que realmente é – disse Mary. – A promotoria se apressou da primeira vez e acusou Sarah sem provas de que John Finley estava mesmo morto.

– Eu diria que o caso ainda possui alguns elementos bem incríveis – Dana disse. – Temos um homem morto que não tem passado e que pode ser um espião envolvido em uma operação sigilosa. Depois, temos o navio misterioso, o vigia noturno que evaporou e o haxixe que sumiu.

– Não há como negar que não se trata de um caso corriqueiro – Mary aquiesceu –, mas, antes de prosseguirmos, gostaria de saber o que o *Exposed* planeja fazer com essa história. Eu agradeço o seu interesse e o fato de ter vindo até Portland, mas a Srta. Woodruff é minha cliente e os interesses dela são a minha maior preocupação. Não posso discutir o caso sem a permissão dela.

– Srta. Garrett, nossa cobertura do caso de sua cliente será a seu favor. Eu pesquisei bastante antes de vir aqui, de modo que sei de quase tudo o que aconteceu. Haverá um clamor, uma vez que o público fique sabendo que uma mulher inocente está no corredor da morte porque o governo está retendo provas que poderiam inocentá-la. A publicidade deve ajudar suas tentativas de conseguir uma revisão.

– Não creio que os juízes sejam influenciados pela opinião de seus leitores.

– A opinião pública é uma força poderosa. Até mesmo a Suprema Corte está ciente disso. Nunca se sabe o que influencia a decisão de um juiz a portas fechadas. E existe também a possibilidade de que a história convença alguém que deseje fazer uma denúncia. Alguém sabe o que John Finley estava planejando. O tempo passou.

Dana esperava que Garrett decidisse que falar com ela não prejudicaria as chances de sua cliente, podendo até ajudar.

— Faça-me suas perguntas — Mary disse –, e eu responderei as que puder sem violar a confidencialidade entre advogado e cliente. Mas quero que me prometa que poderei analisar tudo o que vocês planejam publicar para ter certeza de que nada no artigo possa comprometer o caso de Sarah.

— Terei que verificar com meu editor, mas tenho certeza de que o Sr. Gorman aceitará os termos.

— Então, o que quer saber?

— Por que não me dá informações sobre os dois casos? Como eu disse, li bastante sobre eles, mas adoraria ouvir a sua abordagem.

Garrett deu a Dana uma breve recapitulação dos eventos que levaram à primeira prisão de Sarah Woodruff e à anulação de seu primeiro indiciamento, seguida por uma versão resumida do segundo caso.

— No segundo julgamento de Sarah, tentei provar que Finley estava envolvido em um perigoso trabalho secreto, mas as agências de inteligência usaram os privilégios de segredo de Estado para bloquear minhas investigações. Depois o juiz ordenou que as declarações que Finley fez a Sarah ficassem de fora, alegando que eram rumores.

— Parece que a liberdade da Srta. Woodruff depende de mostrar a ligação de Finley com uma operação de contrabando da CIA — Dana disse.

— Ou com traficantes. Finley disse a Sarah que achava que o tripulante que assassinou todos do *China Sea* fizera um acordo com um cartel mexicano pelo haxixe. Também havia rumores de que os sequestradores de Finley estavam atrás de 250 mil dólares que ele supostamente recebera para financiar a operação de contrabando.

— Eu não sabia que havia dinheiro envolvido.

— Foi um boato que correu nas ruas entre traficantes e usuários.

— É sólida a prova de que Finley era o sobrevivente da troca de tiros no *China Sea*?

— É um fato. O vigia noturno que ligou para a polícia disse a Tom Oswald, o policial de Shelby que investigou o ocorrido, que tinha visto um homem sair cambaleando do navio e ir embora de carro. O guarda achou que o homem estava ferido. Ele também viu outro carro que podia estar seguindo o homem ferido.

"Durante a autópsia de Finley, o legista encontrou um ferimento de bala nas costelas que era mais antigo do que os ferimentos causados pelas balas que o mataram. Depois, havia a mochila encontrada ao lado do corpo de Finley, que continha passaportes e identidades falsos. Havia manchas de sangue na mochila. Algumas eram antigas e outras, novas. Se Finley foi ferido a bala na noite das mortes no *China Sea* e novamente naquela noite, isso explicaria as diferenças nas manchas de sangue.

"Mais uma coisa. Naquela noite, pouco depois de Finley desaparecer, os corpos de dois homens ligados a um cartel de drogas mexicano foram encontrados perto de uma estrada de terra usada para transporte de madeira. Acho que esses eram os homens que sequestraram Finley, mas eu não tinha a mínima prova que os ligasse ao nosso caso, então o juiz não quis admitir nenhuma prova relativa aos homens mortos.

"E então veio o fator decisivo. Depois de Sarah ser indiciada pela segunda vez, fiquei sabendo que Oswald levantou uma digital latente da escotilha que escondia o haxixe. Pouco antes de o primeiro julgamento começar, um assistente da promotoria investigou uma das digitais desconhecidas encontradas na casa de Sarah e viu que ela era igual à digital encontrada na escotilha. Depois que Finley foi morto, tiraram as digitais dele e viram que batiam.

"Para mim, está claro que Finley foi ferido no *China Sea*. A casa de Sarah foi o lugar mais próximo em que ele conseguiu pensar para se esconder, então foi para lá que se dirigiu. Os mexicanos estavam vigiando o navio e o seguiram até a casa de Sarah, raptaram-no, levaram-no para uma área isolada e foram mortos, e Finley foi resgatado. Mas, depois da decisão do juiz e da asserção do privilégio de segredo de Estado por parte do governo, eu não tinha como provar nada disso."

— Acha que os homens que resgataram Finley eram da CIA? — Dana perguntou.

— Provavelmente. Alguém pagou por aquele navio. A empresa de Finley, a DA Enterprises, é fachada. Tenho certeza de que ela foi criada para comprar o *China Sea* e financiar a operação de contrabando do haxixe. Mas quem bancou tudo isso? Eu aposto na CIA. Os passaportes e identidades falsos apontam para a mesma conclusão.

— Está se referindo às coisas que foram encontradas na mochila de lona?

Mary fez um sinal afirmativo com a cabeça.

— Enquanto eu me preparava para o primeiro julgamento de Sarah, ela me disse alguns nomes que ouviu Finley mencionar: Dennis Lang, Larry Kester e Orrin Hadley. Na mochila de lona que foi encontrada com o corpo de Finley havia diversos passaportes e identidades falsos. Lang, Hadley e Kester eram pseudônimos usados por Finley. Ele poderia ter comprado os passaportes e as identidades na rua, mas um perito que eu contratei para analisá-los me disse que eram trabalho de primeira. Ele não podia jurar que só uma agência governamental seria capaz de fazer cópias tão autênticas, mas elas pareciam ser o tipo de coisa que a CIA seria capaz de produzir.

"Foi por isso que fiz o pedido das descobertas. Se pudesse provar que Finley estava ligado ao contrabando de drogas ou aos terroristas, ou à CIA, eu teria um argumento viável afirmando que outra pessoa o matou, e não Sarah. Mas parei de investigar quando o primeiro caso de Sarah foi anulado, e, como eu disse, fui obstruída quando voltei a investigar, depois do segundo indiciamento. O ataque aos privilégios de segredo de Estado é a pedra fundamental de nosso pedido à Suprema Corte.

– Algo mais em que consiga pensar que eu devesse saber? – Dana perguntou.

Mary fez menção de dizer alguma coisa, mas parou.

– Sim? – Dana incentivou.

– Bem, aconteceu mais uma coisa estranha durante o segundo caso, mas eu acho que isso não teve, diretamente, nada a ver com o caso de Sarah. Por outro lado, você pode querer usar isso para apimentar seu artigo.

"Max Dietz cuidou da acusação de Sarah da primeira vez. Ele julgou às pressas. Depois, escondeu informações que a lei o obrigava a entregar para a defesa. Ele foi repreendido pelo promotor. Logo depois, desapareceu."

– Simplesmente sumiu?

Mary fez que sim com a cabeça.

– Isso aconteceu algumas semanas antes das moções do caso de Sarah. A última pessoa a vê-lo foi sua secretária. Ele pediu que ela lhe desse algumas intimações em branco e as levou para seu escritório. Saiu pouco depois e, desde então, não foi mais visto.

– Alguma ideia do que aconteceu?

– Ele andava muito deprimido porque havia sido tirado da Homicídios depois do primeiro julgamento, e a teoria mais aceita é a de que cometeu suicídio depois de ter sido repreendido por esconder provas escusatórias de mim. Mas isso é só uma teoria. Nunca encontraram o corpo.

– Tenho um último pedido. Acha que seria possível eu conversar com Sarah?

– Vou perguntar, mas é ela quem decide.
– Ótimo.
– Diga-me onde está hospedada. Assim que Sarah me disser se deseja vê-la, eu a avisarei.

Dana disse a Mary o nome do hotel e o número do apartamento.

– Mais uma coisa: Oswald e Swanson ainda trabalham na polícia de Shelby?

Garrett balançou a cabeça. Parecia triste.

– Os dois estão mortos.

– O quê?

– Pouco antes do segundo julgamento, eles atenderam um chamado de emergência envolvendo um roubo que estava acontecendo em uma loja de conveniência e foram mortos a tiros pelos ladrões.

– Alguém foi preso?

– Não. Não houve testemunhas, e a funcionária foi morta também.

– Uma coincidência interessante, não acha?

– Você quer dizer que todas as testemunhas do que aconteceu no *China Sea* estão mortas ou desaparecidas? Pensei nisso, mas não vi nada que me leve a crer que elas foram assassinadas por causa do que viram no navio.

– Agradeço por ter me concedido seu tempo, Srta. Garrett, e posso dizer que fez um bom trabalho, embora tenha encontrado um muro de tijolos pela frente.

– Eu não sei se fiz um trabalho tão bom. Sarah está no corredor da morte. Mas, quanto ao muro, você está certa. Alguém não quer que o que Finley estava fazendo venha a público, e não virá, a menos que a Suprema Corte dos Estados Unidos decida o contrário.

Capítulo 43

Quando Daphne Haggard abriu a porta de casa, foi envolvida por um aroma de ervas e temperos. Seu marido era carinhoso, atencioso e ótimo na cama, mas ela sempre dizia às amigas que Brett a seduzira com sua maestria na cozinha. Daphne gostava de pensar que era atenciosa e boa de cama, mas todos sabiam que ela não sabia fritar um ovo. A paixão de Brett era a comida, e seus horários flexíveis de professor permitiam que praticasse seu *hobby* com frequência. Daphne nunca sabia qual delícia culinária a aguardava ao chegar em casa. Os aromas divinos a atraíram para a cozinha. Brett estava de costas e ela passou os braços em torno dele, dando-lhe um beijinho no rosto.

— Fora, mulher — ele grunhiu. — Não vê que estou trabalhando?

— Que cheiro é esse? — ela disse, dengosa.

— Conjurei uma das antigas clássicas — disse Brett. — Frango *marbella*. O cheiro que você sente é orégano, ameixas, alho. Ficou marinando na geladeira a noite toda.

— Parece dos deuses, e eu ainda nem tomei café da manhã.

Brett virou a cabeça.

— E o almoço?

— Uma fatalidade no tráfego da Rua Wentworth quando eu estava indo para o Elsie's Café. Estou faminta.

— Aguente mais vinte minutos. Valerá a pena — Brett garantiu-lhe.

Daphne ia responder quando o celular que ela usava para assuntos policiais tocou. Ela o tirou do bolso da jaqueta e foi para a sala, agradecida por algo tê-la distraído do ronco em seu estômago.

— Detetive Haggard.

— Aqui é Amal Shastri, ligando dos escritórios da Orthosure, em Omaha.

Daphne tinha um amigo em Princeton que era um indiano de classe superior, e o sotaque britânico de Shastri, com suas vogais suprimidas, fez com que ela se lembrasse dele.

— Obrigada por retornar meu telefonema, Dr. Shastri — disse Daphne.

— Eu estava em uma conferência em Nova York — disse o presidente da Orthosure. — Só voltei hoje, senão teria retornado a ligação antes. Fiquei intrigado. Sua mensagem afirma que trabalha como detetive de homicídios?

— Sim, senhor — ela disse. — Trabalho no Departamento de Polícia de Inverness, em Wisconsin, e esperava que o senhor pudesse me ajudar a resolver um mistério.

— Parece emocionante. Como posso fazer isso?

— Inverness é uma cidade universitária na parte norte do estado. A área que cerca o *campus* é muito densa em florestas. Há algumas semanas, uma aluna encontrou os restos de uma coxa humana.

— Deus do céu!

— Ela ficou muito abalada. Estávamos prestes a começar a procurar outras partes do corpo quando tivemos uma onda de tempo ruim. Eu não tinha muitas esperanças quando a tempestade passou, mas felizmente encontramos a outra coxa. O legista a radiografou. Em algum momento de sua vida, a vítima tinha quebrado a perna, e havia um aparelho ortopédico, uma placa de aço inoxidável, que foi inserida para estabilizar a fratura. Quando examinamos a placa, descobrimos que a marca era Orthosure e obtivemos o número de série. Se eu lhe der o número, poderia identificar o paciente?

— Eu, não; mas o cirurgião que inseriu a placa, sim.

– Como podemos encontrá-lo?
– Nossos registros me dirão qual hospital fez o pedido da placa. Parte do número de série nos diz o ano em que ela foi expedida. O hospital pode dar-lhe os nomes dos ortopedistas que operaram naquele ano. Você teria que entrevistá-los, mas deve haver um adesivo da placa com o número de série anexado às anotações do cirurgião. Ele estaria no histórico do paciente.
– Que ótimo.
– Qual é o número de série? – Shastri perguntou.
– 05-8L9765G.
– Muito bem, isso afunila um pouco. O 05 significa 2005, então o ano é esse. Pedirei que minha secretária lhe telefone informando o nome do hospital.

Daphne agradeceu a ajuda de Shastri e desligou. Depois, sorriu. Shastri tinha razão: desvendar mistérios era emocionante. Era, de longe, muito melhor do que lidar com arruaceiros bêbados e brigas domésticas. E a pequena Inverness tinha um mistério classe A nas mãos. Também parecia que ela estava um passo mais próxima de descobrir a identidade da vítima, o que poderia acontecer a qualquer hora. Engula essa, Jessica Fletcher, Daphne pensou. A exímia detetive Daphne Haggard está perto de resolver *O caso da perna decepada*.

Capítulo 44

O policial Earl Moffit fora testemunha do caráter de Sarah Woodruff durante a fase de penalidade de seu julgamento, e Mary Garrett o havia recomendado como alguém para conversar sobre o histórico dela. Quando Dana entrou na Starbucks da Pioneer Square, notou um homem usando jeans e uma jaqueta com o logo do Seattle Mariners bebericando café com leite em uma mesa de canto. O homem parecia ter trinta e poucos anos. Tinha olhos azuis, cabelo preto desgrenhado e corpo esguio e atlético, combinando com a descrição dada por Mary Garrett. O café com leite era a única coisa que fez Dana hesitar. Na Costa Leste, os tiras funcionavam movidos a café preto forte, e Dana relutava em aceitar o fato de que os policiais da terra da Starbucks tomassem essas bebidas levinhas.

– Policial Moffit? – Dana perguntou.

Quando o homem fez um sinal positivo com a cabeça, Dana sentou-se na cadeira diante dele.

– Obrigada por me encontrar – ela disse.

– Mary falou bem de você. Ela é um dos poucos advogados de defesa em cuja palavra eu confio.

– Entendo o que quer dizer – disse Dana. – Eu fui policial na capital federal.

– Mary me disse que você era repórter. Por que saiu da força?

Era a pergunta que ela temia.

– Fui ferida em ação – Dana disse, dando a Moffit a resposta sem graça que normalmente satisfazia quem perguntasse por que ela não era mais policial.

— Era parceiro de Sarah? — Dana continuou, esperando desviar qualquer outra pergunta sobre os motivos que a fizeram sair da polícia.

Moffit fez que sim.

— Por três anos.

— Vocês deviam se dar bem.

— Nós nos dávamos, sim. Sarah queria ser detetive, mas era boa na rua. Ela lidava com situações tensas muito bem, e conseguia ser dura quando tinha que ser.

— Pode me dar um exemplo?

— Claro — disse Moffit. Depois ele riu. — Tínhamos atendido um chamado de violência doméstica e encostamos o carro num chalé que não via uma pintura desde o Dilúvio, com um quintal coberto de mato. Ouvimos os gritos assim que saímos do carro. Bati na porta e enunciei que éramos policiais, mas a gritaria não parou, então tentamos abrir a porta. Não estava trancada.

"Quando entramos, uma mulher que parecia pesar uns 150 quilos estava xingando muito em espanhol — eu não entendia nada — um sujeito que tinha sangue jorrando do nariz e um corte debaixo do olho. O sujeito tinha tatuagens no corpo todo e usava camiseta regata.

"O cara não era tão grande, mas parecia que malhava, e estava furioso. Imediatamente imaginei que tivesse batido nela, e me posicionei entre os dois, com as costas para a mulher. Eu estava empurrando o sujeito quando ouvi um movimento atrás de mim. O sujeito fez uma expressão horrível e começou a gritar em espanhol. Sarah traduziu para mim quando saímos de lá. O cara gritou: "Cuidado!". Então eu ouvi um estalo, como uma tábua quebrando, e o sujeito correndo direto para mim. Eu o agarrei e rolamos no chão, então não vi o que estava acontecendo.

"Foi nesse dia que eu aprendi a esquecer os estereótipos. A mulher é que batia no cara. Ela surrava o marido regularmente. Mas, quando o empurrei, ela quis protegê-lo e veio direto para mim com uma faca de cortar carne. O estalo que ouvi foi o pulso dela quebrando onde Sarah o atingiu com a coronha do revólver. O outro estalo foi o joelho da mulher cedendo. Sarah é muito boa em defesa pessoal. Além dessa mulher, eu já a vi dominar dois homens que eram muito mais pesados do que ela.

– Ela parece alguém bom de ter do nosso lado – Dana disse.

– Com certeza.

– Também parece alguém que seria capaz de matar.

Moffit deu um gole na bebida e refletiu um pouco sobre o comentário de Dana. Quando respondeu, parecia muito sério.

– Sarah poderia matar, mas não creio que tenha matado.

– Conte-me um pouco sobre a personalidade dela.

– Sarah é muito dura, decidida, e gosta de desafios. Ela faz paraquedismo, escala montanhas.

– Ela gosta de correr riscos?

– Sim, mas não é maluca. Ela me levou até o Monte Hood no primeiro ano em que trabalhamos juntos, e tomou todas as medidas de precaução.

– Ela corria riscos na rua?

– Não. Eu teria requisitado outro parceiro se achasse que ela era imprudente. Mas ela gostava da ação. Eu lido bem com a ação, mas não ficaria chateado se nunca mais me envolvesse em uma situação perigosa. Acho que ela preferia situações tensas.

– Então ela era uma boa policial? – Dana perguntou.

Moffit deu outro gole em seu café.

– Sim, em geral. Ela pegava alguns atalhos às vezes, mas eu sempre me senti confortável andando com ela.

– Alguma vez ela fez algo ilegal?

– Está me perguntando se ela era corrupta? – Moffit parecia ofendido.

– Estou só perguntando.

– Não, ela era honesta. Nunca a vi fazendo nenhuma malandragem.

– Sarah alguma vez falou de John Finley?

Moffit fez que sim.

– Quando ele se mudou para Portland.

– O que ela disse?

– Ela me contou como o conheceu, depois que escalou aquela montanha na América do Sul, e como ele apareceu aqui.

– Mary tentou colher provas de que John Finley era agente do governo. Ela chegou a dizer algo sobre isso?

– Não para mim.

– Acho que fiz todas as perguntas que tinha para fazer. Tem mais alguma coisa que queira me dizer?

– Só que não acho que foi ela. Tudo o que eu sei aponta para fantasmas. Finley parece que estava metido em mistérios que a maioria das pessoas comuns nem imagina que existem.

Capítulo 45

A Instituição Correcional Feminina Willamette Valley fora escolhida pelo Departamento da Corregedoria do Oregon para abrigar prisioneiras no corredor da morte. Sarah Woodruff tinha a dúbia honra de ser a primeira e única residente da instituição que aguardava a execução. Uma cerca de alambrado coberta por arame farpado rodeava os prédios rebaixados de cor amarelo-pastel. Uma estrada de serviço circundava a prisão, e o lote diante dela havia sido desmatado e limpo. Quem tentasse escapar ficaria visível aos guardas até chegar às sempre-vivas que cresciam uns 700 metros adiante da cerca. Ao longe, pequenas colinas verdes e um amplo céu azul.

Dana estava sendo esperada. Depois de se registrar na entrada e passar pelo detector de metais, uma guarda a conduziu pelos corredores da prisão para a sala de visitas sem contato, onde ela esperou pela mais famosa prisioneira da instituição. Quinze minutos depois, uma grossa porta de metal se abriu do outro lado do vidro à prova de balas e Sarah Woodruff entrou arrastando os pés, metida em um macacão largo e usando algemas. Tinha a tez descorada, resultado da comida com muito amido oferecida na instituição e da falta de sol, mas a ex-policial mantinha a altivez, apesar de sua deprimente situação atual. Dana ficou contente em ver que a prisioneira mantinha a dignidade.

Woodruff encarou Dana com cautela enquanto a guarda tirava suas correntes. Quando a guarda saiu, ela se sentou em uma cadeira de plástico de cor laranja e pegou o fone preso à parede.

– Obrigada por me receber – Dana falou em um fone idêntico.

– Você é repórter, certo?

Dana fez que sim com a cabeça.

– E está aqui para escrever um artigo sobre o meu caso?

– Sim. Achamos que é possível angariar apoio para sua causa permitindo que os leitores saibam como o governo impediu que você tivesse um julgamento honesto.

– Vocês podem ganhar dinheiro com os jornais que venderem, também – disse Sarah.

– Também. Jornalistas também precisam comer.

– Espero que me explorar engorde vocês, Srta. Cutler.

Dana achou interessante que Sarah não tivesse feito nenhum esforço para mascarar seu cinismo, embora Mary Garrett devesse ter dito a ela que Dana estava lá para ajudar. Era um bom sinal Woodruff não tentar manipulá-la. Ela olhou diretamente pelo vidro e fixou o olhar no de Woodruff.

– Vender jornais põe comida no meu prato. Isso não quer dizer que eu não ache que acabaram com você. Estou nesta pelo dinheiro e porque acho que você foi tratada de modo injusto.

– Mary disse que você foi detetive da polícia de Washington. Onde trabalhava?

– Na Narcóticos. Agora sou repórter investigativa. Muitas habilidades são iguais. A grande diferença é que não posso usar uma mangueira de borracha para fazer as pessoas falarem comigo.

Sarah não riu da piada.

– Eu queria ser detetive – ela disse. – Esse sonho terminou no instante em que fui presa.

Dana inclinou-se para a frente.

– Queremos ajudá-la a conquistar sua vida de volta, e o primeiro passo é um novo julgamento. Existem muitas perguntas sem resposta no seu caso. Principalmente as que envolvem as agências de inteligência. Com esperança, a Srta. Garrett terá respostas para elas se a Suprema Corte revisar o seu caso na questão da segurança nacional.

— Foi aí que eu me danei — disse Woodruff, mal conseguindo conter a raiva. — O governo nos apagou. Invocaram aquela besteira de segredo de Estado e eu não tive nenhuma chance.

— Por que acha que o governo teve tanto trabalho para que a verdade não viesse à tona?

Sarah deu um riso amargo.

— É fácil. Consegue imaginar o alvoroço que seria se o público descobrisse que o governo está contrabandeando drogas? Alguém em algum lugar está morrendo de medo do que poderia acontecer se a verdade sobre o *China Sea* se tornar pública. Tenho certeza de que John foi morto pela CIA porque ele podia provar que o haxixe do *China Sea* foi contrabandeado por eles.

— Antes que eu lhe pergunte sobre os fatos de seu caso, gostaria de falar um pouco sobre sua infância e como acabou entrando para a polícia?

— Por que precisa saber disso?

— Estou escrevendo um artigo que espero que vá ajudá-la a conseguir um novo julgamento, então tenho que fazer com que os leitores a vejam como uma pessoa real.

— Prefiro não falar do meu passado. Não pode pegar isso tudo com a Mary? Ela pediu que eu escrevesse uma autobiografia para a fase de determinação da sentença.

— Preciso ouvir de você: como *você* vê a sua vida; não como uma perita em testemunhos a dissecou. Nossos leitores só sabem que você é uma assassina condenada.

— Nada do que eu diga vai enternecê-los. Minha vida pregressa não foi muito bonita. Tive sorte de escapar inteira.

— Houve um depoimento sobre abuso durante a fase de determinação da sentença.

— É. Foram só algumas lembranças de quando eu era bem pequena, com meu querido papai, que deve estar apodrecendo no inferno.

— Quanto tempo durou?

— Até ele morrer, o que felizmente aconteceu quando eu tinha nove anos. Ele era caminhoneiro. Houve um engavetamento em uma estrada congelada em Montana. Ouvi dizer que ele foi queimado vivo. Espero que seja verdade.

Woodruff fez uma pausa e recobrou a respiração. Dana aguardou para perguntar sobre a mãe de Sarah.

— Viver com aquele miserável tinha um preço. Ele batia nela quando estava em casa. Ela era um zero à esquerda. Nunca me protegeu, nem quando eu disse o que estava acontecendo. Ela gritou comigo, disse que eu estava mentindo. Ela passava a maior parte do tempo bêbada, e bebia tanto que desmaiava quando ele chegava em casa, para poder alegar que não sabia o que estava acontecendo. Fugi de lá assim que pude.

Dana consultou suas anotações.

— Você fugiu várias vezes.

— Eles me traziam de volta e eu planejava minha próxima fuga. Quando fiz dezesseis anos, fui embora de vez. Eu tinha ouvido falar que o Oregon era um bom lugar para ir, e foi assim que vim parar aqui. Menti sobre minha idade. Isso foi fácil. Eu sempre pareci mais velha do que sou. Consegui um emprego como garçonete e logo descobri que servir mesas não era o que eu queria fazer a vida toda. Então fiz o supletivo, a faculdade comunitária, consegui uma bolsa da Portland State, e de lá fui para a academia de polícia.

— Costuma falar com sua mãe? — Dana perguntou.

— Ela morreu. Descobri por acaso. Depois que fui embora, nunca mais telefonei, e, pelo que eu sei, ela nunca tentou entrar em contato comigo.

— O que a fez escolher uma carreira numa agência de aplicação da lei?

— Poder prender cafajestes como o meu pai — Sarah respondeu, sem hesitar.

Dana não conseguia deixar de admirar a força de Woodruff. Ficou impressionada com a capacidade de Sarah de manter a dignidade em meio ao isolamento e desespero que devem estar presentes a todo instante no corredor da morte, e começava a gostar daquela mulher. Mas, antes de se empolgar, Dana lembrou a si mesma que, sob as devidas circunstâncias, até mesmo mulheres de bom caráter podiam matar.

Dana passou mais vinte minutos sondando o terreno antes de fazer a Sarah a primeira pergunta sobre o incidente que lhe valera a pena capital.

— Eu li a transcrição de seu primeiro julgamento e tenho um quadro bem completo do que ocorreu da primeira vez que foi acusada de matar John Finley. Gostaria que me contasse o que aconteceu na noite em que ele foi realmente morto.

— Bem, foi interessante. Era como se eu estivesse repetindo aquilo. Eu estava dormindo e fui acordada por um barulho. Peguei minha arma, desci a escada e lá estava John, com cara de culpado. Eu queria matá-lo. Queria mesmo, por tudo o que ele me fez passar.

— E matou? — Dana perguntou.

— Não, não matei — Woodruff respondeu sem vacilar. — John estava vivo quando saiu da minha casa.

— Ele lhe disse por que entrou na casa?

— Sim. Ele me contou tudo.

— Por quê?

Woodruff sorriu.

— Quando eu desci, estava furiosa. Dei um tiro para o chão. Ele viu como eu estava brava e ficou tentando desesperadamente me convencer a não atirar nele, contando-me a história dele para me distrair e me convencer de que não tivera opção quando me deixou ir a julgamento.

— Por que ele voltou para a sua casa? Ele devia saber que você não ficaria muito contente em vê-lo.

– Ele estava fugindo, e precisava das identidades e dos passaportes falsos que estavam na mochila de lona dele.
– A que foi encontrada com o corpo?
Woodruff fez que sim.
– Ele tinha escondido a mochila na minha casa na noite em que foi raptado. Eu não sabia de nada até ele me contar.
– Qual foi a versão dele sobre o que houve no *China Sea*?
– John era o capitão do navio. Ele estava usando um nome falso, e a tripulação o conhecia como Orrin Hadley. John me disse que o *China Sea* se encontrou com um cargueiro que veio de Karachi, no Paquistão, com um carregamento de haxixe. Os paquistaneses transferiram a carga para o *China Sea* em alto-mar. O haxixe deveria ser descarregado no píer de Shelby, onde o navio estava ancorado.

"Na noite em que foi sequestrado, um tripulante chamado Steve Talbot matou todos os membros da tripulação e tentou matar John. John teve sorte e matou Talbot em uma troca de tiros. Ele presumiu que Talbot estivesse atrás do haxixe e percebeu que ele não poderia estar agindo sozinho porque era muita coisa para um único homem tirar do navio. Ele sabia que tinha que ir embora antes que os cúmplices de Talbot chegassem. Pegou sua mochila de lona e fugiu.

– Por que ele a escondeu em sua casa, para começar?
– John foi ferido na troca de tiros no navio e precisava de ajuda. Ele veio até a minha casa porque eu era a única pessoa em quem ele achava que podia confiar. Ele esperava que eu o ajudasse e ficasse de bico calado, por causa do relacionamento que havíamos tido.
– Você disse que John estava fugindo na noite em que foi realmente morto – Dana disse.
Sarah confirmou, com um sinal de cabeça.
– De quem ele estava fugindo?
– Eu nunca descobri.

— O que houve quando ele chegou a sua casa na noite em que foi sequestrado? Estou falando da primeira vez.

— Ele tinha morado comigo e ainda tinha a chave. Ele escondeu a mochila assim que entrou na casa. Depois, ele pretendia subir a escada. Ia até o meu quarto me acordar para que eu pudesse ajudá-lo com o ferimento. Ele estava na metade da escada quando os dois homens entraram e o atacaram. Foi nesse momento que eu desci e fui nocauteada.

"John me disse que foi trancado no porta-malas de um carro e levado para um lugar onde os homens planejavam matá-lo. Foi tirado do porta-malas e forçado a ficar de joelhos. John tinha certeza de que morreria. Foi então que o homem que estava atrás dele caiu e derrubou John no chão. Ao cair, ele viu a cabeça do outro homem explodir. Momentos depois, vários homens apareceram e tiraram-lhe as amarras. Eles eram da CIA. John me disse que a operação de contrabando era dirigida pela CIA."

— Como a CIA sabia para onde os sequestradores haviam levado Finley?

— A Agência mantinha o *China Sea* sob vigilância desde que ele ancorou, mas os homens que estavam de vigia não perceberam o que havia acontecido no navio. Quando ouviram tiros e viram John pegar o carro e fugir, seguiram-no até a minha casa. Depois, ouviram mais tiros e viram quando os sequestradores saíram levando John. Eles os seguiram e o resgataram. John foi levado para um lugar seguro, onde seus ferimentos foram tratados. Quando se recuperou, ajudou a organizar a venda do haxixe.

— John lhe contou para quem seus sequestradores estavam trabalhando? — Dana perguntou.

— Ele achava que Steve Talbot estava negociando com um cartel de drogas mexicano e que ele provavelmente não percebeu que a CIA estava por trás da operação de contrabando. As pessoas que tentaram matar John faziam parte desse cartel.

— Por que John esperou tanto tempo para reaparecer?

— Tudo o que aconteceu no *China Sea* foi acobertado para que as pessoas que iam comprar o haxixe de John não soubessem sobre as mortes no navio e sobre a tentativa de roubar a mercadoria por parte do cartel. John ficou disfarçado durante a maior parte do tempo em que eu fiquei presa e fui julgada. Ele me disse que teria se apresentado, mas que não podia arriscar expor seu disfarce. Disse que insistiu em me inocentar assim que o negócio foi feito.

— Sua vizinha contou à polícia que ouviu uma discussão na noite em que Finley morreu. Vocês discutiram? — Dana perguntou.

Woodruff confirmou.

— A certa altura, começamos a gritar um com o outro.

— Você disse a todo mundo que atirou uma vez para o chão antes de perceber que era John que tinha entrado na sua casa.

— Isso mesmo.

— Sua vizinha pensou ter ouvido dois tiros.

— Ela se enganou. Uma única bala foi tirada do chão da entrada. Não fiz outro disparo.

— Como explica a coincidência de a arma do assassino ser a arma que estava ligada a um de seus casos?

Woodruff olhou diretamente para Dana.

— Lembre-se de com quem você está lidando. As pessoas que querem que esse assunto morra controlam a agência de inteligência mais poderosa do mundo. Se elas quiserem que eu seja o bode expiatório para o assassinato de John, você acha que seria muito difícil para elas roubar uma arma de uma sala da polícia?

— Entendo o que quer dizer. Mary lhe falou sobre os homens que foram encontrados na estrada de terra?

— Sim. Mary me mostrou a autópsia e as fotografias da cena do crime. Só vi o homem de jaqueta de couro, muito de relance, antes de me baterem e de eu ficar inconsciente; minha memória dessa briga é muito vaga, mas um dos homens poderia ser o que estava brigando com John.

— Houve boatos de que traficantes de drogas estavam atrás de um quarto de milhão de dólares que Finley estava usando para financiar a operação de contrabando. John disse alguma coisa sobre isso?

Woodruff franziu a cara. Depois, balançou a cabeça.

— Mary mencionou isso, mas John, não. Se ele tinha todo esse dinheiro, não teria interesse em que ninguém soubesse, certo? Acho que ele poderia estar na mochila de lona. Não vi o que havia dentro dela. E ele estava bem quando me contou o que havia acontecido. Eu o peguei entrando em casa e atirei para o chão. Ele devia estar preocupado, com medo de que eu pudesse matá-lo, porque viu como eu estava brava. John foi vomitando tudo o que me contou. Não foi um relato organizado como eu contei a você. Ele ficava dizendo as coisas o mais rápido que conseguia para me convencer a deixá-lo ir embora.

— Acha que ele inventou o que disse para você porque estava desesperado? A história da CIA poderia ter sido inventada?

— Se foi, quem o matou?

— E se a operação de contrabando foi ideia de John ou ideia de alguém com quem ele trabalhava e que não tinha nenhuma ligação com a inteligência americana?

— Você está esquecendo os homens da Homeland Segurança que fizeram o *China Sea* e o haxixe desaparecerem.

— Eles podem ter fingido ser da Homeland Segurança para que ninguém os questionasse quando levassem o haxixe. Podemos estar lidando com duas gangues diferentes de traficantes.

— Dana, eu não sei quem matou John. Apenas imagino quem tenha sido. Só tenho certeza de que não fui eu.

— O *Exposed* vai fazer a maior pressão que puder na Suprema Corte para que enviem seu caso a um novo julgamento e lhe deem a chance de provar isso.

– Se não fizerem isso, quero morrer o mais cedo possível.
– Não perca a esperança.
A determinação que cobria os traços de Sarah desapareceu, e ela ganhou um ar cansado.
– Não tenho nenhuma esperança, Dana. Só tenho dias muito longos, que começam e terminam do mesmo jeito. Você tem ideia do que é sentar em uma pequena cela o dia todo sem nada para mantê-la ocupada além de seus pensamentos? Eu tinha uma vida. Eu escalei montanhas que penetravam nas nuvens. Eu mergulhei no espaço, flutuando feito uma águia. Agora eu vejo o céu uma vez por dia durante meia hora. Só tenho a sólida perspectiva de que morrerei por algo que não fiz.

Durante a viagem de volta a Portland, Dana não conseguia parar de pensar em Sarah Woodruff. Tudo acerca dela era impressionante: o autocontrole diante de tanta adversidade, o modo como superou os traumas da infância e se tornou alguém quando seria bem mais fácil desistir, e o modo como confrontou Dana, quando outra pessoa a teria bajulado para pedir um favor. Dana sabia do perigo de tirar conclusões sobre culpa ou inocência. Ela não estava na casa de Sarah na noite em que Finley fora assassinado, mas não conseguia parar de sentir que, se tivesse estado, teria visto Finley sair de lá com vida.

Culpada ou inocente, Dana achava difícil acreditar que um júri a condenaria se soubesse de todos os fatos. Certamente teria havido uma dúvida razoável na mente de um jurado justo que ficasse sabendo sobre o *China Sea* e os traficantes que foram encontrados mortos na floresta. Ela esperava que o *Exposed* pudesse levantar poeira suficiente para influenciar a opinião pública, e rezava para que sua investigação ajudasse a tirar Sarah Woodruff do corredor da morte.

Capítulo 46

Dana não podia acreditar que Monte Pike era o principal promotor-adjunto criminal do gabinete da promotoria de uma grande metrópole. Ele parecia mais um estudante de ensino médio que um advogado formado: nenhuma peça de roupa combinava, e seu cabelo ia para todas as direções, como os participantes apavorados de uma corrida de touros. Se Pike lhe dissesse que era cego e havia se vestido sozinho, Dana teria aceitado a explicação. Dana também sabia que a aparência de Pike era enganadora. Mary Garrett lhe contara que ele se formara em Harvard e que tinha a reputação de ser brilhante e justo, mas também um adversário obstinado.

– Obrigada por me receber, Sr. Pike.

– Não é sempre que fico conhecendo uma celebridade. Bom trabalho o do caso Farrington. É preciso coragem para ir contra o presidente.

– Não tive muita escolha.

– Mesmo assim, a maioria das pessoas teria se enfiado num buraco e jogado terra por cima na sua situação. Em que posso ajudá-la?

– Como eu disse à sua secretária, estou fazendo alguns trabalhos para o *Exposed*, e fui designada para escrever sobre o caso *Woodruff*.

Pike sorriu.

– Não me surpreende. Ele envolve conspirações, assassinos da CIA, sem falar dos traficantes mexicanos e dos navios fantasmas.

E, como os outros assuntos favoritos de seu jornal: o Abominável Homem das Neves, ETs, o monstro do Lago Ness, a defesa de Woodruff é uma completa história de ficção.

– Está dizendo que o *China Sea*, os cinco homens mortos e o haxixe nunca existiram?

Pike deu risada.

– O navio e os homens mortos devem ser reais. Quanto ao haxixe... – Pike deu de ombros. – Nunca teremos certeza. Não, é a defesa que é uma obra de ficção. Sarah Woodruff matou John Finley e o largou no parque. Ninjas e assassinos mexicanos não tiveram nada a ver com isso. Faz parte da cortina de fumaça habilmente construída por Mary Garrett.

– Você parece bem seguro sobre o que está dizendo.

– E você deve estar pensando que sou um desses promotores bestas que decidem quem é o bandido e depois pegam e escolhem as provas, descartando tudo que não se encaixa em sua teoria, mas não sou. Mary e eu tivemos essa conversa da primeira vez que ela me contou o que Oswald tinha visto. Assumi uma posição dura perante ela, mas verifiquei cada pequena prova do caso assim que ela saiu de meu escritório.

"Eu levo minha posição muito a sério. Nunca, nunca mesmo, quero condenar uma pessoa inocente. Só não acho que Sarah Woodruff se encaixe nessa categoria. Se quer saber por quê, leia meu pronunciamento final no julgamento dela. Eu nunca tentei ganhar sendo o advogado mais teatral. Eu ensino, Srta. Cutler. Meus julgamentos são seminários sobre um determinado incidente, nos quais eu explico ao júri por que ele deve condenar com a consciência clara. Acredite em mim: se você descobrir provas que mudem minha opinião sobre a culpa de Woodruff, vou estar no gabinete do juiz naquele mesmo dia pedindo o adiamento da execução."

Dana tinha visto muita gente fazer pronunciamentos que atendiam às próprias necessidades, mas percebeu que Pike estava sendo sincero.

– Eu li o seu pronunciamento final. Na verdade, li a transcrição do julgamento da Srta. Woodruff antes de vir para cá. Mas cheguei a uma conclusão diferente sobre as provas que o senhor excluiu. Acho que os jurados seriam as pessoas adequadas para decidir sobre sua relevância. Toda essa história do *China Sea* cheira a negócios ilícitos, e as pessoas que fazem esse tipo de transação não hesitariam em matar John Finley se o considerassem uma ameaça.

– Penso que temos que concordar para discordar. Além disso, não fui eu quem invocou o privilégio de segredo de Estado, ainda que tenha concordado com seu uso. Foram os federais.

Dana viu que não tiraria mais nada de Pike, então mudou de assunto.

– Eu soube que Max Dietz, o promotor que levou a Srta. Woodruff a ser julgada pela primeira vez, desapareceu.

Pike parou de sorrir.

– É verdade.

– Existe alguma informação recente sobre o que aconteceu com ele?

– O carro dele foi recuperado no aeroporto, mas não levou a nenhuma pista do que aconteceu com ele. Alguns pensam que ele pegou um avião para qualquer lugar porque estava deprimido, mas eu acho que não. Nenhuma das contas dele foi tocada, e os cartões de crédito não foram usados, então do que ele estaria vivendo?

– E quanto aos 250 mil dólares que Finley deveria estar levando?

– É, ouvi esse boato. O problema é que ninguém viu esse dinheiro. Duvido que ele tenha existido. E, se existiu, os sequestradores ou as pessoas que resgataram Finley devem estar com ele, e não Max Dietz.

— Onde Dietz foi visto pela última vez?
— Em seu escritório. Ele pediu à secretária algumas intimações. Ela trouxe algumas e pouco depois ele saiu. A secretária disse que ele parecia animado.
— Sabe por que ele queria as intimações?
— Não.
— Encontraram alguma pista sobre o desaparecimento de Dietz na casa ou no escritório dele?
— Nenhuma.
— O que aconteceu com os pertences dele?
— Estão guardados em um armazém onde mantemos provas de casos em aberto.
— Será que eu poderia vê-los?
— Por quê, acha que eles têm algo a ver com *Woodruff*?
— É só curiosidade.
— Você sabe que ele não estava cuidando do caso.
— Foi o que me disseram.
— Então não é provável que o desaparecimento dele tenha algo a ver com a sua história.
— Acho que não, mesmo. — Dana levantou-se. — Agradeço por ter me recebido.
— O prazer foi meu. E eu não estava brincando. Se você descobrir alguma coisa que inocente Woodruff, não deixe de me informar. Mandar alguém para o corredor da morte é uma responsabilidade imensa. Eu não conseguiria viver em paz se fosse responsável pela execução de um inocente.

Assim que Dana saiu do Tribunal do Condado de Multnomah, verificou a lista de coisas para fazer que havia escrito na última página de seu caderno. Tinha conversado com todas as pessoas que planejara, e só faltava uma coisa para fazer.

Dana havia reservado um voo noturno saindo do aeroporto internacional de Portland, mas ainda tinha várias horas para chegar ao aeroporto. Fez as malas e o *check-out*. Depois, foi falar com o porteiro. Ele informou que ela levaria 45 minutos para ir de carro até Shelby. Ela programou seu GPS com o endereço do armazém e pegou a Rodovia 30 na direção de Astoria. A rodovia acompanhava o rio Columbia e ofereceu a Dana uma visão contínua das escarpas castanhas e verdes do estado de Washington na margem distante.

Na viagem, Dana repassou tudo que ficara sabendo durante sua permanência no Oregon. Quando entrou no estacionamento do armazém, concluiu que a única informação nova que conseguira se referia ao desaparecimento de Max Dietz e às mortes de Jerry Swanson e Tom Oswald. O desaparecimento e as mortes eram suspeitos, mas nenhum fato os ligava ao *China Sea*. E, mais importante: nada que ela descobriu mostrava uma conexão entre o juiz Price e o *China Sea*.

O sol estava começando a se pôr, e Dana tremeu de frio ao sair do carro. Não havia nenhum navio ancorado no píer; mesmo assim, ela caminhou até a margem e tentou imaginar como teria sido a cena na noite dos assassinatos.

O desconforto causado pelo vento fez com que Dana acordasse de seus devaneios, e ela foi até os fundos do armazém. Parecia deserto, mas ela o rodeou. No lado oposto ao ponto onde seu carro estava estacionado, ela encontrou uma porta com um pesado cadeado.

Dana decidiu que não havia mais nada a fazer, então voltou para o carro. Ao virar a esquina, viu um esportivo utilitário preto parado de lado no estacionamento e um homem enorme encostado em seu carro alugado. Depois de escapar do porão onde foi mantida presa, Dana nunca ia a lugar nenhum sem uma arma. A Beretta abrigada em um coldre que levava nas costas lhe trazia grande conforto. Ela a retirou do coldre antes de parar longe o bastante do homem para poder atirar nele caso fosse ameaçada.

— Faz muito frio aqui — o homem disse. Dana pensou ter ouvido um ligeiro sotaque escandinavo.
— Por que está encostado no meu carro? — ela perguntou.
O homem sorriu.
— Ouvi dizer que era durona.
— Olhe, seu babaca, não tenho tempo para conversa mole. Você pode se achar gostosão, mas eu acho você um saco. Se me conhece um pouco deve saber que não tenho problemas em matar se me sentir ameaçada. Então me diga o que quer ou caia fora.
O homem se endireitou. Todos os traços de brincadeira desapareceram do rosto dele, e seu olhar agora era tão cruel e frio quanto o de Dana.
— Diga a Patrick Gorman que não tem história nenhuma aqui.
Dana não respondeu.
— Seu namorado, Jake Teeny, está em Serra Leoa. É um lugar perigoso.
Dana engatilhou a arma.
— Cuidado com o que fala.
— Foi uma simples observação. E aqui vai mais uma: seria difícil para o *Exposed* publicar um artigo sobre o *China Sea* se o prédio do jornal evaporasse.
— Quem é você?
O homem sorriu. Depois, deu as costas sem responder à pergunta de Dana e entrou no carro. Dana permitiu. Assim que o carro sumiu, ela se encostou no seu. A menção do nome de Jake Teeny a abalara. Dana tinha perdido quase todo o medo da morte quando ficou presa. Isso possibilitava que ela fizesse qualquer coisa sem pensar nos riscos. Apaixonar-se a transformara. Ela ainda não temia por sua segurança pessoal, mas a ideia de que Jake pudesse sofrer por algo que ela fizesse a encheu de medo e a tornou vulnerável, coisa que ela odiava.
Dana deu partida no carro e voltou para a rodovia. Era irônico.

O homem a ameaçara para que ela esquecesse a história sobre o *China Sea*, mas suas ameaças fizeram com que ela percebesse que alguém ainda pensava que o incidente podia render uma grande história. A pergunta que Dana tinha de responder era quanto estava disposta a arriscar para revelá-la.

– Pat, é Dana.

– Onde você está? – Gorman perguntou.

– Estou a caminho do aeroporto de Portland para pegar o voo de volta para Washington.

– Você por acaso está trazendo o furo do século embrulhado junto com sua lingerie? – perguntou o editor.

– Não estou levando nenhum desses itens, seu pervertido.

– Tem *alguma coisa* para mim?

– O que estou investigando é coisa grande demais para discutir sem provas, e eu não consegui achar nenhuma prova positiva.

– Não precisamos de *pruevas* tão *buenas* para publicar nossas histórias – Gorman disse, com um atroz sotaque mexicano.

Dana riu.

– Se não tem uma história para mim, por que está ligando?

– Você tem contatos com conhecimento profundo do pessoal da inteligência, certo?

– Por que está perguntando isso? – Gorman perguntou, sem mais nenhuma ponta de humor.

– Fui ameaçada por alguém quando estava investigando, e quero saber o grau de seriedade da ameaça.

– Foi a agência de inteligência?

– Estou chutando que foi a CIA, mas pode ter sido a Homeland Segurança.

– Vou fazer um telefonema. Te ligo de volta.

– Obrigada, Pat. Se não fosse importante, eu não estaria pedindo.

– Eu sei, Dana. É por isso que estou disposto a cobrar um favor por você.

PARTE VI

Sósia do mal
2012

Capítulo 47

Ginny presumira que sua carga de trabalho diminuiria agora que fazia parte da equipe que preparava Audrey Stewart para a audiência congressional, mas logo ficou sabendo que havia presumido erroneamente. Cruzou sua porta de entrada às dez da noite ouvindo uma conversa premente que vinha da sala de estar. Uma das vozes era feminina e parecia conhecida. Enquanto Ginny apoiava sua pasta contra a parede da entrada, o nome "Millard Price" chegou até seus ouvidos, vindo da outra sala. Ela se esforçou para ouvir a conversa enquanto tirava o casaco. Percebeu a urgência na voz de Brad, mas não o que ele dizia. Então, ouviu a mulher dizer: "Você tem que dizer à juíza Moss que é muito perigoso mantê-lo envolvido".

– O que é muito perigoso? – perguntou Ginny, entrando na sala de estar e vendo Dana Cutler com Brad.

Eles ficaram como veados hipnotizados pelas luzes de um caminhão.

– O que é que há? – Ginny perguntou, desconfiada, quando nem Brad nem Dana responderam à sua pergunta.

– Não ouvi você entrar – disse Brad.

– Talvez tenha sido bom – Ginny respondeu. – O que vocês dois estão discutindo?

– Negócios, querida – respondeu Brad –, e é confidencial.

– Não se você estiver fazendo algo perigoso. Eu também vivo aqui. E, se tem a ver com Millard Price, talvez eu possa ajudar. Ele foi sócio da Rankin Lusk antes de entrar para o Supremo.

– Por favor, esqueça tudo o que ouviu – Brad implorou-lhe.
Ginny olhou fixamente para seu noivo.
– Isso tem a ver com o ataque à juíza Moss, não tem?
– Por que você acha isso? – Brad perguntou, com um riso nervoso.
– Porque, querido, não sou idiota. Ouvi claramente sua companheira de conspiração dizendo que você deveria dizer à sua chefe que o que você está fazendo é perigoso, e o ataque à juíza Moss é a única coisa perigosa que aconteceu no tribunal desde que começou a trabalhar lá.
– Estamos trabalhando em algo que envolve o tribunal, e é algo que Brad não pode comentar – disse Dana. – E acabo de saber de coisas que deixam claro que amadores não devem se envolver.
– É algo tão sério assim que precise envolver a polícia? – Ginny perguntou.
Dana fez que sim com a cabeça. Ginny ficou assustada.
– Siga o conselho dela, Brad.
Brad parecia querer dizer alguma coisa, mas não conseguiu.
– Estou falando sério – Ginny disse. – Você quase foi morto na garagem. Eu amo você, e não suporto pensar que sua vida pode estar em perigo.
Os ombros de Brad despencaram e ele suspirou.
– Está bem. Vocês venceram. Direi à juíza Moss que ela deve falar com Keith Evans.
– Está fazendo a coisa certa – Dana assegurou a Brad.
Ginny ficou aliviada e Dana olhou no relógio.
– É tarde – ela disse. – Eu tenho que ir. – Ela se levantou. – Foi bom vê-la de novo, Ginny. Quando Jake voltar, vamos sair juntos.
– Eu adoraria. Talvez a gente possa almoçar antes disso.
– Ótimo. Eu ligo para você.

Brad acompanhou Dana até a porta da frente e a trancou quando ela saiu.

— Vai me contar no que está envolvido? — Ginny perguntou quando ficaram a sós.

— Não posso mesmo. Tem a ver com assuntos do tribunal, e prometi que não contaria a ninguém além de Dana.

— Então você pode contar para ela, mas não pode contar para a mulher com quem vai passar o resto da sua vida?

— Não é assim. Dana está sendo paga para investigar um... problema. Estávamos conversando como contratante e contratada.

— Você está pagando a ela?

— Não posso responder a isso, e vamos encerrar o assunto, OK? Como você se sentiria se eu lhe pedisse para revelar comunicados oficiais entre você e um cliente ou exigisse que me contasse o que discutiu com um sócio em uma reunião da empresa?

Ginny podia ver que Brad estava nervoso, e sabia que ele tinha razão. Pegou nas mãos dele e olhou bem dentro de seus olhos.

— Estou preocupada porque te amo muito, e morreria se algo acontecesse com você.

Brad a tomou em seus braços. Se tivesse de escolher entre um bilhão de dólares e abraçar Ginny, sabia para onde seu coração penderia.

Em seu sonho, Brad estava no convés do *China Sea* e o navio tinha sido convertido num clube de *striptease*. Brad estava sentado em uma mesa coberta com uma toalha branca onde havia uma vela acesa, assistindo a mulheres nuas e peitudas com bunda grande saltitando em um palco elevado. Millard Price estava sentado a seu lado e usava um *sombrero* e um *poncho*. Uma mulher quase nua se aninhou no colo de Price. O juiz estava bêbado e ria enquanto enfiava notas de cem dólares no fio dental dela. Depois, a mulher se virou para Brad e enfiou os peitos na cara dele.

– Quer uma dança exclusiva? – ela perguntou, segundos antes de Brad se levantar na cama e ficar olhando para o escuro.

– O que foi? – Ginny resmungou.

– Nada – ele disse, mas a tensão em sua voz lhe dizia o contrário. – Preciso dar um telefonema.

– São três horas da manhã – Ginny disse, já totalmente desperta.

– Eu sei.

Brad pegou o celular e saiu do quarto. Ginny ficou possessa com o sigilo. Ela ficou em dúvida se deveria permanecer na cama, mas acabou decidindo que precisava saber no que Brad estava envolvido, então foi de fininho até a porta do quarto e a abriu um pouco.

– Eu sei que é tarde, Dana, mas isso não pode esperar – Brad sussurrava, crente de que Ginny não podia ouvi-lo. – O nome da empresa de fachada que foi usada para comprar o *China Sea* era DA Enterprises. Lembra-se de que Mary Garrett lhe disse que Sarah Woodruff perguntou a John Finley o que significava DA e ele brincou, dizendo que era o nome de um filme pornô? Bom, não é isso. Você leu a biografia de Price, certo? Ele estudou em Dartmouth com Masterson, e eles eram as estrelas do campeonato de futebol. Lembra-se do apelido deles? Eram Dois Amigos! DA.

"Quando ocorreu o incidente no *China Sea*, Dennis Masterson era o chefe da CIA, e Millard Price era sócio sênior da Rankin Lusk e um dos melhores amigos de Masterson. Contrabandear haxixe era uma operação ilegal para a qual a CIA não conseguiria a aprovação do Congresso, então Masterson contratou Finley, um autônomo, para ser o testa de ferro, e ele também buscou alguém fora da agência e pediu ao seu melhor amigo, Millard Price, para montar uma empresa fantasma que foi usada para comprar o navio e financiar a operação. A empresa se chamava DA Enterprises porque um "amigo" pediu ao outro "amigo" para montá-la. Provar isso não vai ser fácil, mas pelo menos temos o que investigar."

Dana disse alguma coisa.

– Certo, isso dá a Keith Evans alguma coisa para investigar, mas, se ele conseguir mostrar que Price abriu a empresa, terá uma ligação entre Price e o *China Sea*, e saberemos por que Price quer furar a petição para a revisão do caso *Woodruff*.

Ginny ouviu até ficar claro que o telefonema terminaria. Meteu-se de volta na cama e cobriu a cabeça com as cobertas. Agora ela sabia por que Brad e Dana tinham tantos segredos. Eles desconfiavam de que um juiz da Suprema Corte estava envolvido no contrabando de drogas. Não foi preciso muito para Ginny concluir que Brad e Dana também suspeitavam de que Millard Price havia tido algo a ver com o ataque à juíza Moss.

Ginny decidiu que algo devia ter acontecido recentemente para fazer com que Dana achasse que Brad deveria recuar. Alguém que tentasse matar um juiz da Suprema Corte não pensaria duas vezes em matar um funcionário subalterno, então o conselho de Dana era prudente. Mas Brad parecia convencido de que eles poderiam mostrar que Price estava envolvido na tentativa de assassinato se pudessem provar que este fundou a DA Enterprises. Ginny tinha uma ideia de como isso poderia ser feito, e achou que não apresentaria nenhum risco para ela ou para Brad.

Capítulo 48

Às sete e meia da manhã, Ginny ligou seu computador e digitou "Sarah Woodruff" no Google. Ela temia que sua busca fosse rastreada, então usou uma senha que vira um dos sócios juniores usar. Não demorou muito para encontrar o caso que aguardava a decisão da Suprema Corte e artigos de jornais sobre os dois julgamentos de Woodruff por ter matado o mesmo homem.

Quando terminou, Ginny entendeu por que cavar mais fundo no caso era muito perigoso. Quando o *China Sea* desapareceu, Masterson deve ter achado que estava fora de perigo. Depois, Max Dietz acusou Woodruff pelo assassinato e Mary Garrett começou a meter o nariz na história do *China Sea*. Masterson deve ter respirado fundo novamente quando o primeiro caso foi anulado e ninguém tinha mais motivo para investigar o que havia acontecido em Shelby. Mas o espectro do *China Sea* surgiu novamente quando John Finley apareceu morto de verdade, e a única maneira de Mary Garrett defender sua cliente era provar que Finley estava envolvido com assassinos da CIA e traficantes de drogas.

Masterson deve ter achado que estava seguro quando o juiz do julgamento bloqueou Garrett depois que o governo invocou o privilégio de segredo de Estado, mas Sarah Woodruff foi condenada à morte, a Suprema Corte de Oregon determinou que o direito da ré a provas escusatórias em um caso de pena capital não está acima do privilégio de segredos de Estado, e esse aspecto do caso lhe deu importância nacional. Se o recurso não fosse aceito, o caso estaria encerrado. Se fosse deferido, o caso atrairia o interesse nacional. Enquanto Masterson estava na CIA, tinha um milhão de maneiras de acobertar tudo, mas ele estava sozinho agora, e tinha de se livrar da juíza Moss porque ela estava atrapalhando a denegação do recurso.

Assim que Ginny sentiu que sabia o suficiente sobre os fatos do caso, fez uma pesquisa interna nos arquivos da empresa em busca da DA Enterprises. Ficou frustrada porque a busca não deu em nada, mas não se surpreendeu. Alguém inteligente o bastante para dirigir uma enorme operação de contrabando de drogas debaixo do nariz do governo federal não deixaria rastros.

Se Price tinha criado os papéis usados para incorporar a empresa e eles não estavam guardados em um disco rígido, havia outro lugar em que poderiam estar armazenados. Durante sua primeira semana no emprego, Ginny precisara do arquivo do caso de um cliente grande encerrado em 1970, quando a empresa ainda não possuía computadores. Como não encontrou o arquivo eletrônico, perguntou à secretária do sócio que lhe havia designado o projeto onde ele poderia ser encontrado. A secretária tirara uma chave bem diferente de uma gaveta em sua mesa e mandara Ginny para o segundo subsolo, onde estavam guardados os arquivos em papel.

A secretária ainda não tinha chegado, mas a mesa dela não estava trancada. Ginny encontrou a chave e pegou o elevador para o segundo subsolo. Quando as portas se abriram para a área de recepção da Rankin Lusk, revelaram um mundo de vidros brilhantes, metais cromados e madeira polida. O segundo subsolo era o lado obscuro da força. Quando Ginny saiu do elevador, andou por um corredor de concreto sem pintura, fracamente iluminado por lâmpadas de baixa voltagem. O ar era úmido e estagnado, impregnado com o cheiro de decomposição. Os dois lados do corredor eram divididos em baias de armazenamento. Os gabinetes de arquivos nas baias eram sombras vagas protegidas por telas de arame montadas em estruturas de madeira. Os filamentos de uma teia de aranha roçaram o rosto de Ginny e ela começou a trabalhar antes de tirá-la da frente. Uma lanterna seria de grande ajuda, e ela repreendeu a si mesma por não ter pensado nisso antes.

Cada baia tinha um número. De sua primeira visita, Ginny sabia que os quatro primeiros dígitos se referiam ao ano. Ela encontrou uma caixa rotulada com o ano no qual as operações de contrabando haviam ocorrido. Armários metálicos cinzas preenchiam todo o espaço. Cada gaveta de cada armário tinha uma etiqueta com letras em ordem alfabética, e ela abriu a gaveta com as letras "Da-Dm". Teve de se colocar de lado para permitir que a luz do teto iluminasse os arquivos. Para seu deleite, havia um arquivo da DA Enterprises. Ginny abriu-o. O arquivo continha papéis de incorporação da empresa nas Ilhas Cayman e correspondência. A carta de cima tinha o nome de Millard Price. Ginny pegou o celular e tirou fotos de cada página do arquivo. Estava quase terminando quando ouviu a porta do elevador se abrir. Colocou o arquivo de volta e fechou a gaveta. Depois, fechou o celular e o escondeu no bolso. Quando se virou, Greg McKenzie estava parado na porta, com o corpo enorme bloqueando a luz que vinha do corredor.

– O que está fazendo? – McKenzie perguntou.

Ginny tinha preparado um plano alternativo no caso de alguém descobri-la no subsolo. Seu coração estava pulando, mas ela sorriu e levantou o grosso arquivo de um caso de seguros com um requerente cujo último nome começava com "D".

– Estou checando para ver se havia alguma reivindicação anterior desse sujeito. Ele pode estar se fazendo de bobo. E você, o que faz aqui?

McKenzie ficou olhando para ela por alguns segundos, e então respondeu.

– O Sr. Masterson me mandou. Ele quer vê-la.

– Eu já subo.
– Ele quer vê-la agora.

Ginny pensou em dizer a McKenzie para se retirar, mas estava sozinha, e ele a assustava. McKenzie ficou de lado para deixá-la sair da baia. Depois, acompanhou-a até o elevador. O associado não fez questão de dar espaço para Ginny. Um de seus ombros imensos ficou a centímetros do dela, e ela pôde sentir o perfume exagerado de sua loção pós-barba.

Enquanto o elevador subia, Ginny ficou imaginando como Masterson sabia que ela estava no segundo subsolo. Será que ele suspeitava que ela estivesse examinando os arquivos da DA Enterprises? Ela se perguntou se a pesquisa no computador havia levantado alguma bandeira vermelha. Mas como alguém saberia que ela estava pesquisando? Ela havia usado a senha de um sócio. Mas tinha usado seu próprio computador. Será que a CIA ou a NSA estavam seguindo qualquer um que pesquisasse sobre a DA Enterprises? Será que existia uma tecnologia para localizar sua busca e levá-los até seu computador?

Quando Ginny voltou à superfície, ver mais gente do outro lado das portas do elevador fez com que se sentisse segura, pelo menos por enquanto. McKenzie a arrebanhou até o escritório de Masterson.

– Informe o Sr. Masterson que eu trouxe Ginny Striker – McKenzie rosnou para a secretária de Masterson. Ginny presumiu que a secretária de um sócio sênior normalmente devia ser tratada com bastante deferência por alguém que almejava tornar-se sócio, mas McKenzie não demonstrou nenhuma, e a secretária se sentiu claramente intimidada. Ela interfonou para seu chefe. Um momento depois, disse a McKenzie que entrasse e a Ginny que aguardasse. Dez minutos depois, McKenzie saiu e cravou os olhos em Ginny.

— Ele quer você — ele disse. Depois, deu-lhe as costas e saiu andando.

Masterson sorriu quando Ginny entrou em seu escritório, mas não a convidou para sentar. Ele estava sentado à sua mesa, e as mangas de sua camisa de seda branca enroladas revelavam antebraços musculosos. O nó de sua gravata estava relaxado e o colarinho da camisa estava aberto.

— O que está achando de nosso escritório?

— Bem, o trabalho é muito interessante, principalmente a tarefa que me foi designada: a audiência de nomeação da Srta. Stewart.

— E você está se encaixando bem, sentindo-se à vontade?

— Certamente.

Masterson recostou-se na cadeira.

— Imagino que um dia em nosso escritório seja muito mais emocionante do que era no Oregon.

— Para ser sincera, Sr. Masterson, não ter que me esquivar de repórteres é um grande alívio.

— Compreendo perfeitamente ao lembrar meus tempos na CIA. A todo lugar que eu ia, havia *flashes* espocando e microfones enfiados na minha cara. Sabendo o que sabemos, fico imaginando como você e eu teríamos votado se estivéssemos nos tempos coloniais pensando no que fazer com a Primeira Emenda.

Ginny deu um riso forçado. Talvez fosse coincidência ela ter sido chamada enquanto procurava os arquivos da DA Enterprises.

Masterson pegou uma pasta grossa e deu-a para Ginny.

— Aqui estão alguns artigos que Audrey redigiu sobre questões de segurança nacional e memorandos do tempo em que ela trabalhou para a CIA. Quero que você faça um resumo deles, com uma sinopse da posição dela sobre a tortura e os limites do interrogatório. Ela certamente será questionada sobre o assunto, e precisamos estar prontos para citar suas atuais opiniões, palavra por palavra.

– Começarei agora mesmo.

– Bom. Eu preciso disso para depois de amanhã.

– Sem problemas – Ginny garantiu-lhe, embora soubesse que criar o resumo e terminar suas outras tarefas no prazo significava trabalhar até bem tarde da noite.

– Seu noivo está gostando do trabalho no tribunal?

Ginny sentiu um arrepio lhe percorrer o corpo.

– Muito.

– E ele gosta de trabalhar com a juíza Moss?

– Sim.

– Aquilo foi um absurdo. – Masterson balançou a cabeça. – Se um juiz da Suprema Corte não está em segurança no santuário do tribunal, nenhum de nós está.

Ginny concordou, com medo de falar.

– Eu soube que você estava no segundo subsolo.

– Sim – Ginny respondeu.

– Aquele lugar sempre me deixou nervoso. Parece uma masmorra medieval, não acha? Uma mulher foi atacada lá embaixo há alguns anos. Um zelador tentou estuprá-la.

O estômago de Ginny deu um nó.

– Pegar arquivos naquele cemitério é trabalho para uma secretária ou para um assistente jurídico. Quem a mandou ir lá? Vou providenciar que não aconteça novamente.

– Na verdade, ninguém me mandou. Eu só estava procurando o arquivo de um caso de seguro.

– Não precisará ir ao segundo subsolo para terminar esta tarefa – Masterson disse. – Foi um prazer falar com você.

Ginny sentiu-se mal enquanto caminhava para seu escritório. O que McKenzie teria dito a Masterson? Será que o associado tinha visto Ginny tirando fotos do arquivo da DA Enterprises? Teria Masterson lhe dado a tarefa de digerir os artigos e memorandos de Stewart porque isso faria com que ela trabalhasse até tarde da noite? Haveria poucas pessoas no escritório depois das seis horas. Ela ficaria vulnerável. Como poderia se proteger? Só havia uma pessoa em quem ela conseguia pensar. Assim que entrou no escritório, Ginny fechou a porta e telefonou para Dana Cutler.

Capítulo 49

Dana havia deixado de lado seus outros casos enquanto esteve no Oregon, e teve de começar a colocar as coisas em dia na manhã depois da visita ao apartamento de Brad Miller. Estava terminando o relatório de um caso sobre espionagem industrial quando ouviu o toque do celular cujo número poucas pessoas conheciam.

– Sim? – Dana disse.

– É Pat, tenho um trabalho para você. Vamos fazer uma reportagem sobre lendas indígenas, como seres que mudam de forma e vampiros.

– Os indígenas acreditam em vampiros?

– Não seja preconceituosa. É claro que você não acha que o único grupo cultural que pode ter lendas de vampiros são os branquíssimos europeus orientais. Você não acredita na supremacia ariana, não é?

– Certamente não quando se trata de vampiros. Diga lá.

– De qualquer maneira, um bom lugar para começar é o Museu Nacional do Índio Americano. Já esteve lá?

– Ainda não. Jake fez uma sessão de fotos lá dentro, mas eu estava fora da cidade fazendo uma ronda.

– Bom, esta é sua chance de igualar sua cultura à de seu namorado. Alguém de lá deve conhecer algumas lendas que você pode usar. Por que não vai lá assim que possível, para começar logo a história?

***

O Museu Nacional do Índio Americano, parte da Instituição Smithsonian, localizava-se na Fourth com a Independence. O museu era uma das estruturas arquitetônicas mais interessantes do Passeio Nacional. O prédio marrom-claro de linhas curvas foi projetado para se parecer com formações naturais de pedras e contrastava fortemente com os edifícios ao redor.

O pico da temporada turística já havia passado, e as aglomerações no museu eram esparsas de manhã cedo. Quando Dana entrou, viu-se dentro de um enorme espaço aberto de onde se tinha a visão desimpedida do domo no teto, cinco andares acima. Uma rampa circular levava para as exibições localizadas em cada andar. Do alto da rampa, era possível observar os visitantes que entravam. Um excelente lugar para verificar se alguém que você pretendia encontrar estava sendo seguido.

Gorman não havia lhe dado a descrição nem o nome da pessoa que Dana encontraria, mas ela presumiu que ele dera sua descrição ao seu contato. Depois de andar de um lado para o outro perto da entrada por alguns minutos, Dana concluiu que ninguém a abordaria lá, então começou a subir a rampa e perambular pelas exibições. Estava sozinha em uma das galerias estudando uma mostra de artefatos indígenas do noroeste do Pacífico quando um homem se postou diante do estande. Usava boné de beisebol dos Washington Nationals, jaqueta brilhante dos Nationals e tênis. A pele dele era pálida e seus olhos castanhos focaram uma coleção de cestas de cascas de cedro do povo Tlingit.

– Acha que os índios Tlingit acreditam em vampiros? – ele perguntou.

– Não tenho a mínima ideia – Dana respondeu –, mas sou repórter e estou fazendo uma matéria para o *Exposed* sobre lendas indígenas, então leia o jornal da semana que vem e saberá a resposta para sua pergunta.

– Se você for até o final desta mostra e olhar para a esquerda, verá uma escadaria. Por que não vai até o último andar e vê se há vampiros? Eu me encontrarei com você assim que tiver certeza de que não foi seguida.

Dana pegou a escadaria e subiu até o patamar mais alto. Alguns minutos depois, o contato de Gorman apareceu.

– O que você quer saber? – ele perguntou. Dana gostou da abordagem direta. Ela também notou que ele não dissera seu nome, e presumiu que ele daria um nome falso se ela perguntasse.

– Eu estava trabalhando em uma matéria e fui ameaçada. Penso que a pessoa que me ameaçou foi enviada por Dennis Masterson. Devo me preocupar?

O homem deu risada.

– Essa é fácil. Deixar Masterson irritado é o mesmo que receber um estado de alerta máximo. Quando Masterson era o diretor da CIA, ele podia enviar um drone com uma ogiva nuclear direto para o seu banheiro justo quando você estava sentada no vaso.

– Ele não é mais diretor da CIA e continua poderoso?

– Muito. Ele não pode mais enviar o drone, mas uma pessoa como ele tem capangas que fazem qualquer coisa pelo devido preço, e Masterson tem dinheiro para pagar esse preço.

– Tá bom. Você conseguiu me apavorar – Dana disse.

– Então eu lhe fiz um favor. Não se meta com esse cara.

– Mais uma pergunta: a pessoa que me fez essa ameaça tinha um metro e noventa; era enorme e sólido como um jogador da defesa, loiro, e acho que tinha sotaque escandinavo.

– O Sueco. Acho que o nome dele é Thomas Bergstrom, mas eu não apostaria nisso. Ele usa um monte de pseudônimos. Quando Masterson estava na CIA, Bergstrom era a pessoa que ele usava para as missões mais sujas. Eu encararia muito seriamente qualquer ameaça que ele fizesse.

– Adiantaria alguma coisa se eu falasse com as autoridades?

O homem riu.

– Masterson é as autoridades, mesmo que não esteja mais no governo. Aconselho que você faça o que lhe mandaram fazer ou se prepare para ficar acordada com uma espingarda todas as noites pelo resto da vida. Ah, e nunca mais dê a partida no seu carro.

– Acho que entendi.

– Isso é bom, porque a pessoa que arranjou este encontro gosta de você e quer que você viva até ficar velhinha. Aquela história em que você estava trabalhando não vale a sua vida.

– Mais uma coisa. Eu sei onde encontrar Masterson, mas onde posso achar Bergstrom?

O rosto do homem perdeu qualquer resquício de humor.

– Está usando protetor auricular? Não ouviu nada do que eu disse? A última coisa que você deve fazer é achar esse sujeito, porque pode ser a última coisa que faça.

– Agradeço a preocupação, mas quero saber mesmo assim.

– Bom, isso você pode descobrir sozinha. É crime ajudar alguém a cometer suicídio.

O homem balançou a cabeça e foi embora. Parecia triste como um professor que tinha tentado de tudo, mas acabara desistindo de um aluno incrivelmente burro. Dana sabia que tinha feito bobagem. Pat arranjara esse encontro e ela tinha estragado tudo. Ela estava decidindo se devia ir atrás do contato e pedir desculpas quando o celular tocou.

– Dana – Ginny Striker disse –, acho que estou encrencada e preciso de sua ajuda.

Capítulo 50

O escritório de Ginny ficava a três portas da escada de incêndio, em uma fileira de espaços mínimos que eram reservados aos novos associados. Às sete e meia da noite, um silêncio misterioso havia substituído a agitação que tomava o andar durante as horas de trabalho. O único som que Ginny ouvia vinha do aspirador de pó do outro lado do edifício. Alguns de seus companheiros de escravidão costumavam trabalhar à noite, mas a última pessoa a sair se despedira às sete e quinze.

Ginny estava concentrada em um resumo que Stewart havia escrito para justificar o afogamento simulado e outras técnicas de interrogação que lembravam vagamente as coisas que ela lera quando estudara a Inquisição espanhola. Ela tinha de admitir que a tarefa era interessante, embora as posições de Stewart fossem assombrosas. Ela sentia arrepios quando pensava que a mulher que havia escrito esses tratados estaria em breve assumindo um cargo de juíza da Suprema Corte e sentiu uma pontada na consciência em relação ao papel que desempenhava, mesmo que pequeno, para colocá-la lá.

O barulho do aspirador ficou mais alto e Ginny se levantou para fechar a porta. Quando olhou para o corredor, viu um homem alto de ombros largos usando boné de beisebol e uniforme da equipe de limpeza manobrando vagarosamente o equipamento, entrando e saindo de um grupo de cubículos usados pelo pessoal da secretaria. A maior parte do pessoal da limpeza era de origem hispânica, e o cabelo loiro e os traços nórdicos do homem surpreenderam Ginny. Ela ficou olhando por um instante e, em seguida, fechou a porta.

Ginny fez algumas anotações em seu bloco. Parou um pouco para pensar em uma maneira de inverter a conclusão do memorando de Stewart, para que a nomeada não parecesse um cruzamento de Hannibal Lecter e Torquemada, e percebeu que o aspirador estava bem diante de sua porta.

Quando o Sueco chegou à saída de incêndio, deixou o aspirador ligado para encobrir o som de sua chegada e tirou a Glock de debaixo do avental. Masterson telefonara para ele de tarde e lhe dissera que um dos associados da firma tinha visto Ginny Striker tirando fotos com o celular do conteúdo de um arquivo na gaveta etiquetada Da-Dm. Ele acreditava que era o arquivo da DA Enterprises. Masterson queria o celular, queria os nomes de todos que tinham visto as fotos e queria Striker neutralizada.

– Largue a arma – Dana Cutler ordenou, da entrada do cubículo secretarial no qual estava se escondendo desde as seis horas da tarde. A maioria das pessoas ficaria paralisada nessa situação, mas Bergstrom reagiu instintivamente e disparou vários tiros na direção de Dana enquanto recuava e abria a porta da saída de incêndio. Dana atirou-se no chão, escapando por pouco das balas, que passaram raspando. Começava a erguer a cabeça quando ouviu a porta de aço se fechando. Por um momento, ela considerou a possibilidade de seguir Bergstrom. Então, Ginny abriu a porta e entrou no corredor para ver o que havia feito aqueles ruídos surdos que ouvira por cima do barulho do aspirador.

– Volte para dentro – Dana gritou, apesar de estar certa de que elas estavam a salvo. Ginny recuou para o escritório e fechou a porta, e Dana fez o reconhecimento da área próxima ao escritório de Ginny antes de bater na porta.

– O que aconteceu? – Ginny perguntou.

– O faxineiro estava se preparando para matá-la. Eu o surpreendi e ele revidou e conseguiu escapar.
– O que eu ouvi foram tiros?
Dana fez que sim com a cabeça.
Ginny deu um passo para trás e despencou na cadeira. Faltava-lhe o ar.
– Não se preocupe. Está segura – Dana assegurou-lhe.
– Por enquanto. E o Brad?
– Coloquei uma pessoa vigiando o apartamento. Farei com que Brad peça à juíza Moss que autorize proteção policial para termos certeza de que vocês dois estejam a salvo.
– E quando será isso? – Ginny perguntou.
Dana desejaria saber.

– Conseguiu liberdade condicional ou Espártaco liderou uma segunda revolta de escravos? – Brad brincou quando Ginny e Dana chegaram no apartamento, às oito e meia. Mas seu sorriso desapareceu rapidamente quando viu o olhar amedrontado de Ginny e a fisionomia sisuda de Dana.
– O que houve? – ele perguntou.
– Um homem tentou matar Ginny, e achamos que Dennis Masterson o enviou.
– Chamaram a polícia? – Brad perguntou, atravessando a sala na direção de sua noiva.
– Não – Dana respondeu. – Acho que devemos falar sobre isso com Keith.
– Por que alguém tentou matá-la? – Brad perguntou
– Eu preciso sentar – Ginny respondeu. – Tenho uma coisa para mostrar a você.
Ela se sentou no sofá e Brad se acomodou ao lado dela. Ginny pegou seu celular e lhe mostrou as fotos que havia tirado do arquivo da DA Enterprises.

Brad ficou pasmo.

– Onde conseguiu isso?

– A firma mantém os casos antigos e encerrados no segundo subsolo do edifício.

– Mais importante: por que foi procurar esse arquivo?

Ginny ficou vermelha.

– Quando você ligou para Dana no meio da noite, ouvi a conversa. Você falou que estava sem ação porque não tinha provas da ligação de Millard Price com a DA Enterprises, e de repente eu me toquei de que poderia haver um arquivo no escritório.

– E Masterson descobriu que você andou fuçando nos arquivos.

– Ele deve ter mandado alguém segui-la – Dana disse.

– Pelo menos agora você sabe que Price montou a empresa – Ginny disse.

– Essa informação não vale a sua vida – disse Brad.

– Se você entregar essas fotos para a juíza Moss ou para o FBI, Masterson não terá mais motivos para vir atrás de mim – Ginny disse.

– Não tenho tanta certeza. Um promotor precisaria estabelecer as bases para a admissão das fotos em um julgamento. Você é a única que sabe onde as encontrou, e aposto que o arquivo não existe mais.

– De uma coisa eu tenho certeza – disse Dana –: de agora em diante, vocês dois não se envolverão mais com nada relacionado ao caso *Woodruff* e Millard Price. Não há motivo para continuarem envolvidos, e, como ficou provado esta noite, o prejuízo pode ser grande.

– A juíza Moss está no Texas dando uma palestra – Brad disse. – Voltará dentro de dois dias. Quando ela voltar, vou informá-la sobre as fotos e sobre o que Dana descobriu no Oregon. Depois, pedirei a ela que entregue a informação para o FBI. O que vai fazer, Dana?

– Ainda não sei – ela disse, mas Dana sabia muito bem o que faria. O homem que havia tentado matar Ginny esta noite fizera ameaças a ela e ao homem que ela amava. Ela não ficaria sentada esperando que Bergstrom ou Masterson fizessem a próxima jogada. Rastrearia Bergstrom e se certificaria de que as pessoas que ama estivessem a salvo.

Capítulo 51

Uma empresa fantasma com escritório em Dubai alugava a cobertura de Dennis Masterson sob o nome de Ivan Karpinsky. Masterson usava a cobertura para encontros sexuais com outras mulheres que não sua esposa e para reuniões clandestinas. Quando Masterson atendeu a porta, encontrou Millard Price em cima do capacho, usando um pesado sobretudo preto com a gola virada para cima e um chapéu fedora com a aba puxada para baixo. Aquilo tinha o duplo propósito de disfarçá-lo e protegê-lo da chuva forte que inundava a área metropolitana.

— Está parecendo um detetive, Millie — Masterson brincou, chamando-o pelo nome que Price adquirira em Dartmouth, onde o apelido efeminado era o extremo oposto de seu jogo violento dentro do campo.

— Não há nada engraçado nessa situação, Dennis — disse Price, passando sem dar atenção ao perplexo amigo.

— Vou preparar uma bebida para você — Masterson disse enquanto Price jogava o chapéu, o cachecol e o sobretudo em uma cadeira.

— Uísque. Do bom. Você me deve.

— Acalme-se — Masterson disse, indo para o balcão do bar.

— O arquivo desapareceu. — Ele não contou ao amigo sobre a tentativa de fazer a pessoa que o fotografara desaparecer também. Price era exigente, e, quanto menos soubesse, melhor seria para todos. — O que gostaria de saber é por que esse arquivo existia, para começo de conversa.

— Foi um descuido. E você nunca foi muito claro sobre a razão por que eu estava incorporando a maldita empresa. Se eu soubesse...

Masterson deu ao amigo um copo com uísque *single-malt* vinte anos.

– Eu disse que era só fachada. Se ela fosse legítima, eu não precisaria que você incorporasse a empresa. De qualquer maneira, não houve danos.

Price deu um bom gole em seu uísque.

– Ela é namorada de Miller, Dennis. Por que a namorada de Miller está querendo saber sobre a empresa que comprou o *China Sea*? Felicia deve estar atrás disso.

– Inquestionavelmente, o problema é Moss – disse Masterson, calmamente.

– Você *não pode* tentar pegá-la novamente – Price disse com ênfase. – Não consigo acreditar que tentou matá-la.

– Você vai pensar diferente se deferirem esse recurso e todos os repórteres investigativos do país começarem a investigar o *China Sea*.

– Ela é uma juíza da Suprema Corte dos Estados Unidos.

– Infelizmente.

– Prometa-me que não haverá mais violência.

– Não vou mentir para você, Millie. Nós nos conhecemos há muito tempo. Não vou deixar esse caso destruir minha vida nem a sua. Você sabia que Dana Cutler andou bisbilhotando no Oregon?

– A investigadora que ajudou a derrubar Farrington?

Masterson fez um sinal afirmativo como a cabeça.

– Nosso espião no tribunal colocou um grampo no gabinete de Moss e eu venho seguindo Miller desde que Moss pediu que ele investigasse o caso. Ele se encontrou com Cutler e alguns dias depois ela foi para o Oregon.

– Ela descobriu alguma coisa?

– Ela deve ter compreendido a sua conexão com o caso, se Ginny Striker estava procurando o arquivo da DA Enterprises.

— O que vai fazer? — Price perguntou.

— Vou concentrar meus esforços em colocar Audrey na Corte para que possamos enterrar esse caso para sempre e nunca mais precisemos pensar naquele maldito navio.

Seguir Dennis Masterson era a única maneira em que Dana conseguiu pensar para encontrar o Sueco, ou Thomas Bergstrom, ou seja lá quem aquele miserável realmente fosse, então ela ficou de tocaia diante da empresa dele. Masterson ia e voltava para o trabalho em sedãs de luxo pretos com motorista e vidro fumê. Um grande problema era apresentado pelo fato de a Rankin Lusk ter um contrato com uma empresa que possuía uma frota de carros idênticos. Qualquer um da Rankin Lusk que quisesse usar o serviço entrava em um sedã de luxo estacionado na garagem no porão do edifício. Como Dana não possuía visão de raio X, não tinha como saber que carro Masterson estava usando, mas resolveu esse problema subornando um dos funcionários da garagem, que lhe telefonou para dar essa informação minutos antes de um dos carros embicar na saída da garagem subterrânea.

A chuva pesada prejudicava a visibilidade e ajudava a disfarçar o fato de Dana estar seguindo o veículo. Quando o carro parou diante de um arranha-céu residencial, Dana estacionou do outro lado da rua e observou o motorista acompanhar Masterson até a entrada, protegendo-o da chuvarada com um enorme guarda-chuva preto. Dana sabia onde Masterson morava e sabia que esse apartamento não era a casa dele. Como ela não tinha um plano, decidiu ficar na sua vaga e ver se alguém interessante aparecia. Não se desapontou.

Quarenta minutos depois que Masterson foi trazido, Millard Price chegou em outro sedã de luxo. Dana não conseguiu identificá-lo imediatamente, mas o juiz tirou o chapéu para sacudir a chuva quando chegou à marquise que protegia a porta de entrada.

Price saiu uma hora depois e entrou no carro que o aguardava. Dana não via motivo para segui-lo, então continuou vigiando. Ficou contente por esperar. Trinta minutos depois de Price sair, Thomas Bergstrom entrou no prédio. Meia hora depois ele também saiu. Dana seguiu o Sueco, atravessando a divisa do estado até Virgínia. Se ela esperava que o homem forte de Masterson morasse em algum lugar exótico, como uma casa num barco ou numa mansão toda cercada, ficou desapontada. Bergstrom morava em um conjunto habitacional de classe média alta em uma construção feita para parecer uma casa de aldeia na Nova Inglaterra. Dana focou seus binóculos na janela da frente e viu Bergstrom abraçar uma morena atraente que levantara do sofá da sala de estar quando o portão da garagem se abriu. Dana passou o binóculo para a frente da casa e viu um triciclo e uma bola de futebol na varanda da frente.

Thomas Bergstrom parecia viver uma versão atualizada da série *As aventuras de Ozzie e Harriet,* só que Ozzie nunca ameaçava os amigos de Dana. Se Ozzie fizesse isso, teria havido uma grande possibilidade de Ricky e David terem crescido sem um pai.

Capítulo 52

Quando Brad chegou ao escritório na manhã seguinte, Harriet Lezak já estava concentrada em seu computador. Ela parou de trabalhar quando Brad entrou.

– Podemos conversar? – Harriet perguntou. Ela parecia preocupada.

– Claro. Sobre o quê?

Harriet fechou a porta.

– Estive matutando a semana toda e decidi que tenho de contar a alguém.

Brad não tinha ideia do que Harriet estava falando.

– Você sabe que eu fui correr na noite em que a juíza Moss foi atacada.

Brad balançou a cabeça em afirmativa.

– Voltei um pouco antes do ataque. Eu devia estar tomando uma ducha quando tudo aconteceu. Mas eu não sabia de nada, porque foi na garagem. Assim que me vesti, fui ver Kyle Peterson, um dos assessores do juiz Price. Você o conhece?

– Eu o conheço. Ele está aqui emprestado da Rankin Lusk, onde Ginny trabalha.

– Price circulou um parecer e a juíza Moss queria a minha opinião sobre ele. Eu me deparei com um problema em uma das notas de rodapé. Kyle trabalhou no esboço, então fui ver se ele ainda estava na casa. A porta do escritório dele estava fechada, mas eu estava tão absorvida pela questão legal que me distraí e abri sem bater. Kyle estava sentado em sua mesa e inclinado para a frente, colocando alguma coisa em sua pasta. Ficou pasmo ao me ver. Não ficou surpreso; ficou pasmo. Ele ficou olhando para mim por um tempo, e depois empurrou a pasta para debaixo da mesa.

– O que Kyle colocou na pasta?

– Não tenho certeza absoluta. Foi por isso que não falei com ninguém imediatamente. Mas isso tem me torturado. Quero dizer, e se eu ficar de boca fechada e acontecer mais alguma coisa?

– O que era, Harriet?

Lezak olhou para Brad. Ela era sempre muito decidida e autoconfiante, e ele não costumava vê-la tão insegura.

– Acho que era uma máscara de esqui.

– Uma máscara de esqui? – Brad repetiu, mecanicamente.

– Entende agora por que eu esperei? Na hora eu não liguei, porque não sabia do ataque. Alguns dias depois, fiquei sabendo que a pessoa que tentou matar a juíza Moss estava usando máscara de esqui.

Brad lembrou-se de que Millard Price havia levado Peterson para o tribunal depois que um de seus assessores sofrera um acidente. O "acidente" teria sido planejado para que Price pudesse inserir um assassino em sua equipe?

– Você não tem certeza disso? – Brad perguntou.

– Eu só vi por um segundo.

– Por que veio falar comigo? Por que não procurou a polícia ou o FBI?

– Você tem experiência nesse tipo de coisa e viu o agressor. Antes de falar com alguém, eu queria saber se você acha que pode ter sido Kyle. Se eu o acusar e estiver errada, posso acabar com a carreira dele.

Brad fechou os olhos e tentou se lembrar da briga na garagem. Kyle era parecido com o assassino?

– Kyle tem porte atlético, e o assassino também tinha – Brad disse –, mas eu só vi o homem por alguns segundos. No começo, eu estava acima dele na rampa. Depois eu me vi no chão, olhando para cima. Então ele me pegou por trás. Em seguida, eu caí no chão novamente. De nenhuma dessas posições era fácil ver a altura do agressor. E tudo aconteceu tão depressa...

– Droga. Eu esperava que você tivesse mais certeza.

– Não tenho.

– O que devo fazer?

– Acho que deve contar o que me contou para os meus amigos do FBI.

A juíza Moss estava no Texas dando uma palestra, então Brad se encontrou com Maggie e Keith no gabinete dela. Keith percebeu que Brad estava nervoso.

– O que aconteceu? – Keith perguntou assim que Brad fechou a porta.

– Eu divido minha sala com Harriet Lezak, outra assessora jurídica. Ela acaba de me contar algo que viu logo depois que a juíza Moss foi atacada. Pode ser a dica de que vocês precisam para resolver o caso.

– Se é verdade, por que você está tão inquieto? – Keith perguntou.

Brad titubeou.

– Aconteceram algumas coisas que eu não posso revelar neste momento.

Keith ficou confuso.

– Você sabe de alguma coisa que o faz duvidar do que essa testemunha vai nos dizer?

– Não, não é isso. Eu só não posso falar nisso por motivos que não posso explicar, mas espero que em breve tudo mude. Por enquanto, ouçam o que Harriet tem a dizer. Ela talvez saiba quem atacou a juíza Moss. Se a informação que ela possui for procedente, talvez eu consiga lhes dizer por que ela foi atacada.

Assim que terminaram de interrogar Harriet, Keith Evans e Maggie Sparks foram até a sala que Kyle Peterson dividia com Wilhelmina Horst. Quando Maggie bateu na porta, Horst levantou os olhos do processo que estava lendo.

– Pois não?

– Esta é a sala de Kyle Peterson? – Maggie perguntou.

– Sim.

– Ele está?

– Não, ainda não chegou.

Keith olhou o relógio.

– Ele costuma chegar depois das dez, Srta. ...?

Horst olhou para os dois agentes.

– Quem são vocês? – ela perguntou, desconfiada.

Maggie mostrou sua identificação.

– Maggie Sparks e Keith Evans. Somos agentes do FBI – ela disse, com um sorriso feito para constrangê-la. – E você é?

– Willie Horst. Também sou assessora do juiz Price.

– E então, Srta. Horst, o Sr. Peterson costuma chegar antes das dez?

– Sim. Ele geralmente está aqui quando eu chego.

Sparks franziu a testa.

– Teria o número do celular ou da casa dele e o endereço?

– Do que se trata? – Willie perguntou.

– Precisamos fazer algumas perguntas de rotina sobre o ataque à juíza Moss – Keith respondeu.

– Bem, não posso dar essas informações, mesmo que sejam do FBI. Vocês têm que falar com a secretaria dos assessores ou com alguém da nossa força policial.

– Tem razão – disse Maggie. – Aliás, estava no edifício quando a juíza Moss foi atacada?

— Eu já falei sobre isso com um de nossos policiais. Eles devem ter o relatório.
— Tenho certeza de que sim. Mas, já que estamos aqui...
— Eu estava malhando na academia.
— Sabe onde o Sr. Peterson estava?
— Não.
— Alguém a viu na academia?
— Quer dizer que eu preciso de uma testemunha para confirmar meu álibi? Não. E já disse tudo isso à polícia.
— Nós lhe agradecemos, Srta. Horst – disse Maggie. – Seguiremos sua sugestão e pegaremos o endereço do Sr. Peterson na administração. E agradeceríamos se não ligasse para ele enquanto fazemos isso.

Uma hora depois de conseguir um mandado de busca, Keith Evans e Maggie Sparks estacionaram diante do prédio de Kyle Peterson e esperaram reforços. O advogado morava em um novo complexo de condomínios a alguns quilômetros de distância depois da divisa do estado, em Bethesda, Maryland. Nos dois lados da entrada, uma Starbucks, um restaurante japonês e outros estabelecimentos comerciais atendiam às necessidades dos jovens profissionais que lá residiam. Quando o reforço chegou, Sparks entrou e mostrou sua identificação para o segurança. Depois de pegar uma chave-mestra, Evans, Sparks e mais quatro agentes tomaram o elevador até o oitavo andar.
— Senhor Peterson – Evans chamou, depois de apertar a campainha duas vezes. Como ninguém atendeu, Evans fez um sinal para Sparks, que inseriu a chave e abriu um pouco a porta.
Empunhando as armas, os agentes entraram cuidadosamente na espaçosa sala de estar com portas deslizantes de vidro que se abriam para uma estreita sacada e se viram cercados pelo caos. Estantes tinham sido reviradas, seu conteúdo espalhado pelo

chão. Uma mesa de vidro fora derrubada e um abajur, com a lâmpada ainda acesa, jazia sobre um falso tapete persa. Na cozinha, as portas dos armários estavam escancaradas e utensílios e cacos de vidro cobriam o chão.

– Isso não parece boa coisa – Evans murmurou.

– Você acha? – Sparks respondeu sussurrando.

Os agentes se dirigiram então para um corredor estreito. Ao final dele havia uma porta fechada. Evans respirou fundo e a empurrou para dentro. O dormitório estava destruído. Os armários e gavetas estavam abertos e as roupas, jogadas pelo quarto.

– Merda! – Evans disse, guardando a arma. A palavra foi provocada pela visão do corpo nu esparramado sobre os lençóis pretos de seda na cama de Kyle Peterson. A boca de Peterson estava tampada com fita adesiva, e as mãos dele haviam sido algemadas por trás, o que fez sua coluna arquear. O corpo do assessor estava desfigurado por queimaduras e cortes.

– Keith!

Evans virou-se e viu um agente apontando para alguma coisa no guarda-roupa de Peterson. Ele e Sparks foram até lá e encontraram um monte de propaganda nazista. Jornais de grupos da supremacia branca misturavam-se a folhetos neonazistas e tratados antissemitas.

– Perdoem-me o trocadilho – Evans disse –, mas parece que nosso menino era um racista que não tinha saído do armário.

– O que é isso? – Maggie perguntou, apontando para uma roupa preta saindo de um canto do guarda-roupa.

Keith enfiou o dedo e uma blusa preta de gola rolê caiu, revelando uma máscara de esqui preta e uma calça preta.

– Parece que Lezak viu mesmo Peterson enfiando uma máscara de esqui em sua pasta – disse Maggie. – Acha que os coleguinhas decidiram que não podiam confiar nele depois do fracasso em assassinar Moss?

— É uma teoria — Evans respondeu.

— E qual é a outra? — Sparks perguntou.

— Não tenho mais nenhuma, mas Brad parece ter. É inútil pressioná-lo. Sei que ele nos dirá o que sabe quando estiver preparado. Mas agora vamos interrogar o juiz Price sobre seu assessor.

— Ridículo! — disse Millard Price. — Kyle não era racista.

— Havia muitas provas do contrário no apartamento dele.

— Então alguém deve tê-las plantado. Investiguem. Verifiquem o histórico dele. Eu o conhecia havia anos, e nunca o vi fazer nada nem ouvi uma palavra que me fizesse acreditar que ele é... era... preconceituoso.

Price balançou a cabeça. Parecia estar genuinamente abalado pela notícia de que seu assessor fora assassinado.

— Nós vamos investigar, juiz Price, mas temos uma testemunha que viu o Sr. Peterson enfiando uma máscara de esqui em sua pasta logo depois que a juíza Moss foi atacada, e encontramos a máscara de esqui e roupas que combinam com as roupas usadas pelo agressor no apartamento do Sr. Peterson.

— Não posso acreditar!

— Isso explicaria como o assassino desapareceu — Maggie Sparks disse. — Peterson só precisou tirar as roupas em uma área que não fosse coberta pelas câmeras de segurança, voltar ao escritório e sair do tribunal como sempre fazia.

— Vocês revisaram as fitas para ver se foi isso o que aconteceu? — Price perguntou.

— Temos alguém fazendo isso agora mesmo.

— Aposto que encontrarão provas incriminatórias nas fitas. É uma armação.

— Então o senhor nunca viu nada que levasse a crer que Kyle Peterson faria algo parecido? — Maggie perguntou.

– É exatamente isso o que estou dizendo.
– Compreendo sua reação – Keith disse. – Quando trabalhamos com uma pessoa todos os dias, achamos que a conhecemos, e, quando algo assim acontece, é muito desolador. Vemos a mesma reação nos vizinhos de assassinos em série.
– É inconcebível que Kyle fosse racista, muito menos um assassino – insistiu Price.
– Espero que haja outra explicação – Keith disse. – Não vamos parar de investigar. Obrigado por ter falado conosco.
– Não há de quê.

Assim que a porta se fechou atrás dos agentes, Price fechou os olhos e recostou a cabeça no encosto da cadeira. Dennis estava por trás disso. Ele tinha certeza. Aquele pobre jovem. Kyle era um tipo decente e trabalhador. Não merecia isso.

Price inclinou-se para a frente e apoiou a cabeça nas mãos. Teria Kyle sido morto pela pessoa que tentou matar Felicia Moss? Price foi assolado pela culpa, pois fora ele o responsável por conseguir um emprego na Corte para o assassino de Masterson. Dennis lhe dissera que precisava de alguém para ficar de olho no caso. Nunca afirmara que o assessor era um assassino treinado. Se tivesse recusado... Price pensou. Provavelmente não haveria votos suficientes para deferir o recurso do caso *Woodruff*. E se o caso ganhasse outra audiência? Valeria a pena matar pessoas para manter a operação do *China Sea* em segredo?

Price passou uma mão pelo rosto. Não sabia o que fazer. Talvez as mortes tivessem terminado. Talvez essa insanidade parasse se o FBI decidisse que Kyle era a pessoa que tentara matar Felicia. Se Audrey Stewart se tornasse um membro da corte, o caso *Woodruff* seria encerrado e tudo ficaria bem. Essa era uma esperança à qual ele precisava se agarrar.

Capítulo 53

Quando seu telefone tocou, Daphne Haggard estava se aprontando para sair da delegacia e encontrar Brett para jantar no único restaurante tailandês de Inverness antes de comparecer à montagem estudantil de *Frost/Nixon*. Ela checou seu relógio e demorou um tempo para decidir se atendia o chamado. O senso de dever falou mais alto do que seu estômago.

– É a detetive Daphne Haggard?
– Ela mesma.
– Meu nome é Jim Haynes e sou cirurgião ortopédico em Madison. Soube que está procurando o nome de um de meus pacientes.
– Tem a ver com um aparelho ortopédico fabricado pela Orthosure?
– Sim.
– Obrigada por ligar – Daphne disse, animada. – Tenho *muito* interesse na identificação de seu paciente.
– Do que se trata? – o cirurgião perguntou.
Daphne contou-lhe como o aparelho foi descoberto.
– Meu Deus, que horrível! – Haynes disse.
– É, e tenho esperança de que o senhor possa me fornecer a informação de que precisamos para identificar a vítima.
– Eu posso fazer isso, sim.
O Dr. Haynes deu a Daphne um nome e disse que a pessoa teria 28 anos agora. Conversaram por alguns minutos, Daphne agradeceu ao médico e terminou a conversa. Já era muito tarde para fazer alguma coisa esta noite, mas ela finalmente conseguira um nome.

Capítulo 54

Mesmo com Kyle Peterson morto, Brad ficou aliviado ao ver um policial sentado diante do gabinete da juíza Moss. Se Kyle fazia parte de um grupo de supremacia branca, nada os impediria de fazer outra tentativa contra a vida de sua chefe. Mas Brad não estava convencido de que Kyle era racista. Ele poderia ter sido incriminado pelo próprio assassino, ou mesmo ser o assassino, mas seu motivo para tentar matar a juíza Moss poderia estar ligado ao caso *Woodruff*.

– Como foi no Texas? – Brad perguntou.

– Eu sempre me divirto conversando com estudantes de direito antes que o mundo real os corrompa.

Brad riu.

– Eu não sabia que era assim tão cética.

– A vida muitas vezes me forçou a transitar entre o cinismo e o otimismo. Eu prefiro o último. Mas, depois que fiquei sabendo sobre Kyle Peterson, fiquei com vontade de desistir das pessoas. Acha que foi ele quem tentou nos matar?

Brad hesitou.

– Tem alguma dúvida? – Moss perguntou.

– Acho que é possível. Kyle era alto e magro. Seu físico era vagamente parecido com o do homem com quem lutei. E encontraram as roupas no armário dele. O que acha?

– Acho que o homem que me atacou era mais magro do que Peterson. Cheguei até a achar que o assassino pudesse ser uma mulher.

Brad fez uma careta.

– Nunca pensei nisso.

A juíza Moss balançou a cabeça.

– Eu estava olhando para aquela arma. Depois, tentando pegá-la. Só me concentrei na pessoa que me atacou quando tentei dar um tiro, mas àquela altura ela já tinha subido a rampa, estava distante. Eu simplesmente não sei.

– Acho que teremos que esperar até a investigação terminar.

– Eu soube que Peterson sofreu uma morte violenta – disse a juíza Moss.

– Foi o que Keith... o agente Evans... me disse. Parece que foi repugnante.

– O FBI tem ideia de quem o matou?

– Estão trabalhando com a hipótese de que Kyle teve uma rusga com as outras pessoas que tramaram o assassinato.

– Se Kyle fazia parte de um grupo de supremacia branca, parece que eu estava errada ao suspeitar que Millard estivesse envolvido no ataque. Mas e se Peterson não fosse o assassino? E se as roupas tivessem sido plantadas no apartamento dele pelo verdadeiro assassino?

– Harriet o viu enfiando a máscara de esqui em sua pasta.

– Eu me esqueci disso. – A juíza Moss suspirou. – Antes de Peterson ser morto, eu estava certa do envolvimento de Millard no atentado contra mim. Fazia sentido. O que acontece nas reuniões é secreto. Nem mesmo os assessores ficam sabendo. Isso significa que um dos juízes teve de contar às pessoas que me queriam morta que eu era responsável por dar o voto para aceitar o recurso de *Woodruff*. Mas minha teoria não significa nada se o atentado contra a minha vida aconteceu por motivos que não têm nada a ver com o caso.

– É verdade, mas encontrar aqueles rastros racistas foi bastante conveniente. Eles fornecem uma explicação clara e simples para um ataque a uma afro-americana e fecham a porta para qualquer investigação sobre a ligação entre o ataque e o caso *Woodruff contra Oregon*.

– Acha que armaram para Peterson a fim de despistar as nossas investigações? – Moss perguntou.

– Pode ter sido ele a pessoa que a atacou, mas ele não teria de ser um assassino da Nação Ariana ou da Irmandade Branca, nem nada assim.

– Por que as dúvidas?

– Descobrimos uma ligação entre o juiz Price e o *China Sea*.

Brad contou à sua chefe sobre a investigação de Dana no Oregon e a descoberta do arquivo da DA Enterprises no segundo subsolo. Depois, mostrou à juíza Moss as fotos que Ginny tirou.

– Parece que o juiz Price ficou abalado com a possibilidade de *Woodruff* conseguir o recurso porque teme que sua participação na operação de contrabando de drogas se torne pública – Brad disse.

– Depois de ver as fotos do arquivo da DA Enterprises, estou praticamente certa de que o juiz Price esteve envolvido de alguma maneira com o *China Sea* – disse Moss.

– Provar o envolvimento dele ou qualquer outra coisa que tenha acontecido naquela noite pode ser impossível, juíza. O navio desapareceu, com os homens mortos e a carga do porão. Oswald e Swanson estão mortos, e só Deus sabe onde está o vigia noturno, se ele estiver vivo. Eles são as únicas pessoas que poderiam testemunhar contra os assassinos, e Oswald é a única pessoa que tinha uma opinião sobre o haxixe. Ainda temos o relatório de Oswald sobre o haxixe e os homens mortos, mas isso também de nada vale como prova sem Oswald.

– Quanto ao arquivo do segundo subsolo, eu ficaria surpresa se Dennis Masterson não tivesse dado um jeito nele. Nossas fotos provam que o juiz Price criou a empresa fantasma chamada DA Enterprises, mas nada nas fotos prova por que ele o fez nem liga o arquivo ao *China Sea*.

– Por fim, John Finley está morto e suas declarações a Sarah Woodruff são consideradas rumores. E, falando claramente: uma pessoa que aguarda a execução não é a melhor testemunha quando se tenta provar que outra pessoa cometeu o crime.

– Tudo isso é muito perturbador – Felicia Moss disse depois que ele terminou.

– Dana foi até onde pôde na investigação, e acho que é perigoso demais continuar trabalhando nesse assunto. Dennis Masterson sabe que Ginny estava bisbilhotando o arquivo da DA Enterprises. No dia em que ela tirou as fotos, um homem tentou matá-la.

– Meu Deus! – disse Moss.

Brad contou à juíza Moss sobre o incidente no escritório de advocacia. Ela ficou triste ao ouvi-lo.

– Eu nunca deveria tê-lo envolvido – disse Moss quando Brad terminou. – Eu não sabia o que estava fazendo, especialmente quando pensei que Millard pudesse estar por trás do ataque.

– É hora de expor tudo a Keith Evans, juíza – disse Brad. – Podemos contar com a discrição dele. Não somos detetives. Deixe que Keith faça seu trabalho. Dana tem razão. É hora de os amadores recuarem e deixarem que os profissionais assumam.

– Concordo. Você não tem ideia de quanto me sinto grata por sua ajuda, Brad, mas, à luz do que me contou, peço veementemente que pare de se envolver nesse assunto.

– Vou parar depois de fazer mais uma coisa. Não creio que a senhora deva ter qualquer contato com o FBI. Quando começamos tudo isso, a senhora me disse que teria sérios problemas se alguém descobrisse o que estava fazendo por fora a fim de investigar um caso que tramitava na corte. Deixe-me contar tudo a Keith. Direi a ele que tudo foi ideia minha.

– Como explicará que sabia de minha moção para deferir a petição do caso *Woodruff* e as ações de Millard na reunião?

Brad franziu o rosto. Depois, sorriu.

– Wilhelmina Horst e Kyle Peterson falaram comigo sobre a maneira como o juiz Price agiu quando voltou da reunião. Direi que Kyle me contou. Ninguém poderá descobrir o que ele realmente fez.

– Muito bem, mas, assim que informar o agente Evans, sairá da pele de detetive particular e voltará a ser um modesto assessor jurídico. É uma ordem. E, até que isso acabe, darei a você e à Srta. Striker proteção policial.

Brad não reclamou da ordem, e ficou grato pelo fato de Ginny ter proteção. Estava ansioso para largar a investigação sobre o tráfico internacional de drogas e as intrigas e voltar à sua pacífica e monótona existência.

Capítulo 55

Durante todo o jantar e a peça, a cabeça de Daphne foi inundada por ideias para descobrir a identidade da pessoa que tinha desmembrado sua vítima. As partes do corpo tinham sido encontradas na floresta que circundava o *campus*. Isso não significava que a vítima tinha necessariamente de ser um estudante de Inverness, mas era jovem, então Daphne decidiu que a secretaria da faculdade não seria um mau lugar para começar.

Assim que se levantou na manhã seguinte, Daphne telefonou e perguntou se a vítima tinha estudado na escola. Depois de alguma enrolação sobre a confidencialidade dos registros estudantis e de ser transferida para pessoas em posições superiores, ela foi informada de que a Universidade de Inverness não tinha acolhido nenhuma aluna com aquele nome. Daphne ficou desapontada até lembrar que a escola de direito tinha uma secretaria separada. Bateu a palma da mão na testa.

– É claro, sua burra – murmurou. – Uma aluna de vinte e oito anos estaria no curso de pós-graduação.

Em vez de aguentar a obstrução que sabia ter de enfrentar na secretaria, Daphne decidiu fazer uma visita ao reitor da escola de direito. Encontrara Tom Ostgard em diversas ocasiões desde que se mudara para Inverness, e seu diploma da *Ivy League* tinha dado a credibilidade de que ela necessitava para convencê-lo a deixá-la ser professora adjunta em um curso do programa clínico da escola de direito.

Havia nevado um pouco naquela manhã, e a quietude que segue a uma nevada fresca ainda envolvia Inverness. As crianças estavam na escola, e muitos moradores tinham preferido ficar em casa. Os alunos da faculdade não ligavam para o frio e perambulavam pelo *campus* com o nariz vermelho e as bochechas rosadas.

A Escola de Direito Robert M. La Follette ficava em um prédio de tijolos vermelhos no limite leste do *campus*, longe das outras faculdades. Ela recebera o nome de "Bob Lutador" La Follette, que fora o vigésimo governador do Wisconsin e servira ao Estado na Câmara dos Deputados e no Senado no começo do século vinte. A sala do reitor ficava no terceiro andar, e Daphne subiu as escadas para se exercitar, esquivando-se de estudantes tão engajados em conversas sobre matérias jurídicas que nem prestavam atenção para onde iam.

Tom Ostgard, professor respeitado em todo o país na área de direito da propriedade, era um homem magricelo de sessenta e poucos anos. Tinha uma faixa de cabelos grisalhos circundando a coroa brilhante e usava óculos aramados que aumentavam seus vivos olhos azuis.

– Não está aqui para me prender, está? – brincou Ostgard, que era fascinado pela ligação de Daphne com um mundo de caos e desordem que ele mesmo nunca conhecera.

Daphne sorriu.

– Tem tramado algo que eu devesse saber?

– Infelizmente não. Minha vida ainda é a monotonia da academia. Falando sério: o que é que há? Você vai lecionar no próximo semestre, não vai?

– Eu não perderia essa chance por nada no mundo. Os alunos são ótimos, e eu adoro a ideia de voltar à universidade.

– Então, em que posso ajudá-la?

– Você se lembra das partes de um corpo que encontramos no bosque?

Ostgard ficou sério.

— Conseguimos uma identificação, e eu preciso saber se a vítima estudava direito. Quando tentei conseguir alguma informação na secretaria da faculdade, demorou séculos, então pensei em falar direto com o chefe para ver se você consegue burlar a burocracia.

— É claro. Passe-me o nome.

Ostgard pegou uma caneta, mas a largou assim que Daphne disse o nome da vítima.

— Receio que haja algum engano – Ostgard disse.

— Acho que não. Minha informação é bem sólida.

— Então verifique novamente. Harriet Lezak não somente está viva como é assessora da Suprema Corte dos Estados Unidos.

A expressão de Daphne denotava sua confusão.

— É uma posição de bastante prestígio. Sem querer ofender, Tom, eu achava que os juízes escolhessem seus assessores em escolas como Harvard ou Yale. A Escola de Direito La Follette já colocou alguém mais na corte?

O reitor ficou constrangido.

— Qual é o problema, Tom? – Daphne perguntou.

— Eu sei de uma coisa sobre a entrevista que jurei manter em segredo – Ostgard disse.

— Estamos investigando um assassinato, Tom.

— Eu sei. E essa é a única razão pela qual estou cogitando contar, mas preciso que me garanta que manterá sigilo sobre o que vou dizer, a menos que seja absolutamente necessário revelar.

— Preciso ouvir o que você sabe antes de poder fazer promessas desse tipo.

Ostgard hesitou. Em seguida, deu um suspiro.

— Vou ter que confiar em sua discrição, porque revelar o que eu vou dizer causaria um grande impacto no futuro da escola.

– Prossiga.

– A Escola de Direito La Follette nunca teve um aluno selecionado para a Suprema Corte. Mesmo nossos melhores alunos consideram uma perda de tempo se candidatar. Esses empregos costumam ser reservados para os alunos das escolas de elite. Na verdade, não é muito comum um aluno receber um convite para ser assessor assim que deixa a faculdade. A maior parte dos assessores da Suprema Corte trabalha como assessor de juízes nos tribunais de apelação primeiro.

– E o que aconteceu desta vez?

– No ano passado, alguns meses antes de o semestre terminar, recebi a visita de um homem chamado Oscar Hagglund. O Sr. Hagglund disse ser representante do juiz Millard Price, e que tudo o que ele dizia era confidencial. Hagglund disse que o juiz Price estava fazendo uma experiência. Ele queria que eu enviasse os currículos dos alunos da turma de graduação para ele selecionar um deles para ser seu assessor. O propósito da experiência era ver se havia uma diferença entre o trabalho desempenhado pelos alunos de escolas como Yale, Harvard, NYU, Stanford e Columbia e os melhores alunos de escolas como a La Follette. É claro que fiquei animadíssimo pelo fato de o juiz Price ter escolhido nossa escola, e enviei currículos para o endereço que o Sr. Hagglund me deu.

– O endereço era diferente do endereço da corte? – perguntou Daphne.

Ostgard fez que sim com a cabeça.

– Era uma caixa postal. Hagglund explicou que o juiz Price estava usando esse endereço para manter o projeto em segredo.

– Qual era a aparência de Hagglund?

– Era um homem grande. Em boa forma. – Ostgard fechou os olhos por um momento. – Loiro, olhos azuis, bem escandinavo.

Eu percebi um sotaque... sueco, dinamarquês, não estou certo... mas meus ancestrais vieram dessas terras, e ele falava de modo parecido com o meu avô.

– O que aconteceu depois que você enviou os currículos?

– Uma semana depois, Hagglund me telefonou informando a escolha do juiz.

– A escolha o surpreendeu? – Daphne perguntou.

– Sim e não. Harriet era a terceira da turma, mas não tinha outros atributos além das excelentes notas. Se me lembro corretamente, ela deu duro para chegar à faculdade e foi muito bem no curso de humanidades. Não me lembro da escola, mas era em Iowa. Depois ela trabalhou como contadora durante alguns anos antes de tentar a faculdade de direito, por isso ela era um pouco mais velha que a maioria dos alunos. Harriet recebia algum auxílio financeiro, mas trabalhou para pagar a mensalidade de nossa escola até receber uma bolsa quando trabalhou na revista. Ela não tinha nenhuma outra conquista extracurricular exceto a revista, o que é compreensível se a pessoa precisa trabalhar para pagar os estudos. Ainda assim, o currículo dela era bem fraco.

"Ned Randall, o primeiro da turma, era editor da revista jurídica. Ele foi ao Iraque com os Marines antes de entrar na escola de direito. Seu histórico não era excepcional, mas ele tinha sido uma estrela do esporte. E Marla Jones, a segunda colocada, é uma afro-americana muito ativa politicamente e com um currículo bem eclético. É claro que, diante da política de Price, isso pode ter criado um problema para ela."

– Pode me conseguir o histórico da Srta. Lezak? Eu gostaria de perguntar aos pais dela se a viram recentemente.

– Harriet é órfã. Foi criada por uma tia, mas acho que ela também faleceu. É por isso que teve de trabalhar para pagar os estudos.

– Ela tinha algum amigo ou namorado?

– Não sei nada sobre sua vida pessoal.
– Quando foi a última vez que viu a Srta. Lezak?
– Na formatura, mas não conversamos muito. Eu tive uma boa conversa com ela quando transmiti a oferta do juiz Price para ser sua assessora.
– Como ela reagiu? – Daphne perguntou.
– Ela ficou perplexa; literalmente sem fala. Eu disse que ela teria de ir a Washington para uma entrevista com o juiz Price. Ela ficou muito empolgada. Nunca tinha saído do centro-oeste. Mas uma coisa a preocupou. Ela tinha aceitado a proposta de um bom escritório em Chicago, mas eu lhe garanti que qualquer banca ficaria feliz em esperar um ano se ela estivesse trabalhando na corte. Até me ofereci para telefonar para esse escritório. Sou amigo pessoal de um dos sócios seniores.
– Vou ligar para Washington para descobrir se a Srta. Lezak está trabalhando na corte – disse Daphne –, mas gostaria de saber o máximo sobre ela antes de fazer isso. Acha que há alguém no escritório da revista que a tenha conhecido? Outro aluno ou talvez um professor?
– Vou ligar para a redação da revista jurídica – disse Ostgard.
Dez minutos depois, uma loira alta e atraente, usando *jeans* e um suéter verde de tricô, foi trazida pela secretária do reitor.
– Ah, Gayle. Obrigada por vir. Sente-se – Ostgard disse. – Detetive Haggard, esta é Gayle Blake, uma de nossas maiores estrelas.
O sorriso da jovem desapareceu quando ela soube que Daphne era da polícia. Ostgard riu.
– Não se preocupe – ele tranquilizou Blake. – Não é nenhum problema. A detetive Haggard precisa fazer algumas perguntas sobre Harriet Lezak.
– Ela se formou – disse Blake.
– Eu sei – disse Daphne. – Só preciso saber um pouco mais sobre ela. Não tenha receio; isso não criará problemas para ela.

E esta conversa morre aqui. Não planejo fazer um relatório por escrito. Tenho interesse no passado dela. Por exemplo, você a conhecia bem?

– Não muito bem, e acho que ninguém conhecia. Harriet trabalhava bastante e sempre terminava suas tarefas em tempo, mas não socializava muito.

– Não ia tomar cerveja depois de sair da revista?

– Ela não era uma ermitã. Ela se juntava aos outros quando saíamos para jantar ou, como você disse, para tomar cerveja. Mas era calada, não expressava suas opiniões. Eu me lembro de uma única vez só em que se abriu. Ela tinha visão política. Mas, sinceramente, não me recordo do que ela disse. Ah, ela corria muito. Era seu modo de relaxar a tensão. Ela corria quilômetros nas trilhas atrás do *campus*.

– Então ela não tinha nenhum problema nas pernas.

Blake franziu a testa. – Agora que você mencionou, ela contou que tinha sofrido um acidente de bicicleta uma vez. Estávamos conversando sobre atividade física. Eu faço muito exercício cardiovascular na academia. Ela disse que costumava andar de bicicleta, mas havia quebrado uma perna alguns anos anos e decidiu que correr era mais seguro.

– E quanto a amigos ou namorados? – Daphne perguntou.

– Eu nunca a vi com um homem que parecesse ser seu namorado. Ela tinha um grupo de estudos; alguns dos terceiranistas da revista. Ah, e eu a vi andando pelo *campus* com uma mulher algumas vezes, perto do final do curso. Pareciam ser amigas. Na verdade, agora me recordo de que Harriet e essa mulher eram muito parecidas, como irmãs. Talvez fosse uma parente.

Capítulo 56

Brad acenou para Keith Evans logo que viu o agente do FBI. Ele pedira a Keith que fosse encontrá-lo em um restaurante grego a algumas quadras da Dupont Circle porque não queria que ninguém no tribunal soubesse desse encontro.

– Obrigado por vir – Brad disse quando Keith se sentou diante dele.

– Faço qualquer coisa para comer de graça – Keith brincou.

– Com o meu salário? – disse Brad. – É você que vai me pagar o jantar quando ouvir o que tenho a dizer.

O garçom veio atendê-los e Keith pediu frango *vasilikos* com charutinhos de folha de uva. Brad pediu *spanakopita* e uma salada grega.

– Quero ser franco com você – Brad disse quando o garçom se afastou. – Não posso provar o que vou dizer com evidências que sejam admissíveis no tribunal. Também vou pedir que você prometa não revelar algumas coisas que eu vou contar em qualquer relatório que escreva e pare de fazer perguntas sobre qualquer área que eu diga que você não pode examinar.

– Está bem.

– Você sabe como um caso criminal do Estado consegue uma audiência na minha corte, certo?

– Acho que sim. Quando alguém é condenado, pode apelar e continuar apelando até que o pedido seja recusado na instância mais alta, normalmente o tribunal superior do estado. Se acham que pode ser uma questão federal, entram com uma petição para um recurso de revisão pedindo que a Suprema Corte dos Estados Unidos reavalie o caso. Que nota eu tirei?

– "A" com louvor. Temos um caso no Oregon que levanta uma questão federal muito intrigante. A ré está no corredor da morte. Ela foi condenada por matar o namorado. Enquanto o caso estava no tribunal estadual, a advogada da ré tentou conseguir provas que estabelecessem uma teoria alternativa para o crime, segundo a qual traficantes de drogas e a CIA tinham motivos para matar o namorado dela. Como parte de sua estratégia, ela entrou com intimações para conseguir os registros da CIA e de outras agências de inteligência. Os federais barraram essa tentativa invocando o privilégio de segredo de Estado. Essa é a questão a ser discutida no tribunal. O privilégio de segredo de Estado pode ser invocado para impedir que um réu em um caso de pena capital obtenha provas escusatórias? Está me acompanhando?

– Sim, professor Miller.

Brad inclinou-se sobre a mesa.

– Acho que a juíza Moss foi atacada porque interferiu em uma tentativa do juiz Millard Price de barrar a petição para o recurso.

Um olhar de incredulidade tomou o rosto de Keith, e ele largou o garfo.

– Deixe ver se entendi direito: está acusando um juiz da Suprema Corte de contratar um assassino para matar uma juíza?

– Creio que há uma boa possibilidade de o juiz Price estar envolvido de alguma maneira na tentativa de assassinato. E acho que Dennis Masterson está por trás de toda a trama.

Evans ficou boquiaberto. Depois, riu.

– Mas que droga de brincadeira é essa? Masterson é um dos homens mais poderosos desta cidade.

– E ele era diretor da CIA quando aconteceram os eventos no Oregon. Vou contar tudo o que descobrimos.

Keith ouviu com atenção enquanto Brad informava o que ele, Dana e Ginny haviam descoberto sobre o incidente do *China Sea* e a DA Enterprises.

– Você tem andado bem ocupado – o agente disse quando Brad terminou.

– Você tem que admitir que tive um bom motivo para pedir que Dana investigasse o caso *Woodruff*.

Keith ia responder quando seu celular tocou. Ele verificou quem estava ligando.

– Tenho que atender – ele disse. Keith levantou-se e foi até um corredor estreito que levava aos banheiros.

– O que foi? – Keith perguntou a Tyrone Bagley, seu supervisor.

– Daphne Haggard, uma detetive de homicídios de Inverness, Wisconsin, ligou para o agente encarregado da investigação da tentativa de assassinato da juíza Moss. Ela estava indo para o aeroporto de Milwaukee pegar um avião para Washington e vou dar a você o número do voo e horário de chegada. Quero que a pegue no aeroporto de manhã.

Keith tirou uma caneta e anotou a informação.

– Do que se trata?

– Foi a recepcionista que anotou a mensagem. Ela ia esperar para dá-la a você, mas decidiu que podia ser importante, então a entregou a mim.

– E? – perguntou Keith.

– A mensagem diz que Haggard acredita que há uma boa possibilidade de um dos assessores da Suprema Corte dos Estados Unidos ser um impostor.

Capítulo 57

Minutos depois de o despertador de Brad acordá-lo, a juíza Moss lhe telefonou para dizer que o queria em seu gabinete assim que ele chegasse. Moss não dissera por que queria vê-lo, mas Brad lembrou que os juízes entrariam em reunião mais tarde naquela manhã para decidir o destino das petições para recursos. Ele se perguntou se o caso *Woodruff* estaria entre as petições a serem discutidas.

Quando Brad chegou à corte, Harriet já estava em sua mesa.

– Vou ver a chefe – Brad disse, caso alguém precisasse dele.

Harriet murmurou alguma coisa, mas não levantou os olhos do monitor.

Até o atentado contra sua vida, Felicia Moss fora uma das juízas mais espirituosas, e a energia que imprimia em seu trabalho fazia Brad esquecer a idade dela. Esta manhã, ela estava afundada em sua cadeira, denotando cada detalhe de uma mulher de mais de setenta anos.

– Vamos discutir as petições esta manhã – a juíza disse quando Brad fechou a porta. – Pedi que Millard falasse comigo antes de a reunião começar.

– Por que vai fazer isso? – Brad perguntou, preocupado, pois sabia o que sua chefe pretendia fazer.

– Vou confrontá-lo. Quero que você esteja presente, porque sabe de tudo que nossa investigação descobriu.

– Está cometendo um erro, juíza. Não creio que seja sensato reunir-se com o juiz Price. E se estivermos certos e ele estiver envolvido no plano para matá-la?

– Lembra-se de quando Millard me visitou naquela manhã depois do ataque?

Brad fez que sim com a cabeça.

– Ele estava muito indisposto, e não creio que estivesse fingindo. Millard está, de algum modo, envolvido com o caso *Woodruff*; os papéis que sua noiva descobriu provam que ele criou a empresa nas Ilhas Cayman, e estou convencida de que sua oposição ao deferimento da petição de *Woodruff* não tem nada a ver com o mérito do caso. Mas não posso acreditar que ele faria parte de um plano para me matar.

– Ontem à noite encontrei-me com Keith e o coloquei a par de tudo. Vamos trazê-lo para essa reunião.

– Millard não ficará à vontade com um agente do FBI na sala.

– O que a faz achar que ele ficará à vontade comigo aqui?

– Planejo pedir que você saia assim que contar a Millard o que sabe.

– Vai ficar sozinha com ele? Ele é um homem forte, juíza. Pode matá-la.

– Não creio que ele tentará me ferir, mas logo saberemos se sei julgar bem o caráter humano.

O controle do tráfego aéreo instruiu o piloto do avião que levava Daphne Haggard a deixar a detetive sair antes de qualquer outro passageiro. As credenciais de Keith o fizeram passar pela segurança, e ele aguardava no fim do corredor quando a ruiva sonolenta adentrou a área de embarque puxando sua bagagem.

– Detetive Haggard – disse Keith –, sou Keith Evans, agente especial do FBI.

– Obrigada por vir me receber.

– Como foi o voo?

– Como todo voo noturno.

– Tem mais bagagem?
– Não, só esta.
– Quer tomar um café ou comer alguma coisa?
– Acho que não vai querer perder tempo comendo quando ouvir o que eu tenho a dizer. Para falar a verdade, eu tinha receio de não ser levada a sério.

Keith sorriu.

– Sou o agente encarregado de investigar a tentativa de assassinato da juíza Moss, e posso garantir-lhe que uma maneira fácil de chamar a minha atenção é uma detetive da Homicídios deixar uma mensagem dizendo que acha que há um impostor entre os assessores da Suprema Corte. E então, o que a faz pensar que um dos assessores não é quem alega ser?

A caminho do estacionamento, Daphne colocou Evans a par da descoberta da coxa perdida e de como a vítima foi identificada.

– O que fez depois de falar com o reitor e a aluna? – Keith perguntou.

– Liguei para a Suprema Corte. Eles me disseram que Harriet Lezak é assessora da juíza Moss. O problema é que também existem pedaços de Lezak no necrotério de Inverness.

– Tentaram um exame de DNA?

– Estou atrás disso. Enviamos uma amostra do tecido ao NamUs imediatamente para que pudessem inseri-la em sua base de dados, mas isso leva três meses ou mais, a não ser que seja uma prioridade.

– Este caso vai pular para o topo da lista assim que eu conseguir ligar para o Texas. E se usarem o tecido de Lezak ou a saliva para o teste?

– Estou tentando obter algo para usar como comparação. Até agora não tive sorte. Lezak é órfã, então não há família para entrar em contato. Ela tinha um apartamento perto do *campus*, mas foi esvaziado quando ela se mudou, e está alugado há meses.

– Algum amigo possui qualquer coisa que tenha o DNA dela?

– Todos dizem que ela era solitária, sem amigos de verdade. Um aluno a viu andando pelo *campus* com uma mulher cuja descrição bate com a da mulher que Gayle Blake viu com ela. Ele também achou que havia uma forte semelhança. Mas não tenho pistas sobre a identidade da mulher.

– Acha que a mulher vista com Lezak é a pessoa que tomou o lugar dela?

– É o meu palpite, mas é só um palpite neste momento.

– Trouxe o currículo escolar de Lezak? Eu gostaria de vê-lo.

– Está na minha mala – Daphne disse.

– E uma foto? – ele perguntou. – Tem alguma fotografia? Eu falei com Lezak. Saberei logo se a pessoa na foto é a mulher que trabalha como assessora da juíza Moss.

– Tem uma no arquivo dela. Vou pegá-la assim que entrarmos no carro.

– Fez um trabalho de investigação incrível – Keith disse a Haggard. – Excepcional, mas, pessoalmente, espero que esteja redondamente enganada.

– Somos dois – disse Haggard –, mas acho que não estou.

Millard Price estava sorrindo quando entrou no gabinete da juíza Moss. Brad pensou que o juiz não adivinhara por que a juíza queria falar com ele, ou então era muito bom ator.

O que houve? – Price perguntou.

– Sente-se, Millard. Brad e eu temos algumas coisas para dizer a você.

Price olhou para a juíza e para seu assessor. Os dois tinham expressão grave. Price parou de sorrir e sentou-se diante de sua colega de magistratura.

— O que está havendo, Felicia?
— Eu sei por que a petição do caso *Woodruff* tem deixado você nervoso — Moss lhe disse.
— *Woodruff*? O que a faz pensar que estou nervoso com esse caso?
— Se não está preocupado que o recurso seja deferido, deveria estar — a juíza disse. — Uma vez que o processo se torne assunto na mídia nacional, alguém vai investigar a DA Enterprises, a operação de contrabando de haxixe e os cinco homens mortos no *China Sea*.
— Eu realmente não sei aonde você quer chegar. Pelo que li nos registros, não há provas de que havia haxixe no navio, nem cadáveres.
— Existem provas de que você estava envolvido na abertura da empresa fantasma que comprou o navio.
A juíza virou-se para Brad.
— Mostre ao juiz Price as fotos do arquivo.
Price parecia irritado quando terminou de analisar as ampliações que Brad mandara fazer das fotos do celular de Ginny.
— Onde conseguiu isso? — ele perguntou. — Esses documentos estão no arquivo de um cliente em meu antigo escritório. São confidenciais. Quem tirou essas fotos cometeu roubo.
Moss fixou o olhar em seu companheiro.
— E você cometeu conflito de interesses, Millard. Você ajudou a comprar aquele navio para a CIA? Por que não se recusou a fazer isso?
— O que eu fiz ou deixei de fazer em minha posição como advogado para um cliente da Rankin Lusk é informação confidencial.
A juíza Moss inclinou-se para Price. Quando falou, havia aço em sua voz e um tom de ameaça que ela devia ter obtido em seus tempos de rua.
— Brad lhe dirá tudo o que sabemos sobre o *China Sea* para que possa decidir como deseja proceder. Se não se retirar do caso,

repetirei na reunião tudo o que Brad lhe dirá, e deixarei que os juízes decidam como lidar com você.

A voz de Brad tremia ao contar ao juiz Price – sem mencionar os nomes de Dana ou Ginny – o que fora descoberto sobre o caso *Woodruff*. Price manteve a expressão indiferente durante a narrativa. Se eles esperavam que Price ficasse abalado e confessasse, a juíza Moss e seu assessor ficaram desapontados.

– Não ouvi nada além de palpites e rumores – Price disse quando Brad terminou. – Nunca conseguirão que nada disso seja admitido na corte.

– Nossas reuniões não são tribunais, Millard – Felicia disse, baixinho. – A regra de rumor não se aplica. Mas o bom-senso sim, e acredito que nossos confrades ficarão tão chateados com você como eu estou agora quando souberem o que aconteceu naquele navio e as tentativas que você e seu amiguinho de escola fizeram para encobrir tudo: tentativas que podem ter incluído um atentado contra a minha vida.

"Diga-me, Millard, o que fará se um membro da Câmara dos Deputados começar um processo de *impeachment*? O que você e Dennis Masterson farão para acobertar o que fizeram quando o governo e a imprensa colocarem esse episódio sórdido sob um microscópio?"

O olhar presunçoso desapareceu da face de Millard, e Brad percebeu que ele tinha finalmente compreendido sua posição.

– Obrigada pela ajuda, Brad. Por que não sai e me deixa a sós com o juiz Price para que possamos continuar a discussão?

Brad ficou consternado. Não queria mais nada com o *China Sea*, mas também não queria deixar sua chefe com um homem que poderia tentar matá-la. Moss viu sua indecisão. Ela sorriu.

– Ficarei bem, Brad. Por favor, vá. E diga a Carrie que não quero ser interrompida.

Brad saiu e transmitiu o recado a Carrie. Virou a esquina e estava prestes a entrar em sua sala quando seu celular vibrou. Olhou para verificar quem estava ligando e quase trombou com Harriet Lezak.

– Desculpe-me – Brad disse.

– Não foi nada.

Harriet foi para o final do corredor.

– Oi, Keith – disse Brad.

– Não reaja. Apenas diga sim ou não. Harriet Lezak está com você?

– Não. Ela acaba de sair da sala. Por quê?

– Ela é uma impostora. A verdadeira Harriet Lezak está morta há meses.

– Meu Deus!

– Estou entrando na garagem agora. Estarei aí em cima daqui a alguns minutos.

Ao desligar, Brad lembrou-se de que a juíza Moss e o juiz Price estavam sozinhos e que Harriet estava indo na direção do gabinete da juíza. Voltou correndo para lá. Carrie estava sentada em sua cadeira havia apenas alguns minutos, mas agora ele não a via. Olhou para baixo e viu um pé saindo da mesa dela. Deu a volta e encontrou a secretária da juíza esparramada no chão. Ajoelhou-se e viu se ela tinha pulso. Quando constatou que estava viva, Brad correu para a porta do gabinete da juíza Moss e a escancarou. Harriet estava parada no meio da sala apontando uma arma para Price e Moss. Ela virou a cabeça na direção de Brad e o juiz Price lançou-se para o outro lado da sala com a determinação que demonstrara décadas antes, no campo de futebol. Harriet virou-se para trás e atirou. Price cambaleou, mas estava perto o bastante para envolver Lezak com os braços. Seu impulso fez com que se chocassem violentamente contra o chão. Quando caíram, o braço direito de Harriet estava preso, e o revólver, apontado para sua perna. Price agarrou-a com tanta força que ela não conseguia virar o cano na direção dele.

Brad passou os olhos pela sala procurando uma arma e agarrou um pesado martelo cerimonial que a juíza Moss recebera da NAACP. Price e Lezak se batiam no chão. O juiz sangrava muito e estava enfraquecido. Lezak conseguiu algum espaço entre os corpos e começou a endireitar-se. Brad bateu com o martelo no crânio dela. O sangue começou a jorrar da cabeça. Ela se virou para Brad e ele lhe açoitou o rosto com o martelo com tanta força que a peça se soltou do cabo.

Lezak caiu para trás, mas ainda tinha a arma na mão. Brad pisou no pulso dela e a mão da impostora abriu. Enquanto chutava a arma para longe, Lezak agarrou seu tornozelo e o torceu. Brad caiu no chão. Lezak tirou Price de cima dela. Brad ajoelhou-se. Lezak virou-se para encará-lo. O cabo do martelo tinha uma ponta no lugar onde a cabeça se soltara. Brad não hesitou. Enfiou o cabo pontiagudo no pescoço de Lezak. O sangue jorrou e as mãos dela correram para a ferida no momento em que a porta se abriu e Keith Evans entrou, seguido por dois policiais da Suprema Corte e uma mulher ruiva que Brad nunca tinha visto antes.

Capítulo 58

Dois dias depois, a juíza Moss e Brad Miller estavam em silêncio no gabinete da juíza, enquanto Keith Evans os atualizava sobre o andamento da investigação.

– O juiz Price faleceu na noite de ontem – ele disse.

– Meu Deus – disse Felicia. Uma lágrima lhe percorreu o rosto. – Ele salvou a minha vida, sabe? Quando Harriet sacou a arma, ele implorou que ela me poupasse. Depois ele tomou o tiro que seria para mim.

– Lezak provavelmente o teria matado também – disse Keith.

– Quando vasculhamos o gabinete dela, encontramos uma escuta. Ela ouvia tudo o que era dito aqui, o que significa que ouviu a senhora e Brad planejando a investigação. Ela não podia deixar Price contar tudo, e a senhora era testemunha e votaria a favor de deferir a petição de *Woodruff*.

– Harriet... ou seja lá qual for seu verdadeiro nome... disse alguma coisa? – Brad perguntou.

– Ela ainda não consegue falar.

– Como ela conseguiu virar assessora? – Brad perguntou. Com tudo o que tinha acontecido, ele ainda não tivera a oportunidade de perguntar a Keith como ele soube que "Lezak" era uma impostora.

Keith contou-lhes tudo o que Daphne Haggard tinha descoberto em Inverness.

– Sem Price não podemos provar nada – disse Keith –, mas o que eu acho que aconteceu é o seguinte: Masterson monitorava o andamento do caso *Woodruff*. Quando a Suprema Corte do Oregon negou a apelação, ele deve ter dito a Price que precisava de um espião aqui na corte para rastrear o modo como alguns juízes mais liberais estavam inclinados a votar e tentar influenciá-los. Suponho que Masterson tenha estudado alunos de escolas de direito de segundo nível até encontrar uma que se parecesse com uma de suas agentes. Daphne Haggard me contou como Dean Ostgard ficou empolgado com a possibilidade de colocar um aluno graduado em La Follette como assessor da Suprema Corte. Não foi muito difícil manter a "experiência" de Price em segredo, e a verdadeira Harriet Lezak ficou animadíssima com a oportunidade de conseguir o emprego mais prestigiado do país na área jurídica.

"Alguns meses antes de a oferta ser feita, a impostora fez amizade com Lezak. Ela pode ter fingido ser alguém que gostava de correr e matou Harriet na floresta quando estavam correndo. Depois, cortou o corpo para escondê-lo e atrasar sua identificação o máximo possível caso alguém topasse com partes dele.

Keith dirigiu-se à juíza Moss.

– Depois que Price contratou Lezak, ele manobrou a senhora para que a aceitasse como sua assessora. A primeira oportunidade para influenciar sua decisão no caso *Woodruff* surgiu quando a senhora pediu que ela escrevesse um resumo sobre as questões legais levantadas pelo caso. Brad revisou o trabalho jurídico de Lezak, que era um engodo. Tratava-se de uma falsificação da mais alta qualidade. Ela devia ser advogada ou ter algum treinamento na área jurídica, e usou seu resumo para convencê-la a votar contra o recurso, mas a senhora tinha reservas quanto ao caso. Isso a tornou um alvo em potencial. Presumo que Masterson mandou que ela a eliminasse quando Price lhe contou que a senhora foi responsável por convencer os juízes a deferir o voto em *Woodruff* na reunião.

– Tem alguma coisa contra Masterson? – a juíza Moss perguntou.

– Serei honesto com a senhora, juíza. Se não conseguirmos que a falsa Lezak abra o bico, não teremos nada.

– Agente Evans – a juíza disse –, farei tudo o que estiver a meu alcance para que os acontecimentos do *China Sea* recebam o máximo de publicidade. Quando os juízes souberem o que aconteceu, creio que o recurso será aceito. Haverá um inquérito congressional, relatórios investigativos. Dennis Masterson não escapará ileso.

– Eu gostaria de compartilhar do seu entusiasmo – disse Keith. – Masterson é um homem poderoso, e a CIA tem interesse em manter seus segredos sujos distantes dos olhos do público.

– Você tem razão, naturalmente. Mas a Agência tem de colocar algum tipo de limite, e espero que seja no assassinato de um juiz da Suprema Corte dos Estados Unidos.

– Não vamos perder as esperanças – disse Evans, sem parecer esperar que a Agência agisse de modo honorável. Ele olhou o relógio. – Tenho de me apressar. Preciso levar Haggard ao aeroporto e estou atrasado.

Assim que a detetive Haggard afivelou o cinto de segurança do carro, Evans entregou-lhe uma cópia do *Washington Post*. A manchete dizia: "Detetive do Interior Formada na Ivy League Resolve Caso de Assassinato na Suprema Corte".

– Achei que gostaria de mostrar isso ao seu marido e ao seu chefe – ele disse.

Daphne ficou vermelha.

– Receio que tenham me dado mais crédito do que eu mereço.

– Não é verdade. E eu não sou o único a achar que você fez um trabalho de investigação incrível. Na verdade, fui autorizado a perguntar se você tem algum interesse em trabalhar para o

FBI. Algumas pessoas influentes conversaram com seu chefe em Chicago e ele falou muito bem de você. Pessoalmente, acho que você daria uma agente e tanto.

Daphne mal conseguia respirar. Trabalhar no FBI era como ganhar o campeonato nacional, para um jogador de basquete. Ela havia pensado muito nisso quando estava em Chicago, mas não tinha esse sonho desde que se mudara para Inverness.

— Agradeço a oferta, mas terei de conversar com meu marido. Ele tem um ótimo emprego como professor, e deve decidir junto comigo.

— Você vai voltar a Washington para depor, então não se apresse. A oferta é séria.

Daphne pensou no convite para trabalhar no FBI enquanto fazia o *check-in* e passava pela segurança. E a oferta não era a única coisa que a distraía. Daphne se tornara uma celebridade durante sua estada na capital. Assim que a imprensa soube de seu histórico acadêmico e de seu brilhante trabalho como detetive, ela fora assunto de vários artigos como aquele que Keith Evans lhe entregara. Também recebera ofertas para vender a história para livros e filmes, assim como convites para aparecer em programas de televisão e de rádio.

Daphne ligara para Brett na noite anterior, antes de ir dormir, a fim de contar o que tinha acontecido durante o dia. Ela adorava essas conversas porque introduziam um toque de normalidade em sua agitada rotina na capital federal. Assim que chegou à área de embarque, Daphne ligou para Brett.

— Onde você está? — ele perguntou.

— Estou esperando o avião. Vou embarcar em vinte minutos.

— Senti saudade.

— Eu também.

– E aí, os boatos são verdadeiros? Estão pensando em Charlize Theron para interpretar você no filme?

– Você também? – Daphne disse, dengosa.

– Ora, eu preciso saber com quem vou fantasiar quando fizermos amor.

– Você é muito bobo.

Brett riu. Em seguida, ficou em silêncio.

– Acha que vai conseguir voltar a dar multas de trânsito? – ele perguntou.

– Os detetives não aplicam multas de trânsito – Daphne respondeu, mas sabia que a pergunta era séria. Era outra versão de "Cumé qui você vai consegui ficá na fazenda depois di vê Paris?".

– Fui convidada para trabalhar no FBI – Daphne disse depois de uma pausa. – Foi uma oferta séria. Disseram que era só questão de passar pelas formalidades.

– O que você respondeu? – Brett perguntou.

– Que eu tinha de pensar e que não faria nada sem antes conversar com você.

– Está tentada?

Daphne percebia a tensão na voz de Brett.

– O agente que me fez o convite começou na polícia de uma cidadezinha do Nebraska. Perguntei se ele tinha se adaptado e ele foi muito honesto. Ele me disse que recebeu o convite do mesmo modo que eu estava recebendo o meu, depois de encontrar um assassino em série que vinha enganando o FBI. Ele me disse que os agentes viajam bastante e não ficam em casa muito tempo. O trabalho é excitante, mas tem muita pressão e não sobra muito tempo para amigos e relacionamentos. O casamento dele foi um incidente de percurso.

– Quando eu não conseguia emprego como professor, você ficou do meu lado – Brett disse. – E quando recebi a oferta de

Inverness, você desistiu de seu futuro em Chicago para eu poder me realizar. Se você quer mesmo dar esse passo, apoiarei sua decisão. Posso arranjar um lugar para lecionar. O que não quero é que você se arrependa do que poderia ter feito e da grande oportunidade que perdeu.

Daphne sorriu.

– Você sempre foi minha grande oportunidade, Brett. Mudei para Inverness por sua causa e admito que, em alguns momentos, eu me perguntei se não era um sacrifício grande demais. Depois eu vi como você estava feliz quando voltava das aulas, e soube que tinha feito a escolha certa. Eu gosto de Inverness. Somos conhecidos e respeitados aí. Em Chicago ou em Washington seria uma corrida sem fim. Minha carreira poderia deslanchar, mas será que nosso casamento sobreviveria às separações e mudanças constantes que seriam inevitáveis se eu trabalhasse no *Bureau*? Não estou disposta a arriscar a sua felicidade e o que nós construímos. Então, sim, estou pronta, disposta e decidida a aplicar multas de trânsito e dar um beijo de adeus no meu brilhante futuro no FBI.

– Eu te amo.

– Eu também te amo.

– Você não respondeu à minha pergunta sobre a Charlize Theron...

Daphne riu.

– Se me chamar de Charlize na cama, uso a arma de choque em você.

Brett riu.

– Corra pra casa, menina, e vamos ver o que acontece.

Capítulo 59

Dana ligou para Brad uma hora depois de Keith Evans sair. Ela estava otimista, o que era raro.

— Acabo de receber boas notícias — Dana disse a Brad. — Jake ligou e vai voltar para casa esta semana.

— Que ótimo! Vamos nos encontrar.

— Vamos sim. E então, como vai o caso?

— Lezak ainda não consegue falar. Se ela não contar tudo, Keith acha que Masterson pode se safar. O juiz está determinado a pressionar para ter uma investigação congressional. Isso pode não levar a um indiciamento, mas fará do *China Sea* um caso público.

— É por isso que estou ligando. Prometi a Pat Gorman um furo, e gostaria de cumprir a promessa, mas preciso da permissão da juíza para ir a público. Você poderia ver se consegue? Manterei o envolvimento dela em sigilo. Diga-lhe que, se ela quiser colocar um grande holofote sobre Dennis Masterson, uma matéria no *Exposed* fará isso brincando. O lema do *Exposed* é "Todas as insinuações que Pat acha bom publicar".

Dana e Brad conversaram mais um pouco e se despediram. Ela estava procurando uma maneira de expor Dennis Masterson, mas se sentia frustrada por ser incapaz de bolar um plano que colocasse Masterson e Bergstrom na cadeia. Também estava estressada porque estava se dividindo entre as investigações de seus clientes e o trabalho de seguir Bergstrom.

Quando precisava, Dana empregava policiais aposentados ou tiras que faziam bicos para ajudá-la. Estava fazendo isso agora, para poder passar o máximo de tempo possível vigiando Bergstrom, que ficava muito tempo em casa ou em uma academia onde fazia musculação e praticava artes marciais. Os recursos financeiros de Dana eram limitados, e o esforço de trabalhar vinte horas por dia estava começando a dar sinais. Ela sabia que não conseguiria segui-lo por muito mais tempo, ou seus negócios e sua saúde seriam afetados, então decidiu parar de vigiar o Sueco se nada acontecesse naquela noite. Depois disso, o congresso e a imprensa que lidassem com o problema.

Naquela noite, Bergstrom quebrou a rotina e saiu de casa às dez horas. Dirigiu-se para uma área rural na Virgínia, onde havia mais fazendas do que residências. Bergstrom saiu da rodovia e pegou uma estrada vicinal estreita, e Dana arriscou-se a continuar, desligando os faróis. Ela seguiu Bergstrom até uma pequena vila e o viu entrar com o carro no estacionamento de uma loja, que estava deserto. Ela tinha trazido várias armas, e verificou todas elas antes de pegar uma câmera com microfone direcional de longo alcance do banco de trás.

Dana aproximou-se da loja por um beco estreito. Quando chegou ao final do beco, conseguiu ver Bergstrom sentado em seu carro. Dez minutos depois, os faróis de um carro iluminaram a rua. Bergstrom saiu do veículo quando o Buick entrou no estacionamento e parou em uma vaga próxima. Dana ligou a câmera e o microfone quando Dennis Masterson saiu do carro. Ela começou a escutar.

— Qual o motivo da reunião? — Bergstrom perguntou.
— Operaram a mulher que introduzi na corte. Estão dizendo que em breve ela vai poder falar.
— Ela já deu alguma informação aos tiras?
— Não, mas está dopada desde que foi ferida.
— Você já trabalhou com ela?

Masterson fez que sim.

— Então ela sabe o que deve fazer.

— Ela matou um juiz da Suprema Corte. Ninguém terá piedade dela. As pessoas se tornam imprevisíveis quando se veem diante da morte e alguém oferece uma chance de evitá-la.

— Pode ser, mas o que você quer que eu faça?

— Você pode entrar lá e silenciá-la.

Bergstrom riu.

— Ficou maluco? Há um exército em volta dela.

— Você é o único em quem posso confiar para fazer isso.

— Então você tem um problema. Não aceito missões suicidas.

— Você não está entendendo. Ela pode nos colocar na prisão.

— Corrigindo, Dennis: ela pode colocar você na prisão. Ela não me conhece.

Masterson olhou fixamente para Bergstrom.

— Nadamos juntos ou nos afogamos juntos.

Bergstrom deu um suspiro.

— Achei que você fosse dizer algo parecido.

O que aconteceu a seguir foi tão repentino que Dana não tinha certeza do que vira até assistir à gravação. Bergstrom golpeou Masterson na garganta com os dedos da mão esquerda, deixando-o inerte. Ao mesmo tempo, com a mão direita, sacou um revólver e atirou através da janela do passageiro, matando o motorista de Masterson. Depois de atirar mais uma vez no motorista, Bergstrom deu um terceiro tiro no meio dos olhos de Masterson. Quando se certificou de que os dois homens estavam mortos, o Sueco largou a arma ao lado do carro de Masterson, tirou as luvas, pegou seu carro e foi embora.

Por um instante, Dana cogitou a ideia de seguir Bergstrom e matá-lo. Mas o plano era perigoso demais, considerando o que acabara de ver. Dana recuou para as sombras do beco e verificou a gravação. Ela a entregaria a Keith Evans e deixaria que ele levasse o crédito por pegar o homem que assassinara uma das figuras mais poderosas do país.

Capítulo 60

Brad Miller entrou no gabinete da juíza Moss e a encontrou jogada na cadeira, com ar exausto. Não ficou surpreso. Um período normal no tribunal já era algo desgastante. Qualquer caso que os juízes decidiam afetava não somente os litigantes, mas milhares de pessoas que não faziam parte do processo. Bastaria pensar em *Roe contra Wade* ou *Miranda contra Arizona*. Ao acrescentar um homicídio à equação, seria fácil perceber por que os nervos da juíza estavam em frangalhos.

Duas semanas haviam decorrido desde o confronto no gabinete, que resultara na morte de Millard Price. O incidente dividiu as manchetes com o assassinato do ex-diretor da CIA, Dennis Masterson. Quando o *Exposed* deu o furo sobre o envolvimento dos Dois Amigos na história do *China Sea*, nenhuma outra notícia conseguiu atrair tanta atenção.

– A senhora queria me ver? – Brad perguntou.

– Sente-se.

Brad acomodou-se na cadeira que a juíza indicou.

– Acabo de voltar da reunião sobre as petições de recurso. O voto para o deferimento no caso de Sarah Woodruff foi unânime. A julgar pelo que todos falam, existem boas chances de que Sarah tenha um novo julgamento.

– Isso é ótimo!

– Ainda não é oficial a notícia de que deferiremos o recurso, então isso deve ficar entre nós, mas achei que você e Dana Cutler tinham o direito de saber.

– Obrigado.

– Você merece muito mais do que uma informação adiantada

sobre o resultado de um caso, Brad. Sarah Woodruff e eu devemos nossa vida a você.

Brad não sabia o que dizer, então não disse nada.

A juíza fechou os olhos e colocou os dedos sobre as pálpebras. Quando abriu os olhos, deu um suspiro.

– Eu sempre soube que estava ficando velha, mas não me sentia velha até esses últimos tempos. Não sei quanto mais vou aguentar nesse ritmo.

– Não está pensando em se aposentar, está? – Brad perguntou, procurando controlar quanto se sentia alarmado pela possibilidade de o tribunal ser privado de uma grande mente.

– Existe uma forte probabilidade de eu não voltar no próximo turno.

– Não desista. A senhora disse que Dana e eu salvamos Sarah Woodruff, mas isso não está absolutamente correto. Se a senhora não a tivesse apoiado, ela estaria aguardando a execução. A senhora é uma heroína para mim e para muitas pessoas. E não me refiro somente ao caso *Woodruff*.

Moss sorriu.

– Isso é tocante, Brad, e não tomarei nenhuma decisão apressada, mas não creio que conseguirei aguentar mais um caso como este.

Brad riu.

– Se é isso o que a preocupa, vai ficar nesta corte por muito tempo ainda. Não consigo imaginar que algum dia possa haver outro caso como este na Suprema Corte dos Estados Unidos.

Brad, Ginny, Dana e Jake estavam em clima festivo quando se encontraram para jantar no Michelangelo's, um restaurante italiano a algumas quadras da redação do *Exposed*, onde Patrick Gorman mantinha uma conta. As despesas seriam pagas por Gorman para demonstrar sua gratidão a todos por ajudarem a noticiar em primeira mão um escândalo tão grande quanto o caso *Farrington*. Ele já falava num segundo Pulitzer, mas o que o deixava rindo à toa de verdade era a renda proveniente dos anúncios de grandes corporações, que antes usavam seu jornal para recolher fezes de periquitos.

– Eu tenho um comunicado importante – Brad disse assim que escolheram o vinho. – Mas vocês têm de manter segredo até amanhã. A juíza Moss acabou de me confidenciar uma hora atrás. Então eu preciso que jurem de pés juntos que não contarão a ninguém. – Brad olhou diretamente nos olhos de Dana. – Nada de vazar para o Sr. Gorman. Jura?

Dana fez força para parecer solene e fez a promessa.

– Então fale – Ginny disse.

– Eles vão deferir o recurso do caso *Woodruff* e ela crê que ele terá um novo julgamento.

Todos aplaudiram.

– A juíza acha que existe uma maioria que quer afirmar que a necessidade de um réu de obter provas escusatórias está acima da segurança nacional em um caso no qual o réu está sujeito à pena de morte. É claro que muita coisa pode acontecer entre agora e quando o caso for decidido.

– Fico me perguntando se a promotoria acusará Sarah novamente – Ginny disse.

– Será um processo difícil de ganhar, com todas as dúvidas que as provas do *China Sea* lançarão sobre o caso do Estado – Dana disse.

– E haverá tanta publicidade negativa sobre o envolvimento da CIA com o contrabando de drogas e Masterson tentando matar juízes da Suprema Corte que será difícil acobertar o que aconteceu – disse Jake. – Se eu fosse o advogado de defesa, argumentaria que alguém disposto a matar um juiz da mais alta instância não hesitaria um segundo em matar esse tal de Finley.

– Um argumento que, tenho certeza, Mary Garrett está desenvolvendo neste momento – disse Dana.

Ginny pigarreou.

– O Sr. Miller não é a única pessoa a ter novidades quentes. Eu sei de umas coisinhas.

– Manda bala – Jake disse.

– Amanhã, Audrey Stewart deve retirar seu nome como candidata a um cargo na corte por...

Em vez de terminar a sentença, Ginny gesticulou para seus amigos.

– Motivos de saúde – eles disseram em uníssono, antes de caírem na gargalhada.

– Como vocês adivinharam? – Ginny perguntou, com um sorriso cínico.

– Não acredito que a presidente Gaylord tenha indicado Stewart, para início de conversa – disse Brad. – Havia tantos outros candidatos capazes.

– É, mas nenhum tinha o apoio de Dennis Masterson – Ginny disse. – Há boatos no escritório sobre uma visita noturna de Masterson à Casa Branca. Acho que muitos segredinhos sujos morreram com o nosso sócio sênior.

– Segredos poderosos o bastante para forçar a presidente a indicar Audrey Stewart para a Suprema Corte? – Jake perguntou.

Dana lançou um olhar de puro desprezo para seu namorado.

– Cresça, Sr. Teeny. O sujeito foi diretor da CIA. Ele devia saber até que tipo de roupa de baixo você compra.

– A minha é bem comum, mas a sua...

Dana deu um tapa em Jake e todos riram justamente quando o garçom chegou com o vinho que Dana pedira. Dana não entendia muito de vinhos. Ela simplesmente pedira a garrafa mais cara da lista, porque seus amigos mereciam e Patrick Gorman podia pagar.

Dana ergueu sua taça.

– A Sarah Woodruff – ela disse, quando todos estavam com as taças cheias.

– E a Felicia Moss – Brad acrescentou.

– Amém – todos disseram.

PARTE VII

Intimações
2012

Capítulo 61

Um mês e meio depois do tiroteio na corte, o *China Sea* não ocupava mais a primeira página dos jornais e a vida de Dana Cutler havia voltado ao normal. Um dos trabalhos que a investigação sobre o caso *Woodruff* havia interrompido era a defesa de um banqueiro de investimentos que tinha sido indiciado em um caso de crime do colarinho branco. Dana passara o dia no escritório do advogado de defesa colocando-o a par de sua investigação e aconselhando-o sobre as testemunhas e os documentos que precisavam ser arrolados para o julgamento. A reunião terminou tarde, e Dana estava tão cansada que temia causar um acidente ao voltar para casa dirigindo. Uma notícia no rádio sobre a caçada a Thomas Bergstrom a despertou.

Uma hora depois de Dana dar a Keith Evans o vídeo de Bergstrom assassinando Dennis Masterson e seu motorista, o FBI havia invadido a casa de Bergstrom. Chegaram tarde. A esposa e os filhos de Bergstrom estavam lá, mas ele tinha evaporado. Até agora, disse o locutor, a caçada internacional não havia encontrado uma só pista sobre o paradeiro do Sueco.

O desaparecimento de Bergstrom foi um dos poucos reveses da investigação sobre a violência na Suprema Corte e o mistério em torno do *China Sea*. Cheryl Fortier – a mulher que se fizera passar por Harriet Lezak – contou o que sabia, na esperança de se manter distante do corredor da morte. Além de esclarecer os papéis de Millard Price e Dennis Masterson na sórdida trama, Fortier dissera ao FBI que Dave Fletcher, o vigia noturno, fora morto logo depois que Oswald e Swanson saíram do píer, e que o corpo foi atirado ao mar.

Jake dormia a sono solto quando Dana entrou, pé ante pé, no quarto. Ela largou as roupas onde as tirou e foi tomar um banho. Quando chegou em casa, Dana já tinha parado de pensar em Bergstrom e no *China Sea*. Enquanto passava o fio dental, seus pensamentos se voltaram para o seu dia tedioso e os montes de intimações com números, nomes e endereços que ajudara a escrever. De repente, engrenagens mentais se encaixaram nos recônditos de seu cérebro, e ela sentiu um arrepio.

Assim que saiu do banheiro, Dana preparou uma xícara de café forte. Depois foi para o escritório e desenvolveu as conclusões lógicas de sua tempestade cerebral. Dana ligou o computador e verificou as anotações de sua visita a Portland. O nome que ela queria estava no meio delas. Dana olhou o relógio. Em Washington, eram três horas menos do que no Oregon, então havia uma possibilidade de que ela pegasse a pessoa com quem precisava falar antes de ir dormir. Dana ligou para o serviço de informações e respirou aliviada quando a telefonista lhe disse que o nome de LuAnn Cody estava no catálogo.

– Srta. Cody, meu nome é Dana Cutler e estou ligando de Washington, capital – Dana disse assim que a ligação foi completada.

– Capital?

Dana percebeu que ela estava confusa.

– Sou repórter e meu editor queria que eu verificasse uma história que vamos publicar envolvendo a Promotoria do Condado de Multnomah.

– Eu não compreendo. Que tipo de história? Eu sou secretária. Você não deveria estar falando com um dos advogados?

– Não. Eu tive uma reunião muito boa com Monte Pike quando do estive em Portland há algum tempo. O seu nome foi mencionado e eu o escrevi em minhas anotações, mas acabei perdendo. Então, escrevi o parágrafo de memória e não tinha certeza de que estava certo. É por isso que estou telefonando: para ter certeza de que publicaremos o que realmente aconteceu.

– Eu ainda não sei por que precisa falar comigo.

– Certo, desculpe-me. Eu deveria ter explicado. O Sr. Pike mencionou que a senhora era secretária de Max Dietz. Esse detalhe tem a ver com o dia em que ele desapareceu. Gostamos de ser precisos quando publicamos alguma coisa. Como o seu nome. Eu o escrevi como L-U-A maiúsculo-N-N, sem espaços. Está correto?

– Sim. Mas o que quer saber sobre o Sr. Dietz? Eu acho que nem deveria estar falando sobre ele com uma repórter sem perguntar para um dos advogados.

– Vou fazer a pergunta. Se não se sentir confortável, posso dar-lhe o meu número e você me liga de volta quando falar com alguém. Tudo bem?

– Acho que sim. O que quer saber?

– Muito bem. Eu anotei que, da última vez que alguém viu o Sr. Dietz, ele pediu algumas intimações, que você preencheu para ele, pegou-as e saiu do escritório para nunca mais ser visto.

– Não, não foi isso o que aconteceu – Cody disse. – Eu não as preenchi. O Sr. Dietz só me pediu várias intimações e eu lhe dei formulários em branco, que ele levou para o escritório dele.

– Mas normalmente você costuma preenchê-las?

– Sim, mas ele não me pediu que fizesse isso daquela vez.

– Obrigada. Vou mudar esse detalhe. – Dana fez uma pausa, como se estivesse anotando. – Por acaso não sabe por que ele queria as intimações, sabe?

– Não, ele não me disse.

– Bom, muito obrigada. Desculpe-me por tomar seu tempo, mas eu queria que a matéria fosse bastante precisa.

– Alguém descobriu o que aconteceu com o Sr. Dietz? – Cody perguntou.

– Não que eu saiba. Mas avisarei se souber da verdade sobre o desaparecimento dele.

Dana desligou e ficou olhando para o ar. Revisou tudo mais duas vezes para ter certeza de que não estava se enganando. Ela poderia estar errada, é claro, e seu voo para o Oregon poderia ser uma perda de tempo. Mesmo que estivesse certa, era pouquíssimo provável que conseguisse encontrar a prova de que precisava. Mas tinha de tentar, então ligou para a companhia aérea e comprou uma passagem ida e volta para Portland.

Capítulo 62

Estava chovendo quando o avião de Dana aterrissou, mas sempre chovia em Portland, então ela não tomou o tempo ruim como mau presságio. Dana alugou um carro e se dirigiu ao hotel onde tinha ficado na última visita à Cidade das Rosas. Depois de se registrar, ela foi para o escritório de Mary Garrett. Enquanto caminhava, questionava a moralidade do que estava prestes a fazer – um questionamento que começara a aumentar assim que desligou o telefone após falar com LuAnn Cody. Se prosseguisse com seu plano, poderia saber da verdade, mas um assassino poderia escapar ileso. Se lançasse mão da mentira para conseguir o que queria, seria feita justiça, mas ela teria de trair a confiança de alguém.

Mary Garrett raramente cumprimentava visitantes na porta de sua sala, porque a disparidade de altura se tornava aparente assim que se encontravam, mas abriu uma exceção para Dana Cutler.

– Vamos entrando – Garrett disse quando sua secretária trouxe Dana. – Não sei como lhe agradecer pelo trabalho que fez por Sarah.

A expressão de Dana não denotou a culpa que ela sentia.

– Eu só escrevi as matérias. Você redigiu a petição para o recurso.

– Não tenho dúvida de que a sua denúncia teve muito a ver com o deferimento do recurso.

– Como os juízes nunca revelam suas razões para deferir, nunca saberemos quanto o *Exposed* influenciou a decisão deles. O que importa é que há uma boa probabilidade de o caso *Woodruff* ser revertido.

Garrett indicou a Dana uma cadeira e se acomodou em outra a seu lado.

– Você fez mistério no telefone acerca do motivo de sua visita – Garrett disse. – O que houve?

– Eu tenho um pedido estranho, Mary.

– Vamos ouvi-lo.

– Eu quero que me contrate como investigadora do caso de Sarah. Não vai lhe custar nada. Vou cobrar um dólar.

Garrett inclinou a cabeça para o lado.

– Por que quer ser minha investigadora?

– Para proteger sua cliente. Pode ser que eu tenha descoberto algo sobre o caso, mas não saberei se estou certa até examinar o escritório de Max Dietz. Na última vez em que estive aqui, Monte Pike me disse que está tudo na sala de provas porque o caso do Sr. Dietz ainda está aberto. Eu poderia ter corrido a Pike com minhas suspeitas, mas estou mais interessada em ver se estou certa do que em ajudar qualquer uma das partes neste caso.

Garrett não estava mais sorrindo.

– Você está me deixando totalmente confusa.

– Bom, se eu estiver certa, quanto menos você souber sobre o que estou pensando, melhor para você e para Woodruff.

– Não estou gostando disso.

– Não esperava que gostasse. Pense da seguinte maneira: se Monte Pike estiver comigo quando eu examinar as provas, ele poderá usar qualquer coisa incriminatória que eu descobrir contra sua cliente. Mas o sigilo entre advogado e cliente me protegerá das perguntas dele se eu for agente de Sarah Woodruff. E então, vai me colocar na sala de provas?

Capítulo 63

Monte Pike ficou intrigado pelo pedido de descoberta de Mary Garrett. Por que ela desejaria inspecionar as provas recolhidas pela polícia no caso de Max Dietz? A secretária de Garrett deixou o escritório do promotor assim que entregou a moção para descoberta, então Pike não teve a oportunidade de lhe perguntar. Ele presumiu que ela não saberia por que a chefe havia entrado com a moção, de qualquer maneira, e que mesmo que soubesse, não lhe diria. Esse era um mistério para Pike desvendar, mas ele adorava enigmas. Infelizmente, não tinha nenhuma dica para solução, e a única conclusão a que chegou era a de que Garrett suspeitava de uma ligação entre o desaparecimento de Max e o caso de Sarah Woodruff. Pike não tinha ideia de qual seria essa ligação quando ligou para Garrett informando que as provas estariam disponíveis na sala de reuniões da promotoria no momento em que ela quisesse examiná-las. Ele lhe perguntou o que ela procurava, mas Garrett lhe dera uma versão educada da frase: "Eu sei, mas você vai ter que descobrir", então ele não conseguiu nenhuma pista.

No dia seguinte, outro mistério se apresentou, quando Dana Cutler e Mary Garrett entraram na sala de reuniões. Pike tinha um sorriso perplexo nos lábios.

– Que surpresa agradável e inesperada! Mas temo que repórteres não tenham permissão para analisar provas de um caso aberto, não importa quão famosos sejam.

– Cutler é minha investigadora – Garrett disse.

Pike ficou perplexo e percebeu que Garrett gostou de vê-lo confuso.

– Suponho que eu poderia perguntar se a Srta. Cutler tem licença para trabalhar no Oregon – Pike disse –, mas vocês encontrariam outra saída.

Mary começou a dizer alguma coisa, mas Pike levantou a mão.

– Não tenho problemas se a Srta. Cutler ajudar na defesa, desde que ela prometa não relatar nada que vir que não esteja nos arquivos abertos ao público.

Mary virou-se para Dana.

– Por mim, tudo bem – Dana disse.

– Então, está certo. – Pike apontou para um dos investigadores da promotoria que estava sentado no canto da sala de reuniões. – Bob Hunsacker está aqui para ajudá-las no que for necessário.

– Oi, Bob – disse Garrett, que conhecia o investigador.

– Srta. Garrett – ele respondeu, com um meneio.

Pike lançou outro olhar severo para Dana. Depois, balançou a cabeça.

– Alguma das senhoras quer café? – Pike perguntou.

– Eu conheço o café de vocês e é muito ruim, Monte – disse Mary. – Oferecê-lo já é o bastante para acusar a promotoria de má conduta.

Pike riu.

– Divirtam-se – ele disse, fechando a porta atrás de si.

Mary tinha tentado saber de Dana o que ela estava procurando, mas Dana insistiu que a advogada não poderia ser prejudicada por algo de que não tinha conhecimento. Dana sugeriu que Mary repassasse as provas como se ela *realmente* soubesse por que elas estavam lá. Dana podia sentir que Garrett estava irritada, mas ficou aliviada quando a advogada de Woodruff decidiu entrar no jogo.

Havia caixas de papelão marrom empilhadas sobre a mesa de reuniões e no chão. Havia adesivos indicando onde o conteúdo de cada caixa fora encontrado. Dana começou com as caixas cheias de provas tiradas da casa de Dietz, para que Hunsacker não conseguisse descobrir o que estava fazendo. Ela sabia que, assim que elas saíssem, Pike pediria um relatório completo a Hunsacker sobre o que vira as duas fazendo.

Uma hora e quinze minutos depois de começar, Dana abriu a primeira caixa que realmente queria examinar. Ela continha as coisas encontradas na mesa do escritório de Dietz. Ela não ficou desapontada por não encontrar nada interessante. O verdadeiro objeto que procurava estava em um saco plástico de lixo que continha tudo o que fora encontrado na mesa de Dietz. O coração de Dana acelerou quando ela começou a desatar o nó que fechava a sacola e esvaziou seu conteúdo sobre a mesa.

Dana era uma excelente jogadora de pôquer, e não demonstrou nenhuma emoção ao vasculhar o conteúdo da sacola. No meio do caminho, através da sujeira, seu tiro no escuro materializou-se na forma de uma intimação amassada e preenchida pela metade. Com o canto do olho, ela viu Hunsacker observando bem de perto, então controlou o desejo de ler a intimação e fez dela o quinto pedaço de papel a ser analisado. Levou só um instante para ver o que Dietz havia escrito e, naquele momento, soube que estava certa. Em vez de sentir-se exultante, ficou enojada.

Capítulo 64

Sarah Woodruff exibia um largo sorriso no rosto ao entrar na sala de visitação da Instituição Correcional Feminina Willamette Valley.

— Nem sei como agradecer — disse Sarah. — As matérias do *Exposed* criaram um clima político que quase forçou o tribunal a aceitar meu recurso. Mary não diz, mas eu sei que ela acha que vão enviar meu caso para ser julgado novamente e forçar o governo a revelar o que sabe sobre o *China Sea*. Quando estiver livre, insisto em levá-la para jantar no melhor restaurante de Portland.

— Talvez você não queira fazer isso quando souber por que estou aqui.

Sarah parou de sorrir.

— O que foi? — ela perguntou, com a voz subitamente fria de suspeita.

Dana baixou a voz.

— Eu sei que você matou John Finley.

Woodruff ficou lívida.

— Não precisa se preocupar comigo. Insisti que Mary me contratasse como investigadora. Tudo o que eu sei é sigiloso por causa do privilégio entre cliente e advogado, então não posso ser obrigada a contar a Monte Pike nem a mais ninguém.

— Se acha que matei John, por que está me protegendo?

— Finley fez você passar o diabo da primeira vez. Não sei o que houve quando ele morreu. Tenho certeza de que você não o matou no calor do momento, mas isso não é problema meu.

– Então por que meteu o nariz onde não devia? – Woodruff perguntou, com raiva.
– A boa e velha curiosidade. Quando comecei a imaginar, tive de saber se estava certa.
– O que você acha que sabe? – Woodruff perguntou.
– Examinei as provas que foram coletadas do gabinete de Max Dietz. Eu estava procurando uma coisa. Dietz pediu que sua secretária lhe desse um monte de intimações em branco no dia em que desapareceu. Ele cometeu um erro em um dos formulários e o amassou. Mas não o jogou fora. Era uma intimação para um banco pedindo a relação das contas em seu nome.
– E daí?
– Os investigadores que trabalharam no desaparecimento de Dietz não perceberam a importância dessa intimação, e eu quase não percebo também. Você sempre foi pobre, Sarah. Seu salário como policial é o maior que já teve. Como poderia pagar a comissão de Mary Garrett e financiar uma defesa a peso de ouro?
Woodruff não respondeu, mas Dana viu que os pulsos dela estavam tão fortemente cerrados que as juntas ficaram brancas.
– Houve boatos desde o começo do caso sobre os 250 mil dólares que John Finley recebeu para pagar a tripulação e outras despesas, mas ninguém encontrou esse dinheiro. – Dana corrigiu-se. – Ninguém exceto você.
Dana esperou uma resposta. Como não houve nenhuma, ela continuou:
– Eis o que eu acho que aconteceu: Finley estava ferido ao sair do navio. Se parasse para esconder o dinheiro ou a mochila de lona, os sequestradores o teriam pegado antes de ele chegar ao seu condomínio. E ele não podia parar, porque estava ferido e precisava de ajuda médica. Mas ele não podia ir para um hospital, e você era a única pessoa que ele conhecia que poderia ajudar.
"Você disse a todos que não sabia que Finley havia escondido

a mochila na sua casa na noite em que ele fugiu do *China Sea*. Não acredito nisso. Acho que você encontrou a mochila quando foi liberada do hospital e pegou o dinheiro. Então escondeu a mochila, mas não em sua casa. Se tivesse feito isso, a polícia a teria encontrado quando vasculhou a casa.

"Da primeira vez que foi presa, você sabia que não tinha matado Finley e estava desesperada para ajudar Mary Garrett a provar sua inocência de qualquer modo, então citou vários nomes que alegou terem sido mencionados por Finley. Os nomes eram Orrin Hadley, Dennis Lang e Larry Kester, os nomes dos passaportes falsos que estavam na mochila de Finley quando o corpo dele foi encontrado.

"Você não podia contar a Garrett onde tinha visto esses nomes sem admitir que tinha encontrado a mochila de lona e olhado dentro dela. Se admitisse isso, qualquer um que procurasse pelo dinheiro saberia que você o roubara. Então inventou uma história sobre ter ouvido Finley dizer esses nomes.

"Acho que você acreditava que Finley tinha sido morto pelos sequestradores e que todas as pessoas ligadas ao dinheiro acreditariam que os traficantes de drogas ou a CIA estavam com a grana. Mas você não podia deixar o dinheiro na sua casa. Você tinha que escondê-lo. Então, andou por Portland fazendo depósitos de menos de dez mil dólares em muitos bancos, para que eles não tivessem que enviar relatórios ao governo, o que os bancos têm de fazer com depósitos em dinheiro acima dessa quantia. E foi esse o dinheiro que você usou para custear sua defesa.

"Depois você ficou sabendo que Finley não morreu, e sabia que ele acabaria aparecendo atrás do dinheiro. Quando ele apareceu, você o matou com a arma do caso das drogas que pegara da sala de provas. Para se acobertar, deu um tiro com sua própria arma de serviço no chão da entrada para explicar o disparo que sua vizinha ouviu. Como estou indo?"

Woodruff encarava Dana com ódio no olhar. Dana não a culpava.

– Infelizmente para você, a polícia verificou que a arma era a mesma usada no caso das drogas e encontrou sua assinatura no livro de registros, o que a tornou a última pessoa a pegar a arma depois que o caso das drogas foi encerrado. E você teve o infortúnio de ter uma vizinha bisbilhoteira que viu Finley entrar no seu condomínio na noite em que você o matou.

"Então a coisa piorou. Max Dietz descobriu que você tinha pegado o dinheiro e tentou chantageá-la, ameaçando enviar as intimações para os bancos a menos que você lhe desse os 250 mil dólares que pegou de Finley. Acho que você o matou e o enterrou em algum lugar para se proteger.

– Não espera que eu responda, não é? – Woodruff perguntou.

– Você é esperta demais para fazer isso.

– Tudo o que você disse é teoria, de qualquer maneira. Você não tem nenhuma prova definitiva para sustentar essa história.

– No momento, não, mas tenho uma ideia de como conseguir algumas. Aposto que ainda existem contas com montantes de menos de dez mil dólares que foram abertas em vários bancos na época em que você foi acusada de matar John Finley pela primeira vez. Mesmo que eu esteja errada, ainda deve haver registros demonstrando os depósitos e as retiradas. Aposto que, depois do atentado de 11 de setembro, saber a verdade sobre essas contas seria moleza para a Homeland Segurança, o FBI ou a CIA. O que você acha?

– Você pretende contar sua teoria a alguém? – Woodruff perguntou.

– Não. Eu lhe disse que fiz Mary me contratar para que eu não precisasse me envolver, mas Monte Pike sabia que estávamos procurando alguma coisa quando Mary e eu examinamos as coisas de Dietz. Dizem que ele é um gênio. Acho que muito em breve saberemos se ele é esperto mesmo.

Capítulo 65

Alguém bateu na porta da sala de Brad. Quando ele levantou os olhos, Ginny estava lá parada.

– Que surpresa mais agradável! – ele disse. – Por que não está na mina de sal?

Ginny sentou-se. A juíza Moss ainda não tinha contratado outro assessor, então Brad tinha a sala só para ele.

– Você se lembra de ter me dito que não achava que eu teria problemas no escritório porque tirei fotos do arquivo da DA Enterprises? – Ginny perguntou.

– Claro. Masterson está morto, e aquele associado...

– Greg McKenzie.

– Isso, McKenzie. Ele não vai abrir a boca. Se quer ser sócio, McKenzie vai querer que todos na Rankin Lusk esqueçam quanto ele era próximo de Masterson, então não vai falar nada sobre o arquivo da DA Enterprises. Acho que você pode esquecer sobre a CIA, o haxixe e os assassinos ninjas e voltar a se preocupar com as horas extras que tem de cobrar.

Ginny suspirou.

– Eu até sinto falta dos ninjas. Eles eram muito mais fáceis de lidar do que os sócios.

Ela ficou em silêncio por um momento e Brad percebeu que algo a incomodava.

– Estou pensando em sair da Rankin Lusk – Ginny disse.

– O que fez você pensar nisso?

— Quando você disse que McKenzie tentaria se distanciar de Dennis Masterson e manter a boca fechada sobre minha participação na divulgação do arquivo da DA Enterprises, cometeu um erro fatal em sua análise. Você presumiu que a Rankin Lusk é uma entidade moral e cuidadosa, quando, na verdade, ela é um coletivo de sociopatas interessados em uma coisa e somente uma coisa, que é o faturamento. Dennis Masterson era quem atraía os clientes, e a morte dele vai diminuir os lucros. Qualquer pessoa que tente expor um figurão assim se torna um vilão aos olhos do escritório, mesmo estando claro que esse figurão é um porco assassino. Estou sendo tratada feito uma leprosa por quase todo mundo, e o pouco apoio que recebo é sussurrado por pessoas que olham nervosamente para os lados antes de falar comigo.

Brad olhou bem dentro dos olhos da mulher que amava.

— Quer se associar a esse tipo de gente que acabou de descrever, independentemente do dinheiro?

Ginny deu um sorriso triste.

— Não. Eu praticamente já decidi sair, mas nossas finanças vão sofrer um baque sério se eu me demitir.

— Seremos pobres, mas honestos, como os personagens de um romance de Dickens.

— Oliver Twist não tinha de pagar o financiamento de seus estudos ao governo.

Brad sorriu.

— Vamos ficar bem, menina. Entre a juíza Moss e o juiz Kineer, temos pesos-pesados do nosso lado que nos ajudarão a conseguir trabalho. E, desta vez, procure algo que realmente queira fazer. Não pense só no dinheiro. Esse é o seu segundo emprego em um escritório grande, e os dois a deixaram com um gosto amargo na boca.

– Você já passou do meio de seu período no tribunal. Já pensou no que quer fazer depois?

– Acho que tenho de começar a pensar no ano que vem. O governo não paga muito bem, mas o trabalho é empolgante. Estou pensando no Departamento de Justiça ou no Congresso.

Ginny suspirou.

– Agora que decidi deixar a Rankin Lusk para trás, sinto que tirei um grande peso das costas. E sabe o que mais?

– Não, o quê?

– Acho que vamos ficar bem mesmo.

Epílogo

Monte Pike sentou-se em uma das salas de reunião da promotoria sem casaco, com as mangas arregaçadas e os pés apoiados em um canto da longa mesa que dominava a sala. Pike tinha colocado o caso *Woodruff* em banho-maria enquanto esperava para ver o que a Suprema Corte faria. Ele tinha muitos outros casos com que se ocupar, e os quatro meses que a corte levara para reverter a sentença o ajudaram a abordar o caso com um novo olhar.

Pike estava lendo o parecer unânime da corte, sustentando que o privilégio de segredo de Estado não poderia ser usado para esconder provas escusatórias de um réu sujeito a pena de morte. Pike sabia que Mary Garrett viria com sua artilharia a todo vapor, e seria muita sorte se ele conseguisse uma condenação. Deu um gole em seu café com leite enquanto olhava para as caixas que cobriam a mesa. Eram as mesmas caixas cheias de provas relacionadas a Max Dietz que Garrett e Dana Cutler haviam examinado meses antes. Bob Hunsacker não tinha ideia do que as mulheres estavam procurando. Agora Pike examinaria as caixas para ver se conseguia descobrir o que despertara o interesse de Cutler e Garrett.

Pike terminou de ler o parecer e o colocou ao lado de sua bebida. Fitou as caixas, como se pedisse que revelassem seu segredo.

– Onde está você, segredinho? – Pike perguntou às provas. – É melhor se apresentar agora e se poupar de muita dor, porque você pode correr, mas não pode se esconder.

Agradecimentos

Foi muito divertido escrever *Justiça Suprema*, porque me deu uma desculpa para conhecer a Suprema Corte dos Estados Unidos como parte de minha pesquisa. Defendi um caso lá em 1978, mas tinha pouco mais de trinta anos e estava em meu quinto ano de prática jurídica, nervoso demais para pedir para conhecer a casa. Meus agradecimentos ao honorável Diarmuid O'Scannlain por contatar Kathleen Arberg, a gerente de relações públicas da corte, que organizou a visita e foi uma graciosa anfitriã. Meus agradecimentos especiais vão para Bill Suter, assessor da corte, que despendeu seu precioso tempo para atuar como meu guia e responder às minhas perguntas. Ele ajudou muito a tornar este livro o mais realista possível, e não é responsável por algo que eu tenha entendido errado. Sou especialmente grato a ele por ter me recomendado o livro *The Supreme Court of the United States*, de Fred J. Maroon e Suzy Maroon (Editora Lickle, 1996), cujas magníficas fotografias e texto me auxiliaram a descrever partes da corte que o Sr. Suter não pôde me mostrar e áreas que eu tinha visto, mas das quais não me lembrava com precisão.

Meus agradecimentos à professora Sue Deller Ross, da Escola de Direito de Georgetown, por me apresentar a Rebecca Tushnet, ex-assessora da Suprema Corte, que respondeu às minhas perguntas sobre a rotina de um assessor. Agradeço também a meu genro, Andy Rome, por me colocar em contato com Richard Bartlett, outro ex-assessor. Também fiz bom uso das descrições feitas por Edward Lazarus sobre a vida de um assessor jurídico da Suprema Corte em seu livro *Closed Chambers* (Crown, 1998).

Eu não teria conseguido escrever *Justiça Suprema* sem a ajuda de vários especialistas: Brian Ostrom e Dra. Karen Gunson vieram em meu auxílio mais uma vez, respondendo a perguntas sobre medicina e ciência – áreas nas quais sou lamentavelmente ignorante. Charles Gorder, Barry Sheldahl e Fred Weinhouse me ajudaram a desenvolver uma questão que poderia, teoricamente, chegar à corte algum dia. Por fim, a ajuda do capitão de navio Sid Lewis foi inestimável.

Não sei quanto aos outros escritores, mas eu preciso de um bom editor que pegue meu primeiro rascunho e faça dele um livro que possa ser publicado. Sally Kim fez um excelente trabalho limpando minha sujeira. Meus agradecimentos também a Maya Ziv, sua assistente; Jonathan Burnham; Heather Drucker; a força de vendas e o departamento de arte da Harper-Collins; e a todos os outros na editora que me deram tanto apoio ao longo dos anos.

Não sei como agradecer a Jean Naggar, Jennifer Weltz e a todos da Agência Literária Jean V. Naggar. Também sou grato a meu assistente, Robin Haggard, e a Carolyn Lindsey, por sua pesquisa. Agradeço também a Daphne Webb, por seu conhecimento de todas as coisas relacionadas a Wisconsin.

E por fim, agradeço a Doreen, minha musa, que está sempre em meu coração.

Este livro foi impresso pela Yangraf Gráfica e Editora para a Editora Prumo Ltda.